ログアウトしたのはVRMMOじゃなく本物の異世界でした

～現実に戻
ステータスが壊れている件～

とーわ
イラスト/KeG

The Real Otherworld

I logged out from there,not a VRMMO.

Contents

神崎（かんざき） 英愛（エア）

所属 風峰学園附属中学二年生

職業 なし

玲人の妹だというが、VRMMO「アストラルボーダー」にログインする前に妹がいた覚えはない。しかし、自分を心配して慕ってくれる妹の存在を否定できず、妹がいることを受け入れた。見た目とは違って意外にも大食い。

黒栖（くろす） 恋詠（こよみ）

所属 風峰学園高校冒険科　一年F組

職業 魔装師（トランサー）

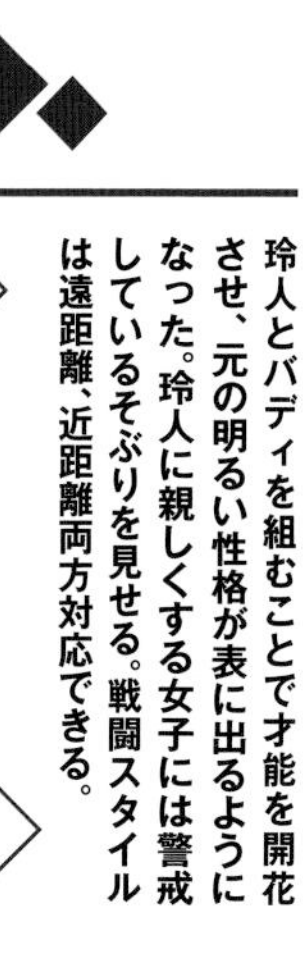

玲人とバディを組むことで才能を開花させ、元の明るい性格が表に出るようになった。玲人に親しくする女子には警戒しているそぶりを見せる。戦闘スタイルは遠距離、近距離両方対応できる。

折倉（おりくら） 雪理（せつり）

所属 風峰学園高校討伐科　一年A組

職業 剣士（フェンサー）

大きな権力を持つ企業グループの令嬢であるため、お嬢様育ちであるが、自分を厳しく律している。戦闘スタイルは剣を使った近距離が得意だが、魔法で中距離にも対応できる。

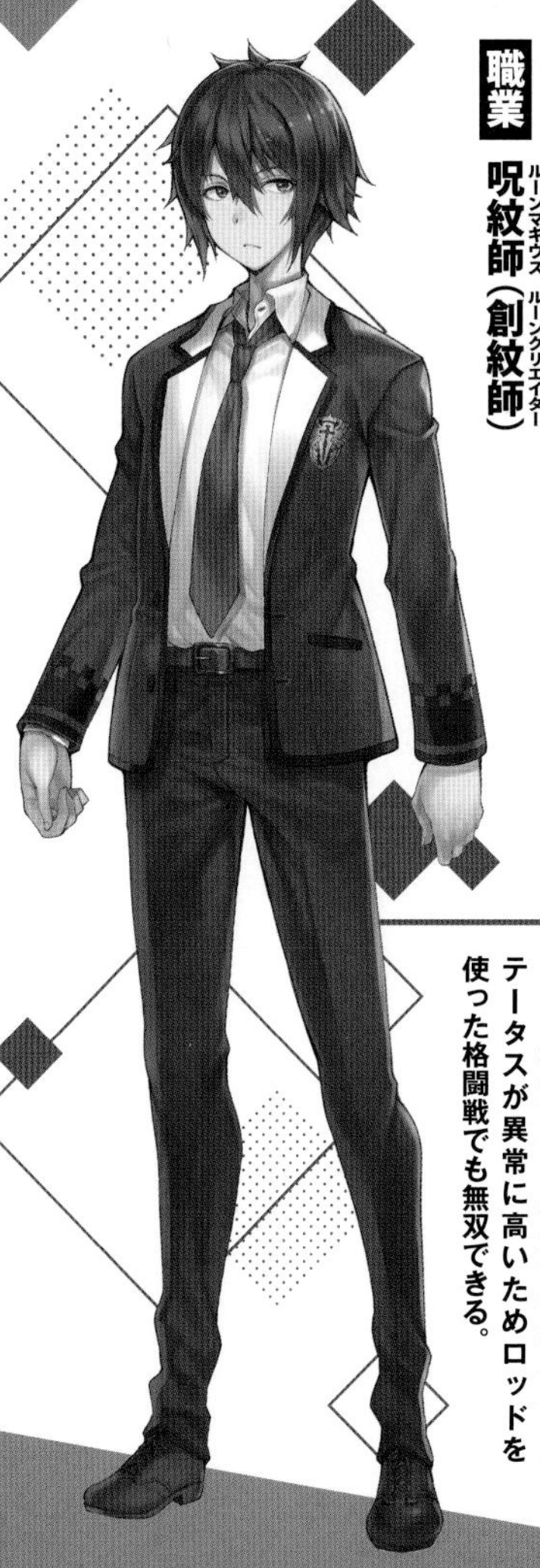

神崎（かんざき） 玲人（れいと）

所属 風峰学園高校冒険科　一年F組

職業 呪紋師（ルーンマギウス）（創紋師（ルーンクリエイター））

窮地に陥った人を放っておけず、我が身を省みず助けようとする。戦闘スタイルは味方を強化したり敵を弱体化させることを得意とする後方支援型だが、ステータスが異常に高いためロッドを使った格闘戦でも無双できる。

「――遅えよ、化け物」
《神崎玲人が攻撃魔法スキル
『フレイムルーン』を発動　即時発動》
顔に当てれば怯ませるくらいのことはできる。
本当に、それくらいのつもりだったが――!?

ダッシュエックス文庫

ログアウトしたのはVRMMOじゃなく本物の異世界でした

～現実に戻ってもステータスが壊れている件～

とーわ

プロローグ

1　ゲームクリア

目の前に、腕が六本ある巨大な悪魔が横たわっている。

六本の腕にそれぞれ持っている剣や斧などの武器は、どれもが冒険者たちが探し求めている神器クラスの装備品だ。そんな武器を使い、巨大な体軀に相応の腕力で繰り出される技は、一撃一撃が即死級の威力を持っていた。

俺がプレイしているゲーム『アストラルボーダー』のラスボスは、この『魔神アズラース』らしい。

この世界を支配する魔神を倒したら、ゲームクリアになる。それは仲間と一緒にこの世界を冒険してまた俺が導き出した推論であって、確実にクリアできる確証はどこにもなかった。

それでも俺たちは、命を懸けてここまで来た。レベル90以上の悪魔が無数に巣くう魔城を攻略し、最深部である『失われた神域』に辿り着き――残った力を尽くして戦った。

「……レイト……」

仲間の声が、聞こえる。

共に魔神のもとに辿り着いた『ブレイブナイト』のソウマ。出会った時は色々あったが、彼は魔神戦でも大いに奮戦して、ダメージディーラーの役割を果たしてくれた。

俺はソウマの声がした方に歩いていく。砕け散った石床や壁一面には、仲間たちの血痕が残っている。

このゲームにログインしてから、ゲーム内の年月で三年と六ヶ月。その間、俺は一度もこのゲームからログアウトすることができなかった。

ゲームの中での体感時間が現実で流れる時間と同じなら、たぶん目覚めても俺の身体は衰弱していて、立ち上がることすらできないんじゃないかと思う。

それでもこのゲームの中にいる間、俺は不調を感じたことはなかった。戦いで傷を負えば現実と同じくらいリアルな痛みを感じたし、腹は減るし、風呂に入らなければ身体は臭くなるし、生理的欲求まで普通に再現されているので、逆にそれらはカットしてもらった方が良かったのだが。

こんなリアルなゲームは嫌だ、と仲間たちと笑い合ったことを思い出す。

――なぜ、クリアしようなどと願ってしまったのだろう。醒めない夢のように、ずっとゲームを続けていれば、こんなことにはならなかったのに。

「ソウマ……やっとクリアしたぞ。これで、ログアウトできるんだ」

震える喉から声を出しても、返事はなかった。

ソウマの装備は炎で焼かれ、凍りついた片腕は砕けており、胸に大きな穴が二つも空いていた。

呪紋師の俺と聖女のミアが二重でかけたバリアを纏い、アズラースに張り付き、ソウマは自分の防御スキルを一切使わずに、攻撃のためだけにスキルを使い続けた。

まずミアのオーラが尽き、ソウマのライフが減り始めた。ソウマは自分のライフが減りきらないうちに、魔神を倒すために手に入れた剣の特殊能力を開放した。

ソウマは、俺たちには『一時的に攻撃力を大きく上げる』とだけ説明していた。

だが、実際に発動した能力は――『自分の残りライフを1だけ残して失う代わりに、その五百倍のダメージを防御無視で敵に与える』というものだった。

ログアウトのできないゲームにおいて、ライフを全損することが死を意味すると分かっていて、それでもソウマは自分の命を必殺の一撃に変えた。アズラースの断末魔の叫びと共に放たれた反撃、それをかわすことができないソウマの姿が、目に焼き付いて離れない。

薄く開いたままのソウマの目を閉じさせる。振り返ると、少し離れたところに聖女のミアが立っている。

その身体はほとんどが石になっていた。膝から下がひび割れて砕け、ミアはその場に倒れ込む。

アズラースの特殊攻撃『ストーンカース』を受けたミアは、さらに特殊攻撃『急速風化』を受けてしまった。聖女は全ての呪いを防ぐことができるが、彼女自身が『ストーンカース』を防ぐためのOPはもう残っていなかったのだ。

「……レイト……さん……良かった……あなた、だけでも……」

「ミア、これでクリアだ……すぐに治してやるからな……」

「…………」

　もうミアは言葉を発することができない。どんなときでもパーティの心を和(なご)ませてくれた彼女の目は、もはや何も映してはいない。

　猟兵(イェーガー)のイオリは、アズラースと戦う決戦フィールドの柱もろとも波動砲(ディストラクション)で射貫(いぬ)かれ、絶命していた。彼女の援護射撃がなければ、アズラースの猛攻は一瞬たりとも寸断されることなく、こちらからは攻撃できずに嬲(なぶ)り殺されていただろう。


――ログアウトできたら、レイトの住んでる町に行ってみたい。


　初めはクールで、人を寄せ付けない人なのかと思っていた。けれど最後に、アズラースのヘイトを奪うようなスキルを使って隙(すき)を作り、俺たちに時間を与えてくれた。ヘイト調整でミスをするようなことは絶対にしないと言っていたのに。

「俺がもう少し早くヘイトを上げてたら……生き残ったのは、イオリだったのかな……」

　俺の役割は味方に強化(バフ)を、敵に弱体化(デバフ)を配ることだが、瞬間的なダメージ量ならソウマに匹敵するスキルを持っている。それを使えば、俺にヘイトを向けることはできた。

　それでも魔神戦で担(にな)った役割は、徹底的な補助役(バッファー)だった。なぜなら、俺のライフと防御力(ＤＥＦ)の値は、ソウマよりも低いからだ。

ソウマは生き残るために近接に特化した職業を選んだと言っていた。

俺は少しでも多くの局面に対応できるように、あるいは生産系でもやっていけるようにと『呪紋師』を選んだ。

それが理由で自分だけが生き残ることになるのなら、違う職業を選んでいたのに。

今となっては、言い訳にしかならない。俺はアズラースの巨体に近づくと、その額に突き刺さっているソウマの剣を引き抜いた。

刃が肉を裂く感覚にも慣れてしまった。最初は魔物を殺したあとに吐いてしまい、しばらく冒険に出ることもできなかった。

勇気を振り絞ってもう一度冒険に出たとき、依頼を受けて訪れた森の中で、俺はミアとイオリに出会った。それから間もなくソウマと会い、パーティメンバーは一時的に増えることはあったものの、この四人は最後まで一緒だった。

（怯えてた俺を、皆が勇気づけてくれた。俺一人じゃ、生き延びられなかった）

『プレイヤーＩＤ　１１０２　カンザキ＝レイト。おめでとうございます、あなたは私たちの提示した条件を達成しました』

久しぶりに聞く声――ログインした時に聞こえてきた、無感情ながら、透き通るような女性の声。

このガイドＡＩには最初のチュートリアルまで世話になったが、ログアウトできないと知ってからは、呪いのようなものにしか思えなくなった。

2　還魂の呪紋

『達成報酬として、あなたの願いを一つ叶えることができます』

　この声の主が姿を見せたなら――殺したいほど憎んでいるのに、そうできないだろうと思う自分がいる。

　この救いようがない世界を、いつから俺は憎みきれなくなっていたのだろう。

　このゲームの中では、俺は俺らしくいられた。ゲームを始める前は人生はクソゲーだと思っていたし、死ぬことは怖くても、このゲームの中で死ぬこととリアルに戻ることを天秤にかけても、どちらが良いとも言い切れなかった。

　だがそれは、仲間たちがいればの話だ。

　皆がいたからこそ、この世界で明日が来るのを恐れずにいられた。

「……どんな願いでもいいのか？」

『はい、なんなりとお申し付けください。あなたの願いをあらゆる手段をもって実現します』

　一度死んだプレイヤーは復活しない。ソウマ、ミア、イオリ――この三人を復活させる方法を、俺たちはこれまでに見つけられていない。

　馬鹿なことをしているのかもしれない。なんのためにここまで来たのか、それを全て否定してしまう行為だ。

「パーティでボスを倒したのに、俺しかクリア報酬は得られないのか」

『あなた以外のパーティメンバーはロストしています。報酬は授与されません』

「初めからあんたたちは、俺達の言うことなんて何も聞いてくれやしなかったな」

『どのような願いであっても、私たちは確実に実現します』

噛(か)み合わない会話――結局人間の感情なんて、ＡＩには理解できないのだろう。

この世界のＮＰＣ(ノンプレイヤーキャラクター)には、本物の感情があるように見えた。彼らを本物の人間だと思って接してきた――だが、どれだけ出来が良くてもＮＰＣはＮＰＣだ。

プレイヤーと違って、ＮＰＣは世界に脅威(きょうい)を与える魔神を倒そうなんて考えない。

「……俺たち全員を、ログアウトさせることは？」

『ロストしたメンバーをログアウトさせることはできません』

どんな願いでも叶えると言っただろう――そう憤(いきどお)ってしまいそうになる。

「つくづくクソゲーだな……一度死んだら終わりのハードコアモードなんて、強制的に選ばせるもんじゃないだろ」

『死亡したプレイヤーは、通常の方法では蘇生(そせい)できません』

『ロストしたプレイヤーの実体は仮死状態にありますが、間もなく生命活動は停止します』

「……『還魂の呪紋(リザレクトルーン)』を使ってもか？」

そのスキルを取得した時、俺は使う日が来なければいいと思った。

同時に、使わなければならない時が来たら、この声に向けて問いかけるつもりでいた。

「使用者が死亡する代わりに、パーティメンバーをライフ1で復活させる。復活した途端に死ぬんじゃ、戦闘中には使えない……」

『そのスキルを使用した場合、クリア報酬はパーティメンバーには与えられません』

今までどんな感情も、この声からは感じられなかった。しかし今は、俺を説き伏せようとしている――馬鹿なことを考えるなと言っているように聞こえた。

『カンザキ＝レイト様。このままクリア報酬を選択することを推奨いたします』

「俺の『願い』は、皆が無事でなければ意味がないんだ」

『スキルによる復活の猶予時間は限られています。今使用した場合、パーティメンバーが復活したかどうかの情報を得る前に、あなたは死亡します』

どこまでも情というものがない。失望を通り越して笑ってしまう――このゲームを作ったやつの顔が見てみたい。

しかし俺のスキルで皆を復活させられるということを、声は否定しなかった。

「分の悪い賭けじゃないなら、それでいい」

呪紋師は、空中に魔力を込めた指で文字を描くことで魔法を発現する。

指は震えていなかった。自殺するのと同じだというのに、全く怖いと思わない。

仲間の死を目にして、自分でも気づかないままに、何かが壊れてしまっていたんだろう。

「我が生命を捧げ、志半ばで倒れた者たちよ、ふたたび目覚めよ――『還魂の呪紋』」

詠唱を終え、スキルが効果を発現した瞬間、目の前が急速に暗くなる。あれほど減るのを恐れていたライフゲージが、一瞬でゼロになる。

心臓が動かなくなる。痛みも何もなく死ねることだけが、唯一の救いだ。

――ログアウトしたら、皆で会いたい。それ以外に、俺が叶えたい願いはなかった。

『――カンザキ＝レイトによる願いを受理しました』

声が聞こえる。『還魂の呪紋』が効果を成したのかは分からない、確かめようにも何も見えない。

（……みんな……っ）

呼びかけても声にならない。だが、ＡＩの声だけはかすかに聞き取れる。

『ヤガミ＝ソウマ、アサヒナ＝ミア、ハヤカワ＝イオリ。三名が『還魂の呪紋』により復活し、カンザキ＝レイトは死亡しました』

――ああ。

最後の最後に、ガイドＡＩが嘘をついてくれた。三人が復活したことを、知らせてくれた。

この世界に、もう人々の脅威となる魔神はいない。

三人は生き返ったあと、ログアウトするために他の条件を探すのかもしれない。

この世界での死が現実での死を意味することは、ガイドＡＩに見せられた映像によってほとんど確定した事実となっている。万が一に賭けて、死亡してログアウトできるかどうかを試した連中もいた——俺たちは、その賭けを避けてここまで来た。

『三名の「実体」が仮死状態から蘇生しました』

待ち望んだ声が聞こえる。けれど俺はもう、指一本も動かすことができない。

「……イト、レイト！　頼む、目を開けてくれっ……！」

「消える……消えちゃう、レイト君が……っ」

「やだぁっ、レイト、駄目、消えないで……嫌ぁぁぁぁっ……！」

『還魂の呪紋』は、死にスキルなんかじゃなかった。

これが『消える』ということなのか。ゲームの中での死、自分というデータが世界(サーバー)から削除(さくじょ)される感覚。

最後の最後に再び聞こえてきたのは、淡々と語りかけてくるようなあの声だった。

『カンザキ＝レイトのレベルが30上昇しました』

『カンザキ＝レイトの取得経験値がオーバーフローしました　レベル上限キャップが解除されました』

『カンザキ＝レイトがクリア報酬の神級職(ゴッズクラス)を取得しました』

『特殊スキル取得条件を達成し、新たなスキルを獲得しました』

経験値のオーバーフロー。原因は一つ――パーティで分配されるはずの魔神アズラースの討伐ボーナスが、全て俺一人に入ってしまったこと。

これから死ぬのにレベルが上がっても仕方がない。しかしレベルを1上げるのにも一ヶ月かかるほどになっていたのに、30も一気に上がるなんて――レベル上限も、今解除されたって意味がない。

『再構成時に取得済みのスキルをレベル1にリセット、返還されたスキルポイントの再分配を可能とします』

やっぱりクソゲーだ。振り直しがしたいと思った時にはできなかったのに。

『当該素体をワールドから排除し、再構成します』

――もう、終わってしまったはずなのに。

もし、そうでないのならば。

『還魂の呪紋』で命を落とした後、俺の『願い』が叶えられたのだとしたら――。

神崎玲人　男　レベル：130／230

ジョブ：創紋師（ルーンクリエイター）
HP：1／7500
OP：3／36000
筋力：220（D）
体力：350（C）
教養：1250（A）
精神：1200（A）
魔力：1300（A）
速さ：750（B）
魅力：350（C）
幸運：150（E）

通常スキル
強化魔法　LV1／13
弱体魔法　LV1／13
特殊魔法　LV1／10
攻撃魔法　LV1／10
回復魔法　LV1／8

格闘マスタリー　ＬＶ１／８
ロッドマスタリー　ＬＶ１／13
軽装備マスタリー　ＬＶ１／８
高速詠唱　ＬＶ１／５
魔法抽出　ＬＶ１／５
呪紋付与　ＬＶ１／13
生命付与　ＬＶ１／５
魔力効率化　ＬＶ１／５
生命探知
魔力探知
鑑定　ＬＶ１／５

ＳＰ（スペシャル）スキル
レベル限界＋30
スキル限界＋３
魔神討伐者
呪紋創生
残りスキルポイント：１１４０

第一章　ログアウト　何かが違う現実　そして見知らぬ妹

1　目覚め

――眩しい。

そんなふうに感じるわけがない。意識があるというのは気のせいだ。

つまりここは天国だ。天国がこんなに現実に近いものなら、死ぬことはそれほど恐ろしいことではないのかもしれない。

こんなふうに、起こしに来た誰かが手を握ってくれている。そんな目覚めはとても久しぶりだ――『アストラルボーダー』をプレイしている間も、仲間が起きたとき近くにいてくれることはあったが。

「……ちゃん……」

「……？」

ようやく光に目が慣れてきて、近くが見えるようになる。

俺の手を握りながらベッドの端に身体を預けて、誰かが眠っている。

「……お兄ちゃん……」

俺のことをそう呼ぶ少女がいたとしたら、それは妹でしかありえない。

俺は天国で妹に起こしてもらいたいと渇望していたのだろうか。目の前で起きていることが理解できないまま、そっと握られている手を外そうとする。

「っ……んぅ……」

起こしてしまった——気付かれないようにと細心の注意を払ったのに。

俺の妹らしい少女は、眠たそうに目をこすりながら伸びをする。

着ているのは学校の制服だろうか。もう三年六ヶ月も前のことなので記憶が曖昧だが、おそらくは俺が通っていた高校のものだと思う。伸びをするとよく分かるが、俺の妹というには年齢的にもあまりに発育が良すぎないだろうか——と、仮にも兄が思うことじゃない。

ここはどこかの病院のようだ。腕には点滴が打たれており、俺の状態が芳しくなかったであろうことは、モニターに脈などを取られていることから分かる。

何もかもが曖昧で、思考がぼやけている。それでも、自分の家族構成を忘れるようなことはないと思いたいのだが——正直に言って、戸惑っている。

「……あ……」

「……お、おはよう。ごめん、まず聞きたいんだけど、俺はどれくらい眠って……」

「——お兄ちゃんっ！」

一瞬、何が起きたのか分からなかった。

妹は俺の胸に飛び込むように、抱きついてきた――瞬間的に触れた部分の感覚を遮断したくなるが、そんなスキルは現実にはない。無造作に押し付けられた柔らかい感触は、到底無視できなかった。

「お兄ちゃん、良かった……ずっと目を覚まさないから、このまま眠ったままなんじゃないかって……ほんとに良かった……っ」

「い、いや、あの……」

俺の意識の中では、ゲームの中で過ごした時間は三年六ヶ月だ。ゲームの中で死に、もう目覚めることはないと覚悟していた。

それなのに、身体が思い通りに動く。痩せてもいないし、感覚が麻痺している部分もないようだ――妹の体温も、鼓動も感じ取れる。

しかし、異常なまでに身体が重い。泥のような疲労感が全身を包んでいるが、目覚めてから次第に良くなってきている。

（頭に着けてたはずのDデバイスも外れてる……）

VRMMOをプレイするために必要なヘッドギア型のハードは、プレイヤーの生命状態に直結しており、本来なら身体に異状が認められると強制終了される。

しかし『アストラルボーダー』はその機能が働かず、クリアするまで神経接続を切断できないという方法で、五千人のテストプレイヤーをデスゲームの箱に閉じ込めた。

ゲームクリアの報酬として、デバイスが外されたのか。しかし確かめようにも、あの淡々とした女性の声はもうどこからも聞こえてこない。

「……俺はどれくらい眠ってたんだ？」

「ごめんなさい、もうちょっとだけ……お兄ちゃん……」

妹はまだ俺から離れたくなさそうにしている。ゲームを始める前の記憶が定かではなくなっているように思うが、こんなに懐いている妹がいたら、さすがにゲームの中にいても思い出すことくらいはあっただろう。

（一体誰なんだ、この子……実は生き別れの妹がいたとか、そんなことあるか……？）

「……お兄ちゃん、三日間もずっと寝てたんだよ」

三日間――それを聞いて、混乱を極めた思考回路が、一つの推論を導き出す。

『アストラルボーダー』のゲーム内時間と、現実の時間との間に大きな差があるのかもしれない。だが、体感時間で三年六ヶ月を実時間三日に圧縮できるなんて、そんな凄まじい技術が実際にあるものなのだろうか。

ベッド脇のチェストに置かれているデジタル時計が目に入り、今日がいつなのかが確認できた――4月19日、木曜日。

「高校が始まってからしばらくして、朝部屋から出てこなくて。起こしに行ったら、お兄ちゃんは机に向かったままで眠ってて、いくら声をかけても起きなくて……」

妹の言っていることと、今の日時には矛盾はないように思える。確かめたいことは幾つかあるが、逸る気持ちを抑えながら、一つずつ聞いていくしかない。

「俺が起きなくなる前に、何かゲームをしてたってことはなかったか？」

「うん、『アストラルボーダー』……だよね。お兄ちゃんテストの抽選に当たって、あの頭につけるゲーム機が送られてきて。でもその日、お兄ちゃんあんまり元気がなかったから、どうしたのかなって思ってて……こんなことなら、私もどんなゲームか見てれば良かったって……」

「っ……いや、あれには触らない方がいい。家にあるのか？」

「うん、置いてあるよ。テスト期間は終わっちゃったみたいだけど」

あれが原因で俺と同じような事態が五千件近くは起きているはずだ——テストに定員全員が参加したとも限らないが、ゲームの中には多くの人がいて、ほとんどが日本人プレイヤーだった。

「俺のことは、何か、その……ニュースとかで報道されたりとかは……」

「取材の人は来たけど、病院には入れなかったみたいで、それからはもう来てないよ。お医者様は、お兄ちゃんが退院する時は、そういう人たちに知られないようにするって」

——俺が言っているのは、そういうことじゃない。

「……俺以外の『アストラルボーダー』のプレイヤーの件は、ニュースになってないのか？」

「え、えっと、お兄ちゃん、落ち着いて。私もそんなに詳しくはないから分からないけど、ニュースとかでは見てないよ」

表沙汰（おもてざた）になっていない、ということなのか。とんでもない話だが——あれを作った会社が、このまま何の咎めも受けないというのはありえないだろう。

ソウマ、ミア、イオリ。そしてゲームの中で知り合ったプレイヤーたちもまだ『アストラルボーダー』の中にいるはずだ。

本当に事件性がなく、俺だけがデバイスとの相性が悪くて昏睡に陥ったとしたら。考えたくないが、そういう可能性も完全には否定できない――駄目だ、急に頭が痛くなってきた。

「っ……お兄ちゃん、まだ無理しちゃだめ、安静にしてなきゃ……」

「ああ……俺は大丈夫。心配かけてごめん」

妹を安心させるために、横になって目を閉じる。深く呼吸をすると、頭痛も次第に気にならなくなった。

この時間経過で回復する感覚はゲームの中だけだと思っていたが、現実に戻っても案外変わらないものらしい。

どちらにせよ、まずは家に戻らないといけない。妹に相談し、自宅に戻れるように取り計らってもらう――あるいは、俺を診てくれている医者を呼んでもらって、直接話をしなくては。

思っていたよりもずっとあっさりと退院が決まり、翌朝に家に戻れることになった。

――ゲームに集中しすぎて失神してしまったりというのは、珍しいけれど事例がないわけではありません。

――これからＶＲゲームをプレイするときは、十分に体調を整えて、一日にプレイする時間を制限してください。

俺の母親くらいの歳に見える女性の主治医が、そんなふうに説明してくれた。勿論、それで納得できるわけもない。

『アストラルボーダー』は危険だ。まだあのゲームに囚われている人が多くいると、すぐにでも訴えかけなければならない。

しかし信じがたいことに、妹が届けてくれたスマートフォンでネットの情報を確認すると、『アストラルボーダー』はテスト期間に大きなバグや問題が見つからず、オープンβテストに移行するという告知が出ていた。

（本当に、あれはゲームだったのか？　俺がゲームの中で過ごしたあの時間は、夢みたいなものだったのか……いや、違う。あの世界での出来事は、幻なんかじゃ……）

パーティの仲間たちが無事にログアウトしてくれていて、連絡を取ることができたら。しかしゲーム内では具体的な住所などのやりとりをすることはできなかった。そういった行為に制限がかかっていたからだ。

ネットでフルネームを入力して検索してみても、人物を特定することはできなかった。ミアとイオリに関しては何かの大会などで結果を残していて、俺と同年代で――という情報は出てくるのだが、それが俺の探している人物であるのか分からない。ソウマに関しては珍しい名前にもかかわらず、検索で引っかかるような事項はなかった。

もしゲームをクリアしてログアウトした者が出たとき、俺と同じことを考える者が現れる。

それを想定して禁止行為が設定されていたのだろう――考えるだけで歯噛みしたくなる。

「……ソウマ、ミア、イオリ……みんなはまだ、あの世界にいるのか……？」

『アストラルボーダー』での記憶は色褪せない。あの世界には、俺にとっての希望と絶望の全てがあった。

現実に戻れたことを喜ぶべきなのだろうが、明日学校に行って、登校を再開すると担任に伝えなくてはいけないと妹に言われ、一気に目を覚めさせられた。

学校に戻って、果たして普通にやれるのだろうか。入学早々に三日も休んで、その原因がゲームかもしれないなんて――『アストラルボーダー』のことが社会問題になってでもいれば話は別だが、今の状況じゃ俺の言うことは信じてもらえない。

「……しかし、なんなんだこれは」

目覚めたばかりのときは、疲労感でベッドから降りることができなかった。しかし今は身体がやけに軽く、時間が経てば経つほど力が湧いてくる気がする。

病院食は質素なものだったが、何か元気になる薬でも入っているのか――ポーションなんて現実にはないので、我ながら回復力が凄いのだろうと納得するしかなかった。

2　ブレイサー

朝になり、妹が呼んでくれたタクシーで自宅に戻ることになった。

入院期間は、記録上たった三日間でしかない。四日目朝に退院ということで、俺の荷物はほとんどない。ほとんど身一つで車に乗っている。

「お兄ちゃん、身体は大丈夫？」

「ああ……心配かけたな。それで、ええと……」

退院する時の書類にも、両親の代理として妹がサインしていた。普通は保護者がするものだろうが、不在ということで話が通っていたらしい。

つまり入院の手続きなど全てを彼女がやってくれたということになる。俺が昏睡しているうちに記憶を失ったわけでないのなら、間違いなく俺の妹であるというが——。

「なんでも聞いてくれていいよ。まだ起きたばかりで、分からないこともあると思うし」

「その……俺は、君のことをどうやって呼んでたのか、なんて聞くのも変だけど……」

「ううん、先生は一時的な記憶の喪失（そうしつ）が起こることもあるっておっしゃってたから……思い出せないことがあったら、全部私が教えるね」

妹はそう言って、改めてというように仕切り直してから言った。

「お兄ちゃんは私のこと、エアって呼んでたよ。漢字はこうやって書くんだけど」

エア——外国人のような響きだが、妹が見せてくれた生徒手帳に『神崎英愛（かんざきエア）』と書かれていて納得できた。

「エア……」

「っ……な、なに……？」

「俺の名前は神崎玲人（れいと）……でいいんだよな」

「な、なんだ……急に呼ばれたからびっくりした。うん、レイトお兄ちゃんだよ」

「ありがとう。でも英愛って、音だけ聞いたら外国の人みたいだな。その、髪の色も……」

「うん、それもあってる。この髪はお母さん譲（ゆず）りで、お兄ちゃんはお父さんの髪の色を継いでるの……どう、思い出した？」

教えてもらってようやく、母さんがロシアの血を引いていることを思い出す。妹が、その母さんによく似ていることも――いや、ここまで来てもまだ、俺には妹を妹として半分くらいしか認められていない。

「聞くのもなんだけど、制服で来てるってことは、今日のうちに学校に行くのか？」

「うん、私はお兄ちゃんの高校の附属に通ってるから、お昼からでも登校するって連絡してあるよ。お兄ちゃんは行けたらでいいから、無理しちゃだめだよ」

「……附属？　悪い、もう一度見せてもらっていいか？」

「う、うん……」

俺はエアの生徒手帳をもう一度見せてもらう。すると『風峰（かざみね）学園附属中学2年』と書いてある――つまり俺が通っている高校は、『風峰学園高校』ということになる。

（忘れてるだけで、正式名称はそうだった……のか？　俺が通ってた学校は、附属中学なんてものはない、普通科の学校だったはずだ……）

「……見るって、生徒手帳のこと？」

「ああ、ありがとう。ちょっと確かめたいことがあって……ど、どうした？」

いつの間にか、妹が頬を膨らませてこちらを見ている――何か機嫌を損ねるようなことをしてしまっただろうか。

「……そういうとこだよ、お兄ちゃん」

「ご、ごめん。俺、何かしたかな……生徒手帳を見すぎるのは良くないか」

「なんて、冗談。しょうがないなあ、お兄ちゃんは」

こうして見ると、改めて思うが――このエアという少女、俺の妹というのがやはり信じがたいくらいに美少女がすぎる。

銀色の髪は見ただけでわかるほどキューティクルが整っており、触れてみたいと思わせるものがある。カチューシャもよく似合っているし、間近で見るとさらに睫毛の長さ、瞳の大きさが際立つ――まさに二次元から飛び出してきたような、アイドルじみた容姿の整い方だ。

「……あ、あの、改めて見てほしいっていうわけじゃなくて……お兄ちゃん？」

「あ、ああいや。エアは可愛いな……俺の妹ながら」

「ひぁっ……!?」

思わず素直に言ってしまったが、妹は思い切りその場で跳ねて、ゼンマイ人形のようにぎこちなく前を向いてしまう。

「……運転手さん、そっちの道を右です」

「あっちの方は『E級現出』の警報が出てるので、迂回していってもいいですか。料金はその

分差し引きますので」

「はい、お願いします。この辺りも、E級以上が出ちゃうことが増えましたね……」

「まあ、お役人がしっかりやってくれると信じてますよ、そのあたりはね。うちの市には、優秀な討伐隊もいることですし」

タクシー運転手の中年の男性とエアとのやり取りに、聞き逃せないような単語が出てくる。

「E級……現出？」

「いつもなら、警報は街中ではあまり出ないんだけどね。でも、ちゃんと避けていけば危なくないから大丈夫だよ」

「……その警報っていうのは、何に対してのものなんだ？」

バックミラーに映る運転手が、怪訝な表情をする。

妹にとっては、俺が一部の記憶を失っているということで納得できるのかもしれない――しかし。

どれだけ違和感があり、俺の記憶とこの現実に齟齬があるとしても、許容できる範囲には限界がある。

だが、妹はなんでもないことのように、『それ』を俺に告げた。

「魔物が出現する時に、この腕につけてるブレスレットが教えてくれるの」

――魔物。

『アストラルボーダー』の中でなら、無数の魔物を目にしてきた。経験値を稼ぐために何匹も倒してきたし、一目見ただけで震え上がるような、本能的な恐怖を呼び起こす外見の魔物も相手にしてきた。

しかし、それはあくまでもゲームの中での話だ。

ログアウトしたはずだ。それなのに、現実に魔物が出るようになっていて、それを人々が当たり前の日常として受け入れているように見える――そんなこと、到底受け入れられるわけがない。

「大丈夫だよ、お兄ちゃん。Ｅ級だったら、一分以内に警報が出てるところを離れたら、魔物は出てこないから」

妹が俺を落ち着かせるように言う。それに必死になって反論したとしても、きっと困らせてしまうだけだろう。

（これが夢じゃないとしたら……現実で、魔物に遭うこともあるってことなのか……？）

「お兄ちゃんたちの高等部からは、警報が出ても魔物を退治できるように訓練してる人もいるんだよね」

「魔物退治って、そんなことを学校で……？」

「風峰学園の学生さんは、卒業後に討伐隊に入ることも多いって話ですからねえ」

俺が通っていた高校とは、いよいよ違うものとしか思えなくなってきているが――今は、自分が置かれた状況を理解することに努めるしかない。

魔物が出るというのは未だに信じられないが、俺以外の誰もがそれを当たり前に過ごしているのなら受け入れるしかない——信じずに危険な目に遭うよりは、自分の常識を周囲に合わせて変えていく方がまだいい。

「……エア。俺も高等部ってことは、そういう訓練をすることもあるのか？」

「うん、実習があると思う。学校の授業だから、危ないことはないんじゃないかな」

「そう……なのか。じゃあ、やれるだけやってみるしかないな……」

訓練ということは、銃火器や武器なんかを使えるように訓練するんだろうか。さすがに訓練とはいえ、学生が銃を持てるというほど、俺の中での常識とこの現実がかけ離れていないとは思いたいが——ここまで来ると、何を見せられても受け入れる心の準備が必要だろう。

幸いにと言うべきなのか、俺の家の周囲は思った以上に記憶との差異はなかった。

「……ただいま、って言うところかな」

「おかえり、お兄ちゃん」

タクシーから降り、妹に鍵を開けてもらって家に入る。父と母は仕事で家を空けている——海外で仕事をしているため、俺が入院してもすぐに帰国できず、帰ってくるのは少し先になるらしい。

「俺の部屋は、二階でいいんだよな」

「うん。私とお兄ちゃんの部屋と、あとはお父さんとお母さんの寝室だよ。あっ、階段大丈夫？」

「だ、大丈夫だ。目が覚めてから、急に元気になってるんだよな……」

エアが付き添って支えてくれようとするが、思い切り胸が当たっている。妹だからということかもしれないが、無防備すぎるのでこちらから適切な距離を取らないといけない。

「お兄ちゃんが元気になってよかった。私、学校に行く準備してるから、お兄ちゃんも支度ができたら言ってね」

「ああ、わかった。本当に色々ありがとうな」

「そんなの気にしなくていいの、たった二人の兄妹なんだから」

殺し文句のようなことを言って、妹は一階のダイニングに入っていった。すでに昼前なので、食事でもしてから行くのだろうか。


予想は当たっていたようで、台所で換気扇の回る音がする。妹がどんな料理を作るのかも興味はあるが、今はそれよりも優先しなければならないことがある――自室の状況の確認だ。

二階に上がり、自室のドアノブをひねる。入ってみると、そこは確かに俺の部屋だった。

家具やベッドの配置、置いてあるゲーム機やＰＣも、何も変わっては――そう、思いかけて。

「……Ｄデバイス……とは違う……なんなんだ、これは」

エアが言っていた、頭につけるタイプのゲーム機――しかしそれは、俺が知っているものとは全く違う形をしていた。

ヘッドギア型のデバイスではあるが、見た目が微細に異なっている。特徴的だった丸い宝石のような装飾もなくなっている。全体的に、簡素になっているのだ。

今はまだ、これを着けてゲームにダイブできるか試してみる気にはなれない。また出られなくなったらという思いがある——だが、同時に確信もある。

これはただのゲーム機だ。俺が『アストラルボーダー』をプレイするために使った、あのゲーム機とは違う。見ただけで引き込まれるような、形容しがたいような魅力を感じない。

そして、もう一つ。机の上に置かれているケース——それを開けてみると、腕時計のようなものが入っていた。

「これは……」

俺がこのケースを開けることを見越していたようで、妹の書き置きも腕時計と一緒に入っていた。四つ折りにされたそれを開いてみる。

『お兄ちゃんの分のブレイサーです。高等部の生徒みんなに支給されたんだけど、お兄ちゃんが眠ってる間に届いたので、ここに置いておきます』

エアがつけていたブレスレットだが、正式な名前はブレイサーというらしい。

学園の生徒に必須のものだというなら、使い方くらい知っておいた方がいいだろうか。妹に聞く前に、俺はブレイサーを腕につけてみる。普通の腕時計と同じようにつけられたが、装飾性が高く、これの方が俺が知っているDデバイスに近いように思える。

――ユーザー識別完了　風峰学園冒険科１年生　生徒ＩＤ：５３８１　神崎玲人様と確認しました。

声が聞こえてくる――直接脳内に、というやつだ。どういう原理かわからないが、このブレイサーをつけていると聞こえてくるようだ。

オーバーテクノロジーというのかなんなのか。ゲームの中とは違うが、どこからか声が響いてくるこの感覚は忌避（きひ）したくもあり、皮肉だが懐かしくもある。

『お兄ちゃん、どうする？　学校には行けそう？』

妹が二階に上がってきて、部屋の外から呼んでくる。

俺はいくらも迷わなかった――学校には何かいい思い出がない気がするのだが。

行かなくては始まらない。『冒険科』なんていう、すぐにでもその意味を確かめたいような単語が出てきてしまっているのだから。

３　特異現出

俺のものであるはずの制服は真新しかったが、着てみると思った以上にしっくりとくる。ブレイサーも身につけたままだが、操作方法のマニュアルなどは入っていないし、妹（エア）のつけているブレスレットとは型が違うそうで、学園で操作方法を聞くしかないようだった。

「お兄ちゃん、本当に大丈夫？　学校まで付き添って行かなくてもいい？」

「ああ、リハビリも兼ねて一人で行ってみるよ」

「無理しちゃ駄目だよ、具合が悪くなったら私を呼んでね。今日はいつでも駆けつけられるように準備してるから」

「身体（からだ）は元気だから大丈夫だ……って言っても、今日だけはタクシー使っていいんだよな」

「うん、でも学園の校門までしか行ってくれないから、ちょっと歩くことになっちゃうかも」

「その言い方だと、結構広いってことだな」

「スマホで地図を見てみたら、お兄ちゃんの校舎がどこか分かるから、迷わないようにね」

校門から校舎まで、そんなに離れていただろうか。歩いて一分もかからなかったと思うのだが。

「じゃあお兄ちゃん、また家でね」

「ああ、行ってらっしゃい。気をつけてな」

手を振って見送ると、エアは嬉しそうにはにかんでから、自転車を走らせていった。

附属中学といっても、俺の学校のすぐ近くというわけではないらしい。そう何気なく考えながらスマホを操作して『風峰学園高校』と検索してみて、俺は目を疑う。

（なんだこの敷地の広さ……マンモス校ってやつか？）

薄々と分かってはいたが、俺が知っている高校とは全く違う。入試で来た場所と比べて、広すぎる——校舎はそこまで大きくないものが二つあるはずだったが、この地図の敷地内にある建物は二つどころではなく、校舎の数自体も二つじゃない。

普通科、冒険科、討伐科、生産科。特に生産科の校舎は、周辺に森や農園や牧場があったりするようだが、地図を見ただけでは信じられない。

（そしてこの、敷地の外れにある黒塗りのエリアは……一体なんなんだ？）

地図の表示範囲を広げてみると、町のあちこちに詳細が分からない部分がある。何も起こりそうにないがタップしてみても、『情報を取得する権限がありません』とメッセージが出るだけだった。

予め呼んでいたタクシーが来てくれて、俺は礼を言って乗り込み、行き先を告げる。車が走り出してしばらくすると、ナビゲーション音声が聞こえてきた。

『現在、特異現出が起きやすい状況となっています。アラートの内容の正確性が下がりますので、注意して行動してください。繰り返します……』

「特異現出……すみません、それってなんでしたっけ」

「ええと、久しぶりなんで私もうろ覚えなんですが……今言ってた通り、普通のアラートとはわけが違うってことですね。危険だから、もし出たらお客さんも一緒に避難してもらいますよ」

よりによって、退院したその日にそんな状況になっていようとは――天気が不安定とか、そういうレベルの話なら良かったのだが。

警告というのは、エアのブレスレットや俺の左手首につけているブレイサーが教えてくれる、魔物が出現する前兆のことらしい。

その正確性が下がるというのは、どういうことか。ゲームと同じように考えるのもなんだが、警告よりも強力な魔物が出る可能性があるとか、そういうことになるのか。

――そうなってほしくないと考えた時に限って、いつもそうだ。俺の悪い予感は、高確率で当たってしまう。

俺のブレイサー、そしてナビから、甲高い警告音が鳴る。

『当該区域にて、E級現出が発生する可能性があります。速やかに避難し、討伐隊による対処が終わるまで安全な場所で待機してください。繰り返します、当該区域にて――』

「くそ、よりによってこんな時に……すみません学生さん、警告範囲から外れさせて……」

「っ……待ってください、あっちに何か、黒い……なんだあれ……?」

――少し離れた場所にある公園。その上空に、黒い渦のようなものが見える。

車の窓を開け、身を乗り出して見た時、頭が真っ白になりかけた。

「あれが、魔物……」

黒い渦の中から出てきたのは、緑色の肌を持つ巨人――いや。

『アストラルボーダー』の序盤に出てくる中ボス。無数のオークの軍団を引き連れたオークの王、オークロード。その姿と、あまりにも酷似していた。

「まずい、こんな近くに現れたっ……どう見てもE級なんかじゃないですよ、あれは……っ！」

「──待ってください！」

「お、お客さん、そんなこと言っても、私達にはどうしようも……討伐隊に任せるしかないんですよ、あんな化け物は……っ」

俺もその通りだと思う、ここから今すぐに離れなくてはならない。あれほどの巨体を持つオークロードにもし目をつけられて追いつかれたら、この車ごとひとたまりもなくやられるだろう。

「あっちに人がいる……公園に、誰かがいる。あのままじゃ、魔物にやられる……！」

「だ、だからって、この車で突っ込むってわけには……それになんで、ここからじゃ公園の中は見えないのに、あそこに人がいるって分かるんですか」

何故なのか分からない、説明ができない──だが、確信だけがある。

もう運転手さんも限界だ。彼まで俺の理屈のない勘に付き合わせるわけにはいかない。

「ここまで乗せてくれてありがとうございました、お釣りはいりません」

「っ……あ、あんた、あんな魔物のとこに行ったら死んじまいますよ！」

「ありがとう。でも、自分のことには自分で責任を持ちます」

俺は代金を払い、タクシーを降りる。それでも少しだけ待ってくれていたが、やがて急発進して離れていった。

信号機は機能を停止して、赤信号が点滅し続けている。俺は公園に向けて走り出す──近づいて見ると、やはりあの魔物は俺の知っているオークロードに酷似している。

「――グォォォォォオッ！」

「きゃぁあっ……！」

『――戦闘エリアに侵入、緊急起動許可が承認されました』

「っ……なんだ……!?」

今、オークロードが何をしたのか――その情報が、頭の中に流れ込んでくる。

『アストラルボーダー』では、ＡＩが戦闘において味方と敵がどんなスキルを使っているか、情報を与えてくれていた。音声ではなく、情報として頭に流れ込んでくる――それと同じことが今、この左手首につけているブレイサーによって行われている。

オークロードが使用したのは『咆哮（ほうこう）』。範囲内にいるプレイヤーの行動をキャンセルし、能力差がある場合は『金縛り（かなしばり）』の効果を確率で付与するというものだ。

（あの悲鳴は……もし誰かが巻き込まれて『金縛り』になっているとしたら……っ）

本能は逃げろと警告している。しかし放っておくことなどできない。

――レイト……もう少し早く俺たちが着いていたら、助けられたのかな。

――私は自分の目の前で誰かが死んでしまうのを、もう見たくないです……っ！

――後悔するくらいなら、先に動く。レイト、君が教えてくれたことだよ。

「――畜生（ちくしょう）っ……！」

夢なんかじゃない、俺たちはあの世界で懸命に生きていた。

必ずもう一度会う、三人ともログアウト出来た時に――しかしその時に、三人に恥じるような自分ではいたくない。

戦う力なんて、俺にはない。バカなことをしていると分かっている。

だが公園に駆け込み、目の前に広がる光景を見てしまえば、動かないわけにはいかなかった。

「あ……あぁぁっ……」

《オークロードが民間人Ａを拘束　民間人Ａの体力減少開始》

丸太のように太い腕をしたオークロードに、女性が胴を握られている。

その足元で泣いている女の子――二人はおそらく親子だ。その泣き声を見逃さず、オークロードは牙の突き出した顎から涎を滴らせ、もう片方の手を女の子に伸ばす。

攻撃されれば死ぬ。そんなものは見ればわかる。人間が巨人を相手にしても、戦いにすらなりえない。

それでも、何をしてでも守りたかった。

ソウマの無念は、俺の中にも残っている。ミアが言っていた通りだ、人が死ぬところなんてもう見たくない。

「……逃げて……私のことは、いいから……」

「嫌だぁぁあっ、お母さんっ、お母さぁあんっ……！」

俺は英雄になりたいわけじゃない。オークロードに蹴散らされて死ぬ。それでもあの馬鹿げた太さをした腕に噛み付いてだって、あの親子だけは助けてやる。

「――くそったれがぁぁぁあっ！」

俺が声を発したことで、オークロードが行動を切り替える。振り返りざまに繰り出されるのは『粉砕の裏拳』――パーティでオークを前後から挟んだ時に、後方のプレイヤーを排除するための、防御貫通の必殺技。

死んだ、とそう思った。

しかし技が繰り出され、俺に命中するまでが、奇妙なまでに遅く感じる。

（動ける……避けられる……っ！）

「ガァァッ！」

凶暴な唸り声とともに繰り出された裏拳が、頭上を過ぎていく――スライディングするように回避して、俺は女の子を横抱きに拾う。

それだけじゃない、走っているうちから気づいていたが、自分が思っている以上に身体を動かすことができてしまう。俺はジャングルジムに飛びつき、片手だけで自分の身体を引き上げると、その頂点まで飛び上がった。

驚いているのは俺自身よりも、女の子の方だった――頬に流れた涙が残ったまま、目を見開いて俺を見ている。

「すごい……」

「ごめん、色々と驚かせて……いや、俺も驚いてるんだけど……」

「っ……お兄ちゃん、危ないっ……！」

オークロードが力を溜め、ジャングルジムごと俺たちを吹き飛ばそうとする。今の身のこなしなら、この高さから飛び降りても怪我はしないだろうが——より安全に降りるのなら、身体能力だけでは限界がある。

しかし幾らなんでも、現実でスキルが使えるわけがない。オークロードの手から女の子の母親を解放するためには武器を探さなければいけない。

（絶対に助ける……っ！）

オークロードがジャングルジムに向けて繰り出したのは『爆砕の剛拳』——『格闘術』の中では中位に位置する技で、地形を破壊し、装備品にもダメージを与えるという厄介な効果を持つため、これを出させずに倒すために苦心したものだった。

しかし今は、攻撃をキャンセルさせる方法も何もない。飛び降りでダメージを受けるとしても、生きているなら安いものだ。

「グォォォアアアアッ‼」

溜めが終わり、爆撃のような威力を持つ拳が繰り出される——しかし、その一瞬前に。

「——はぁぁあっ‼」

オークロードは完全に俺たちに気を取られていた。その隙を衝き、横から走り込んできたのは、髪から服、そして武器まで、全て白で統一したような少女だった。

「グォアッ……‼」

あの技は――『剣術』の中では発動が速く、ヒットさせることで攻撃をキャンセルできることから有用とされていた『ファストレイド』。

「そちらのあなたは、女の子を連れて逃げてください！　捕まっている女性は、私が一人で助けます！」

彼女には、俺たちを気遣う余裕さえある。オークロードを倒すことができる、その自信が彼女にはあるのだろう。

ジャングルジムから飛び降り、俺は公園の出口に向かおうとする。しかし女の子が後ろ髪を引かれているようで――俺だって、とてもじゃないがこのまま立ち去る気にはなれない。

一撃を受けてもすでに傷が再生しつつあるオークロードを前にして、少女は剣を構えている。

「……逃げて……この魔物には……」

「逃げることなんてできません。私があなたを助けます……っ！」

白く光を帯びた剣。それを扱っているのは、人間――スキルを使うのは、魔物だけじゃない。

(だとしたら……俺にも、使えるのか……？)

「――やぁぁぁっ！」

凛とした気合の一声とともに、少女がオークロードに斬りかかる。

――しかし、ユニークモンスターと呼ばれる種類の魔物だったオークロードは、初見殺しの能力を持っている。

(――あいつに近接攻撃スキルを使うのは駄目だ……っ！)

俺が叫ぼうとした時には、既にオークロードは少女に向かって右手をかざし、凶暴なまでにその眼を輝かせていた。

4　初見殺し

すでに技を繰り出している途中で、気を削ぐわけにはいかない――それにオークロードが『アストラルボーダー』と同じ能力を持っているかは分からない。

しかし悪い予感は当たり続ける。あのオークロードの凶悪な笑み、あれを見た時に俺自身がどうなったか。思い出すだけで、恐怖が蘇ってくる。

「――反撃が来たら、なんでもいいから逃げろっ！」

「っ……逃げるなんて……っ！」

デスゲームと判明した時から、プレイヤー全員を蝕んだもの。死の恐怖は、魔物に戦いを挑んでいく勇気を奪い去った。

彼女には勇気がある。だからこそ、折れさせてはならない――そのために、俺に何ができるのか。

《オークロードの拘束により民間人Ａの体力が減少》

《折倉雪理が剣術スキル『雪花剣』を発動》

「その人を……っ、離しなさい……っ！」

少女の身体（からだ）が発光し、その輝きが剣を覆（おお）う。それが冷気属性の技であることは見てわかる――『剣術』で習得する属性技は、プレイヤーの適性次第で変化する。冷気属性は『アストラルボーダー』のゲーム内では珍しく、冷気弱点の魔物が多いために適性持ちの人数が制限されているのではないかと言われていた。

だが、同時に愕然（がくぜん）とする。剣を覆う光にも、彼女自身にも、何の補正（バフ）もかかっていない。

（『剣術マスタリー』の効果がなければ、剣術スキルの威力が強化されない。それに『雪花剣』が強力な技だったら、オークロードの『あれ』が来る……！）

冷気を纏（まと）って繰り出された剣を前に、オークロードは左手で女性を拘束したまま、白い少女に向かって右手をかざしたままでいる――そして。

《オークロードがスキル『アンブレイカブル』を発動》

「っ……きゃぁあっ……!!」

冷気とともに振り下ろされた剣が、いとも簡単に弾かれる。

プレイヤーが一定以上の威力を持つ近接攻撃スキルを使った時、攻撃を反射し、装備にダメージを与えて吹き飛ばす。それがオークロードの持つ初見殺し『アンブレイカブル』だ。

全てが俺の中にある知識と一致していた。戻ってきた現実が『アストラルボーダー』に侵蝕されているとでもいうのか――俺はまだ病室で寝てるのかもしれない、そんな思いは少なからずある。

――だが、何もかも。

考えるのは、この悪夢の象徴である化け物をどうにかしてからでいい。

逃げることをやめた時、俺は女の子にその場から動かないように言い聞かせて、すでに動き出していた。目の前には吹き飛ばされた少女――受け止め、その軽さに驚き、こんなに華奢な身体であのオークロードに立ち向かったのかと感嘆する。

「……逃げて……あの魔物は……わた、しの……技、効かない……」

「ああ、よく知ってるよ」

「……あな、た……何を、言って……」

オークロードは俺が戻ってきたことなど意に介さず、捕まえていた女性が体力を減らされ、動けなくなったところで食事を始めようとしていた。

『アストラルボーダー』の中では、オークは人間を奴隷にするか、文字通り食べることもあると言われていた。オーク討伐クエストで助け出した捕虜は正気を失っていて、仲間が食べられた時の光景を語ってくる――あのゲームはプレイヤーに恐怖を与えることに関しては、嫌になるほど周到にできていた。

「や、やめっ、やめてっ……あぁぁっ、助けてっ、助けてぇぇぇっ……！」

「グガガ……ッ」

オークの眼と口が歪む。その表情が、俺はとても嫌いだ——まったく、反吐が出る。

「嗤うな」

あのアズラースですら、俺の仲間を殺す時には、確かにその表情を見せた。魔物と命の取り合いをするなんて馬鹿げているのに、そんな理不尽を俺達に強いておきながら、奴らは嗤っていた。人間をいたぶることが心底楽しいとでもいうように。

オークが動きを止め——俺が何もできないと見なしたのか、何事もなかったように、爪の先だけで女性の服を、剝ぎ取ろうとする。

スキルなんて発動するわけがない。この少女が使ってみせたって、俺はこの世界のことをまだ何も知らないし、自分が何をできるかも分からない——だが。

指先が動く。右腕で少女を抱きとめたまま、俺は左手で、空中をなぞる。

(使える……本当に、そうなのか。変わったのはこの世界だけじゃなく……)

「っ……今、スキルを使ったら……詠唱時間に攻撃される……っ」

力を振り絞って少女が警告してくれる。しかしルーンはもう完成している——空中にすべらせた指の軌跡が光り、図形が浮かび上がっている。

ここまできて何も発動しなかったら、それが俺の天運だろう。オークは人質を使って俺を誘っていたようで、俺の詠唱を潰すため攻撃に移る。

「——遅えよ、化け物」

《神崎玲人が攻撃魔法スキル『フレイムルーン』を発動　即時発動》

攻撃魔法ＬＶ１――オークロードに対しては全く火力が足りない、それでも顔に当てれば怯(ひる)ませるくらいのことはできる。

本当に、それくらいのつもりだった。

『呪紋師(ルーンマギウス)』の攻撃魔法は、専門職の魔法使いなどと比べたら全然弱く、火力としては期待できない。特に序盤ではＯＰ(オーラ)の最大値が低いので、一発打ち込んでは逃げてを繰り返さないといけなかった。

だが――俺の『フレイムルーン』は、レベル１のスキルとは思えない、とんでもない規模の火力を発揮してしまった。

空中に描いた図形(ルーン)から、爆発的に炎が吹き出す。魔法使いの使う火炎弾(ファイアボール)の威力の三分の一程度しかないはずの『フレイムルーン』が、おそらくレベル15前後のユニークモンスターのはずのオークロードの頭部を一撃で吹き飛ばした。

（えっ……ちょっ……！）

オークロードは立ったままの姿勢だが、左手の力が抜け、捕らえていた女性が落下しそうになる――そこで発動したのが『特殊魔法』系の、これまたレベル１のスキル、『フェザールーン』だ。

《神崎玲人が特殊魔法スキル『フェザールーン』を発動　即時遠隔発動》

高所から飛び降りる時などに効果を発揮する、物質を羽毛のように柔らかくすることができるルーン。効果がある対象は限られており、魔法の効果を強化するためのステータス『魔力』『精神』が低い初期のうちは、直接ルーン文字を指で描ける範囲にしか使えない。

そのはずが――指で直接触れなくても離れた位置に図形が浮かび上がっている。さっきから『即時発動』となっているのは、おそらく詠唱時間がゼロであるということだ。

（ステータスが一定以上で、『高速詠唱』レベル1を取っていれば、レベル1の魔法は全て即時発動になる……遠隔発動もできるってことは、つまり……）

運動神経が飛躍的にというか、超人的なまでに向上している。それがなぜなのか、今の今まで思い当たっていなかった。

向上しているのは運動神経だけじゃない。『アストラルボーダー』で上げたステータスが、全て今の俺に引き継がれているのだとしたら――。

「っ……」

魔法の効果は無事に発動していて、女性が落下しても柔らかく受け止められる。ルーンの効果はやはりステータスに依存するし、いつでも解除することは可能だ。

「……あっ、ええと……もう大丈夫……でいいのかな」

首のないオークロードの巨体を見て、怖がらせてしまったら――そう思うが、絶命したオークロードの身体は『アストラルボーダー』と同じように、やがて光の粒となって霧散し、あとには宝石などが残った。

「……あなた、一体……何を……」

「い、いや……俺もできると思ってなくて、威力も何か高かったけど、基礎のスキルを使っただけなんだ」

腕の中の少女は信じられないものを見るように、俺を見て――そして、驚きも通り越すと呆れてしまうのか、ふっと笑った。

「……ありがとう……あなたの、名前は……？」

「俺は、神崎……」

答え終わる前に、少女が目を閉じてしまう――ちゃんと呼吸はしているが、負傷して意識がなくなるのは危険だ。

「……お兄ちゃん」

「あ……ご、ごめん。怖かったよな……」

女の子がお母さんを心配してか、こちらまでやってきていた。俺を見る目が涙で潤んでいるのは、怯えさせてしまったからだろう――そう思ったのだが。

「ううん、お兄ちゃんかっこよかった。悪い怪人をやっつけるヒーローみたい」

「え……い、いや、変身とかはしてないんだけど……」

女の子が俺の膝のあたりにしがみついてくる。怖がられてしまうよりもずっといいが、これはこれで落ち着かない。

「……あん……な……」

「お母さん……っ！」

母親にも意識はあるが、生命反応が弱い――医者でなくても感覚的に分かることもそうだが、公園に近づかなくても中に人がいるのが分かったのは、おそらく常時発動スキルの『生命探知』が働いているからだろう。

そういうことなら、基礎の回復魔法も使うことはできそうだ。この折倉さんという人も回復させられるといいが――と考えたところで。

（うわっ……！）

オークロードの『アンブレイカブル』は、反撃時に装備にダメージを与える。それも、武器だけではなく防具に対するダメージも大きい。

「……ん……」

意識を失い、俺の腕に抱きとめられている折倉さんの制服が、派手に破れてしまっている。ブレザーの前が破れて、その下にある肌が――そこで俺は強制的に目をそらした。

現実における装備とは、つまり着ている制服ということになる。こんなことも失念しているなんて、我ながら抜けている。

俺は目を閉じたままで、折倉さんをその場に横たえると、自分の制服を脱いで上からかけた。

回復魔法系の『ヒールルーン』を二人に対して同時に発動させ、服の代用をするようなスキルを今の俺が使えるのかを考えながら。

5　Ｄ級ユニーク討伐

『呪紋師』が回復魔法レベル1のスキルを取得すると、『ヒールルーン』を使うことができるようになる。

『クレリック』などのヒーラー系職業と比べると、回復役としては役に立たないと言われていた――触れないと使えないこと、ルーンが浮かび上がってから消えるまで少量ライフが回復するだけで、序盤に宿代を節約してライフを回復させる手段としてしか使えなかった。

（しかし今の俺なら……『ヒールルーン』の回復上限が、かなり高くなっている。それに触れずに発動できるのも利点だ）

「お母さん、怪我が良くなってる……お兄ちゃん、魔法も使えるの？」

「良かった。ちゃんとお医者さんに診てもらうために救急車を呼ぶから、その辺りで待っててくれるかな」

「うん。お姉ちゃん、大丈夫？　服が破れちゃってた」

特殊魔法の『ジャミングルーン』を使い、認識を阻害して服を着ているように見せることもできるのだが、それでは根本的な解決にならない。何より『ジャミングルーン』はレベル3のスキルなので、今の俺では発動できないようだ。

スキルポイントがどれくらい残っているのかも分からないし、『アストラルボーダー』でできたようにステータスオープン的なことを小声で言ったり念じたりしたものの、自分のステータスが参照できない。

このブレイサーがそういった機能を持っていてくれたら良かったのだが。そう思ってブレイサーをふと見た時、頭の中に機械的な女性の声が流れてきた。

《主要個体を討伐完了　特異領域が消失》
《【狂壊の剛鬼】オークロード　ランクD　討伐者：神崎玲人》
《ユニークモンスターの討伐称号を取得しました》
《ランクDユニークモンスター討伐により、C級討伐参加の資格を取得しました》
《討伐に参加したメンバーが1500EXPを取得、報酬が算定されました》

オークロードはユニークモンスターであり、主要個体と呼ばれるものでもあったらしい。つまり、主要個体を倒すとあの黒い渦のようなものが消え、魔物の現出が終わるということだろう。実際に、いつの間にか濁ったように曇っていた空が晴れてきている。

このブレイサーは魔物と戦った時に、それをちゃんと記録もしてくれるし、どういった組織が出しているものかは分からないが、称号や報酬なども授与してくれるらしい。

『Ｅ級現出』の警報が出たのに、出現したのはＤランクの、それもユニークモンスターだった――これが特異現出の恐ろしさということか。もし折倉さんがＥ級の魔物を想定して来ていたなら、運悪くも格上とぶつかってしまったことになる。

「……ん……」

気絶状態を回復させるような回復魔法は、スキルレベルが１の段階では使えない。さっきまでは電話がつながらなかったが、もう一度１１９にかけてみると、ほどなく繋（つな）がった――のだが。

「救助を呼ぶ必要はありません」

「え……？」

公園に入ってきたのは、黒のパンツスーツ姿の女性だった。金色の髪を後ろで結んでポニーテールにしていて、眼光は鋭く、手にはグローブをつけている。

一見すると分からないが、何かスーツの内側に武器を持っているようで、重心がほんのわずかに偏（かたよ）っている。靴（くつ）も普通のものではなく、格闘に使うためのもののようだ。

（集中すると、こういった簡易的な情報を得られる……『鑑定』ができてる。でも、この把握（はあく）できてる情報からすると、レベル１相当だな）

『鑑定』はレベル２からが本番で、敵のドロップ品などで出てくる謎のアイテムを識別することができるようになる。『アストラルボーダー』では便利だと思って取ってしまったが、レベル２からの取得に必要なスキルポイントが多くなるため、専門職以外は取ることが推奨（すいしょう）されない——と、ここまで考えられる余裕があるのはなぜか。

（思考が高速化されてる……集中するとそうなるのか。この状態で戦闘したりすると、相手の動きが遅く感じられる。俺の速さは幾つだったっけ……駄目だ、記憶が曖昧だ）

オークロードの速さの数値はそれほど高くなく、１００もなかったはずだ。それで遅く感じたのだから、俺の速さは２００以上——あるいは、アズラースと戦う前のステータスが反映されるのなら、５００には達していることになるか。

「お嬢様、ご無事ですか。良かった……お怪我は軽いようですね」

女性が折倉さんを抱き起こそうとして、俺がかけた制服の上着がずれる——俺は慌ててあさっての方向を向いた。

「っ……どのような魔物と戦えば、こんな状態に……でも、制服だけが破れていて、肌には傷ひとつない。バイタルも正常とは……」

自分の能力を他のプレイヤーに明かすことは、なるべく避けたほうがいい——『アストラルボーダー』の中でも、そんなことをしてる場合じゃないのに、プレイヤー間での足の引っ張り合いや、他のプレイヤーを致命的な状況に追いやるような裏切りは起こってしまっていた。

しかし、何をしたか一切話さないというのは怪しまれてしまう。可能な範囲で、何があったのかを説明すべきだ——今はそう判断する。

「さっき特異現出というのが起きて、でかい魔物が出てきたんです。それで、彼女が戦いを挑んで……」

「お嬢様が、魔物を討伐された……それで、傷を負った。なんという無茶を……」

実際に倒したのは俺だと、訂正するべきだろうか。しかし彼女が勇敢だったこと、オークロードから人を助けようとしたその思いを、できるだけ尊重したい。

「……あなたは折倉家に仕える人間の誇りです、雪理お嬢様」

「その……彼女は怪我をしてしまって、回復魔法を使わせてもらいました。できればあそこにいる親子と一緒に、病院で診てもらった方がいいと思うんですが」

「バイタルは正常ですから、お嬢様はいずれ目を覚ますでしょう。しかし、あなたの言う通りです。これからお嬢様を、当家の経営する病院にお連れします。そちらのお二方も」

「それは良かった。でも、お一人で大丈夫ですか？」

「公園の外に車を待たせておりますので……よろしければ、協力をお願いいたします」

「い、いや……そんなに畏まらないでください、俺も協力したいと思っていたので。回りくどい聞き方をしてすみません」

彼女が病院まで連れていってくれるのなら、俺はこのまま学校に行くことができる。

まだ正直言って魔物が出てきたこと、スキルが使えたこと、そしてその威力が尋常ではないこと――何もかも、呑み込みきれていないのだが。

「では、私がお嬢様を運びます。あなたはあちらの女性をお願いできますか」

「はい、分かりました」

「……車に戻ったら、私の上着をお嬢様におかけしますので、制服はお返しできるかと思います。これはあなたのものですよね」

「は、はい、まあ……すみません、これくらいしかなくて」

「いえ。ただ、感心していただけです。あなたは紳士なのですね」

どこか冷たい印象のある女性だったが、その時初めて笑顔を見せた——と、見とれてる場合じゃない。

6　魔石

制服の上着を返してもらうことはできたが、すぐに袖を通すのも何か気恥ずかしいので、後にしておく。

「じゃあ、俺はこれで……」

「っ……待っ……」

「……ま？」

呼び止められたようなので足を止めるが、スーツの女性はなかなか話そうとしてくれない。

俺に対して何かまだ聞くことがあるのだろうか。いや、冷静に考えなくても謎だらけもいいところだろうが——と考えながら、何かが変だと気がつく。

（『生命探知』の反応が……平常時と違う。これはどういう反応だったっけ……）

『生命探知』で感知できる生き物は、生命の鼓動を表現しているように、拍動するようなオーラに包まれている。

その拍動が平常時よりわずかに速い。季節は春で特に暑くはないのに、少し汗をかいているようだ――視線も安定しない。

分かるのは、彼女が緊張しているということくらいだ。一度ゲームの中で死んだのが原因なのか、記憶に曖昧なところがあって、スキルの性質を全部思い出せない。

「……よろしければ、お名前を……その、お嬢様が魔物を討伐なさったとはいえ、あなたにはとてもお世話になりましたので」

「あ……は、はい。俺は神崎玲人です」

「神崎、玲人様……い、いえ。神崎さんですね。その制服は、風峰学園冒険科のものとお見受けしますが」

「そうみたいです。わけあって、今日から初めて登校するような気分なんですが……って、変なこと言ってますよね、俺」

「それは……何かのご事情ですか？　それに、お昼から登校というのも……」

「今日の朝退院したばかりなんです。それで、学校に顔だけでも出しておこうと思いまして。本当のところは、妹にそうするようにと勧められたんですが」

少しでも気を楽にしてもらおうと色々話すが、彼女は話を聞きながら手帳を取り出して何か書き込んでいて、俺の方をまともに見てくれない。

（何か見落としてるような……こういう経験があったような気がする。そう、『アストラルボーダー』の中で……）

「そのような大変なときに、お嬢様を介抱していただき、ありがとうございました」

「いや、気にしないでください。困った時はお互い様ですから……ええと、良かったらこちらも名前を聞かせてもらっていいですか」

「っ……も、申し訳ありません。私は折倉家の使用人をしております、坂下揺子と申します」

改めて見ると坂下さんは年齢的には俺と変わらないか、少し年上なくらいだと思うのだが、スーツ姿の印象で大人びて見える。

しかしお嬢様がいて、しかも使用人がいるというのは、庶民の俺にとっては相当なファンタジーだ。魔物が出てスキルまで使ってしまった今、思うことでもないが。

「では……神崎様、またどこかでお会いできましたら、ご遠慮なくお声掛けください。こちらからご挨拶することもあるかと存じます」

「え……い、いや、あの……」

俺とは住む世界が違う人たちのようなので、そう言ってもらえても会える機会は滅多になさそうだ。そう思うのだが、呆然としているうちに、坂下さんは車に乗り込んでしまった。後部座席に乗っている女の子が手を振っているので、それに応える。

「……あんなイメージ通りのお嬢様が存在してるとは。雪花剣、決まるところを見てみたかったな」

折倉雪理という少女の勇敢さには、感銘を受けていた。一目見たら忘れがたいくらい可憐な容姿をしていて、全身白で統一されたような姿も強く印象に残っている——だが半裸のところを一瞬でも見てしまったので、可能な限り記憶を封印する努力をすべきだろう。

マップを見ると、ここから徒歩でも学校には辿(たど)り着けそうだ。またタクシーを呼ぶことはせず、今使えるスキルを試しながら登校してみることにする。

「……あ」

坂下さんは気づかなかったが、オークロードを倒したあとのドロップ品が落ちている。折倉さんと分けるのが筋と思うが、とりあえず回収して持っておいた方が良さそうだ。

《『疾風のエメラルド』を1個取得しました》
《『オーラドロップ小』を5個取得しました》
《『オークロードの魔石』を1個取得しました》

このエメラルドというのは、属性の力が封じられている。使うにはスキルが必要だが、呪紋師のスキルにはこういった宝石の力を利用できるものがある。

オーラドロップはスキル発動に必要になるＯＰ(オーラ)を回復させる。丸い小さな粒で、丸薬(がんやく)のように飲んで使用する。

「……こういうところまで同じなのか。滅多に出ないってのに」

そして最後に、オークロードの魔石。ユニークモンスターの魔石は非常に貴重で、落とす魔物自体が出現しにくいのに百匹倒して一個落とせばいい方だ。

だが、魔石を出やすくする方法はいくつかある。その一つは討伐する時に一人のプレイヤーができるだけ多くのダメージを与えること。そして、少ない攻撃回数で倒すことなどだ。魔物によって、設定されている条件は異なっている。

今回の場合も複数の条件を満たし、魔石を落とす確率が上がったと考えられる。売ってもかなりの価値があるが、この魔石が優れているのは、装備した時に魔物の技を一つ使えるようになるということだ。

オークロードの技といえば『爆砕の剛拳』か、もしくは『アンブレイカブル』か。いずれにしても、持っていて損をすることはないだろう。

「……でも、また会えた時のために持っておかないといけないな」

鞄の空きスペースには限りがあるが、どれも大きなものではないので問題なく収納し、俺は登校を再開した。

「さて、足を速くするスキル……前はよく使ってたが……」

レベル1の強化魔法『スピードルーン』を使い、どれだけ速さに補正がかかるかを試してみる。自分の手の甲に図形を描き、そして走り出すと――。

「――うぉぉぉっ……!?」

軽く走り出したつもりが、空気がねばついて感じるほどの凄まじい加速に面食らい、当面は人に見られない場所でしか使えないということを確認することになった。

この世界は、俺が知っている世界とは違う。魔物が実際に出現し、スキルを使える人がいる――俺を含めて。そして俺の力は、どうやらこの世界を生きていくために必要になるということらしい。

今の自分が何をできて、どれくらいの力を持っているのか。混乱してばかりだったが、今は変わってしまった世界に適応することだ。そう、頭を切り替えることができそうだった。

第二章　冒険科で始まる学園生活

1　風峰学園

「これが風峰(かざみね)学園……なのか？」

散り始めた桜が舞う向こうに、高い壁が張り巡らされている。ただの壁ではなく、何か特殊な力を感じる——どうやら魔物の対策が施(ほどこ)されているようだ。この壁自体が結界のようなものだと考えていいだろう。

スマホの経路検索では、公園から学校まで車で行くと十五分かかると表示されていた。『スピードルーン』で加速すると、あまりの速さに途中で解除したのだが、学校の門までかかった時間は約三分だ。

法定速度を守っている車より五倍速いというのは、果たして人間の範囲におさまっているのだろうか。いや、普通に歩いた時間も含まれるので、『スピードルーン』で走っている時の速度は時速200キロから300キロなどではきかない。

（戦闘中なら加速スキルを使ってるってことでごまかせるだろうが、普段からそんなスピードで走ってたらいつか事故を起こすな……）

『アストラルボーダー』は実面積地球一つ分と言われるほどマップが広いので、移動手段の模索は序盤の課題だった。速さが上がる装備を探し、速さを一時的にでも上げるスキルを取り、騎乗できる動物を探し、乗り物を探し、ワープする手段を手に入れ――と、最初から最後まで移動時間の効率化について考えさせられたものだ。

俺の場合、特殊魔法のスキルレベルを上げると移動系のルーンというものも習得できる。あらかじめ設定した二箇所の間を移動したり、ダンジョンから一瞬で脱出したり、今まで立ち寄った街にワープしたりできるようになる。

『アストラルボーダー』では重用されるスキルだったが、移動系スキルを他の誰かに強制的に取らせ、便利屋のように使う質(たち)の悪いパーティも出てきたりで、俺も少々苦い思いをした経験がある。ソウマたちと一度喧嘩(けんか)別(わか)れしてしまったことがあり、勧誘されたパーティで、移動スキルを専任でやらされたことがあったのだ。

（あれは悪女というやつだったな……あの姉妹もまだあっちにいるのか。こうなった今となっては、あっちにいるのと『この現実』に帰ってくるのは、どっちが良いんだろうな）

なんにせよ、確実に死んだと思っていた自分が生きているのだから、拾った命を捨てるようなことはせずにおきたい。

とりとめもなく考えながら、校門に近づく。守衛さんに止められたが、学生証を見せて事情を説明するとすんなり通してくれた。

同時に、スマホを使って調べられるのか、俺のクラスがどこかも教えてもらえた。ここは正門で、西側にあるのは普通科の校舎。生徒数は三六〇人で、これこそがまさに俺が通っていた風峰高校に近い場所だった。

――その普通科に向かわず、学園中央通りを北に向かうと、また壁が張り巡らされており、向こう側に行くための『中門』が見えてくる。

門は開放されていて、授業時間中は素通りできるようだ。この空気は何か懐かしい――校舎の中にいる生徒たちが授業を受けている、シンとしているがそこに多くの人がいるという雰囲気。

「……おや？　君、新入生なのにお昼から登校とは、なかなかの重役出勤だね」

「あ……す、すみません。俺、今朝まで入院していて、登校を再開する旨を伝えに来たんです」

俺に声をかけてきたのは、スーツ姿の男性だった。教員にしては砕けた雰囲気で、柔和な笑みを浮かべている。学校内でサングラスをかけているのはかなり気になるが。

褪せた灰色の髪色が示すのは、彼の属性適性が変わったものであるということ――あの色はなんの属性だったか。

「そうか、復帰おめでとう。ちょうど良かった、今日は初回バディを決める日だからね」

「初回バディ……？」

「入学時の説明でも教頭先生が説明していたと思うけど、冒険科の授業は一人じゃなく、多くの場合二人を最低単位としている。だから、当面ペアを組む相手を決めるのさ。二人組を作れ、

「――ということがあったが、その二人が……」

「そういうやつだね」

ああ、それは俺の苦手なやつだ――新しいクラスで二人友達ができたはいいが、その二人がペアを組んでしまい、俺が浮くという経験をしたことがある。要領が悪いというのか、学校生活においては苦い経験が結構ある。

そんな俺が学校にすんなりやってきたのは、学校でのしがらみなんて今となってはそんなにヘビーなものじゃないと思えるから――それと、エアに心配をかけたくないというのもある。

「まあ、そこまでシビアに考える必要はないよ。可愛い女の子と組めたらいいな、というくらいで考えておくといい。健闘を祈るよ、少年」

「は、はい……ありがとうございました」

結局互いに名乗らなかったが、あの外見ならまた会った時にはすぐ分かるだろう。俺のことを覚えてくれているかは怪しいところだが。

「しかし、バディか……」

『アストラルボーダー』においても、ソロプレイは推奨されておらず、二人以上で攻略することが前提の場面ばかりだった。例えば離れた場所にあるダンジョンの仕掛けを同時に動かすとか、そういうギミックが前置きもなく出てきたりする。

俺の場合、厳密には絶対にペアが必要というわけではない――というのは、『アストラルボーダー』で使えたスキルが使えればの話だが。しかし勿論、組んで授業を受けることが必須というなら、俺の頼りない対人スキルをフル稼働させるつもりではいる。

なんとなくネクタイが曲がっていないか確認したあと、俺は1年F組の教室がある冒険科第三校舎に向かった。

昇降口で靴(くつ)を脱ぐとか、そういう過程は必要がなかった。本当に日本の学校なのかと思うほどに広い廊下(ろうか)を、小さな機械のようなものが動き回ってこまめに掃除(そうじ)をしている。驚くべきことに駆動音も何もない——『生命探知』で分かったが、どうやらあれは魔法生物のようだ。

魔法生物は『生命探知』を持って目を凝(こ)らすと、付与されている魔法の属性の色に光って見える。無生物でも光って見えるが、これは『魔力探知』の効果だ。本来は、魔力で動く罠(わな)などを看破するための技能だが、校舎に配置された魔道具を把握(はあく)するために役に立っている。

(あとどんなスキルを持ってたっけ……使う場面が来ると思い出すんだけどな)

考えているうちに、1年F組のプレートがかかった教室が見えてきた。

ドアをノックしようとして、中から声が聞こえてくる——それで、俺は思わず手を止めた。

「せんせー、黒栖(くろす)さんにペアがいませーん」

「こういう場合って先生とバディ組むのかよ？　それってズルじゃね？」

「初回バディの期間は先生が組みます。組み換えの時までには、ええと……神崎(かんざき)くんも戻ってくるでしょうし」

「カンザキ？　そいつって本当に来るんすか？　入学早々に怖くなって来なくなったチキン野郎じゃないすか」

「憶測でそういうことを言うの、先生は良くないと思うわ。神崎くんは……体調不良で入院しているんです。いつ戻ってきても、彼をクラスの一員として受け入れましょう」

「実習が始まってもそんなこと言ってられるんですか？　魔物を倒すほど経験が積めるんですから、後から来た人にペースを合わせるのは私たちが不利じゃないですか」

「それは……」

なるほど――俺のクラスは、どうやら少々ギスギスしているらしい。

小学校から中学校までなら、それなりに付き合いも長くなってきて、学校の中での社会はこういうものだという既成概念が築かれていく。しかし高校では、その構築を一からやり直さないといけないので、最初は緊張するわけだ。

俺がどんな人物か喧伝する必要はないが、一方的に負のイメージを持たれているなら、それをリセットする必要はある。リアルはクソゲーだ、そう思っていた頃の自分が顔を出しそうになる――だが、勝手に色々と言われたままで終わるのは不本意だ。

ドアをノックする。教室が一気に静まり、先生も驚いているようで返事がない。

「失礼します」

教室の中に入っていく。誰もが目を丸くして俺を見ている――このタイミングで来るのか、と言わんばかりだ。

おそらく野次を飛ばしていたのはウルフヘアの、耳に安全ピンを刺した男子生徒。見るからに女子にもモテるだろう、整ったマスクをした彼が面食らった顔をしている——だが俺と目が合うと、不機嫌そうな顔に変わった。

「ええと……三日も休んですみませんでした。今日の朝退院できたので、明日から学校に復帰します」

前途多難ということもない、遅れを取り戻すにはもう遅いということもないはずだ。

三十一人の生徒たち——男女の比率はほぼ半々か。俺を入れて三十二人なので、それで一人ペアを組めずに浮いてしまっていたわけだ。

「それで、急にやってきてなんなんですが、先生……」

「は、はいっ……なんでも聞いてくれてかまいませんよ、神崎君。私は先生ですから」

緊張しすぎて受け答えが不自然になっているが、少し陰があるものの優しそうな先生だ。紫色の髪を三つ編みにしていて、白衣を着ている——化学か何かの担当だろうか。担任の名前を失念しているのもどうかと思うが、元々はこの人が担任ではなかったような気がする。

「今日、初回バディというのを決めているんですよね」

「ええ、今日はホームルームの時間を使って決めているんだけど……神崎くん、滑り込みセーフだったわね」

先生は微笑（ほほえ）み、そして——後ろの席で、一番日が当たらないところに座っている、女子生徒の方を見やった。

「神崎くん、黒栖さんとペアを組んでもらってもいい？」

「はい。足を引っ張らないように頑張ります」

「っ……」

俺がそう答えると、黒栖さんが何か反応するのが見えた――先生と組むほうが良かったということか。そこは信頼を獲得する努力をするしかない。

「ええ……もしかしなくても最弱のペアだろ」

「黒栖さん、先生と組んだ方が良かったんじゃない？　男子のこと怖がってそうだし」

教室にクスクスと笑い声が起こる。俺は黒栖さんの隣に座るが、一番後ろの席は座ってみると結構落ち着く。好奇心に負けて振り返る生徒には、愛想笑いを返しておく。

（昔だったら焦りまくって落ち着かなかっただろうな……これも『精神』ステータスの恩恵か。精神系の状態異常にならないように鍛えた甲斐があったな）

「神崎君が元気に登校してきてくれて本当に良かったです。この三日間の授業を彼は受けられていませんから、分からないことがあったら、皆さん教えてあげてくださいね。勿論、先生も全面的に協力します」

そう――俺以外の人間にとって、空白はたったの三日ということになっている。

俺が入ったのは普通科のはずだが、この三日を挟んで冒険科に変わっている。それどころか世界そのものが有りようを変えている。しかしオークロードのような魔物と戦ったことで、これが紛れもない現実だと実感せざるを得なくなった。

自分が想像する以上に動く身体。その感覚が馴染んできている——自分の能力でどれくらいのことができるかを把握し始めている。

だがそれは、ここにいる生徒も同じなのかもしれない。これだけ俺のことを色々言ってくれているのだから、態度相応の能力を持っているということもありうるだろう。

「……あ、あの……」

「ん……あ、ああ。ごめん、急に出てきたから驚かせたよな」

隣の席の黒栖さんが、小声で話しかけてくる。夜空のように深い藍色の髪をしているが、長く伸ばした前髪が顔を隠していて、俯きがちの姿勢で、身体を縮こまらせている——いかにも引っ込み思案という印象だ。

「……私も、頑張ります。足を引っ張らないようにするの、私の方……なので……」

黒栖さんが少し髪をよけて、俺を見る——そして。

彼女がなぜ俯きがちなのか、頑張って姿勢を正そうとした時に、分かりすぎるほど分かってしまった。

（そ、そうか、胸が……大きいから、目立たないようにしてるのか。それにこの子、前髪で隠れてるけど……）

「では、今日の残り一時間はバディとの自由行動とします。施設の使用についてはそれぞれの先生に許可を取ってください。勝手に帰っちゃうのは禁止よ」

いきなり自由行動——それも女子と。などと浮き足立ってる場合じゃなく、とりあえず今後

何をするのかを知らないといけないし、黒栖さんに教えてもらっても大丈夫だろうか。

「神崎クン、大変だと思うけど頑張ってねー」

「黒栖って見るからにエロいからな。神崎、襲うんじゃねーぞ」

「バカ、逆だよ。神崎が黒栖に襲われちゃうんだろ」

好き勝手言ってくれる——と思いつつも、いちいち怒る気がしないので受け流す。心配なのは、勝手な想像をされてしまっている黒栖さんのことだ。

「……だ、大丈夫……です。襲ったり、しませんから……」

「い、いや、そんな心配は……というか、さすがに酷いな。クラスメイトとはいえ、若干思うところが……」

「いえ……いいんです。色々言われても、仕方ありませんから……」

そう言う黒栖さんを、改めて見て——そして、気がつく。

（これは……どういう……）

『生命探知』を使うと、相手の種族を見分けることができる。身体を包むオーラの形が変化して、その形で判別が可能だ。

容姿の特徴などはさておき、普通の人間に見える黒栖さん。

その身体を包むオーラは、彼女がただの人間ではなく、他種族の性質を持っていることを示していた。

2　ミーティングカフェ

冒険科の校舎は『回』の字を描くような構造になっており、中心にある中庭にはカフェのようなテラス席が展開されている。

「こ、ここが、ミーティングカフェ、です」

「そ、そうなのか……黒栖さん、そんなに緊張しなくても大丈夫、俺は無害だから」

「す、すみませ……っ、こほっ、けほっ……むせちゃいました……っ」

何もしてないのにこんな状態とは――俺の対人スキルが心もとないとか考えていたが、世の中上には上がいるものだ。

「しかし、かなり混んでるな。どこに座ってもいいのか？」

「は、はい……今は他の学年の人たちは来ていませんが、いつもは一年生、二年生、三年生で、だいたい分かれています」

全部で三百席くらいあるが、うちのクラスだけでなく、他のクラスも利用しているようだ。六人席がほとんどで、相席で使っている生徒も多いが、二人席、四人席もある。

「……あそこが空いてるな。黒栖さん、対面でもいいかな？」

「たいめん……あっ、は、はい、向かい合わせで大丈夫です」

無事に席を確保して座る。同性同士で組んでいるペアは多く、だいたいが希望通りにそうしたはずなのだが、男女で座っていると誰かに舌打ちをされる——黒栖さんはそうされる意味がわからないようで困惑していた。

（なんていうか、高校一年とは思えない色気というか、艶っぽさというか……彼女から、人間以外の気配がするのと関係あるのかな）

最初からそういうことを聞いていいのか分からないので、まずはクラスのこと、冒険科とは何をするところなのかを聞いてみることにする。

「いらっしゃいませ。初めてのご利用ですか？」

「は、はい。俺は初めてですが……」

メイド服姿の店員さん——というのか、職員さんというのか。カフェだからといって、メイドの服装をする必要は必ずしもないと思うのだが、ものすごく似合っている。そして、彼女もまた『生命探知』の反応が普通の人と違うようだ。

彼女はにっこりと微笑むと、亜麻色の髪を揺らしながら俺の傍らから覗き込んでくる。それがあざとい印象にならないのは、天性の才能なのだろう。

「では、スマートフォンにカフェのアプリをダウンロードしてください。スマートフォンはお持ちですよね？」

「あ、はい。この学校では、校内で自由に使ってもいいんでしょうか？」

「ええ、もちろんです。いろいろな場面で専用のアプリを使うことがありますから……学生用のコネクターでも代用できますよ」

「す、すみません。質問ばかりで……コネクターというのは、どういうものなんでしょうか」

さすがに何も知らなさすぎて驚かれたようだが、メイド服の女性はやはり優しそうな微笑みを浮かべると、今度は黒栖さんの方に移動した。

「彼女がつけている、この左腕のブレスレットが『コネクター』です。普通科では利用されませんが、こちらは冒険科の生徒に一つずつ配布されます。壊れた時は再購入も可能です」

「そうなんですか……俺がつけてるこれは、黒栖さんとは形が違うんですが、これでも大丈夫ですか？」

「……これは……」

そもそも、妹はこの腕時計のようなものを『ブレイサー』と呼んでいた。『コネクター』と同じものを指しているということでいいんだろうか。

またメイドさんがこっちに戻ってくる――今度はかなり接近されたが、何か周囲に聞こえないように伝えたいことがあるようだ。

「……生徒さんによっては、違うタイプのものが支給されることもあるそうですが。できれば、目立つようにはしない方が良いかと思います」

「は、はい、分かりました」

今は長袖（ながそで）なのでブレイサーをつけていても目立たなかったが、メイドさんの話から察するに、生徒全員が同じものを支給されるわけではないらしい。

女子はブレスレット型、男子はリストバンド型というのは同じようなのだが、改めて俺のものを他の男子のものと見比べてみると、形に違いがあることがわかった。俺のブレイサーは科学とファンタジーが融合したような形で、他の生徒のものは普通のデジタル時計に近いのだ。

「では……今回はスマートフォンでのオーダー方法をお教えしますね」

「ありがとうございます。黒栖さんはどうする？」

「は、はい、私は……ええと、ローズヒップティーを……」

お茶や軽食を楽しみながら、バディ同士やパーティを組んでいる生徒たちが今後の授業に対する方針について話し合う、それがこの場所『ミーティングカフェ』ということのようだ。

「ハハッ、あいつ大丈夫か？　コネクターの使い方も知らないなんてよ」

「相手が美人の森の民（フォレスター）だからって緊張してんだよ」

フォレスター──『アストラルボーダー』において、エルフに近い容姿や特性をもつ種族。オークがいて、少女剣士がいる。そういう『現実』では、もう驚くべきことでもないのかもしれないが。

メイドさんが亜麻色の髪をかき上げると、尖った耳が覗く。俺はただ微笑みを返す──種族が違っても、彼女が親切にしてくれたことにただ感謝するだけだ。

「それでは、失礼いたします。ごゆっくりどうぞ」

他の席に呼ばれて、メイドさんが立ち去る。俺とメイドさんが話している間、黒栖さんは緊張して、姿勢を正したままで固まっていたが、少し肩の力が抜ける。

「……神崎さんは……気に、なさらないんですね……」

「他の種族の人は、やっぱり珍しいのかな……ああ、こういう聞き方は変だけど、俺のことは基本的に変だと思ってもらって……」

「……ふふっ。全然、変じゃないです」

──黒栖さんが笑った。ずっと周囲を警戒してるみたいで、そんな表情を見るのは難しいかもしれないと思っていたのに。

「……あっ……す、すみません、笑ったりして。失礼ですよね、そんな……っ」

「いいよ、そういう笑い方ならむしろ嬉しいから。馬鹿にされたり、誤解されたりとかで笑われると、何をって思うこともあるけどさ」

しばらく、黒栖さんは答えないままでいた。自分の身体（からだ）を抱くようにしている──今みたいな話をされても、やはり答えに困ってしまうだろうか。

しかし、それは少し違っていた。

「……私も……神崎さんみたいな、人になら……笑ってもらっても、いいです……」

「……えっ……あ、ああ、ええと……まあ、せっかくバディになったんだし、リラックスしてできるといいよな」

「はい……私も、そう思います」

彼女はとても真面目（まじめ）に、俺が言ったことを考えてくれている。これは何気ない冗談にも注意しなくてはいけないと、身構えるのもまた違っていて。

要は、俺も緊張しているってことなんだろう。ステータス的に精神がどうとかじゃなく、初対面の女子と話すこと自体、慣れてるとまでは言えない。パーティの皆とは長い付き合いだったから、話は別だが──と考えると、今も胸に苦しさがある。

「ローズヒップティーと、レモネードでございます」

「ありがとうございます。なんか、どっちも酸っぱい感じのになったな」

「……酸っぱいのは、お好きですか？」

「まあなんというか、体力が回復しそうだから……って、ゲームみたいなこと言ってちゃだめだよな」

「いえ……ゲーム、私もしますから……嬉しいです、神崎さんと、話が合いそうで……」

『アストラルボーダー』において、食べ物は回復アイテムとしても扱われる。レモネードはライフと魔力が両方少し回復するという効果だが、これが案外便利だった。回復アイテムの少ない序盤は、レモネードがぶ飲みでレベル上げをしたこともあったものだ。

そんなことを思い出しながらストローに口をつける。黒栖さんがカップを扱う所作は丁寧で、品がある──こんなお淑やかな子が俺を襲うとかなんとか、クラスの連中はよく言ってくれたものだ。

「……そうだ、まだ自己紹介をしてなかった。入学式の時にしたかもしれないんだけど、その時のことは覚えてなくて」

「っ……記憶喪失……ですか……？」

「ああ、大丈夫、今のところ生活に差し障りはなさそうだから。しばらく変なことを言ってしまうかもしれないけど、早く落ち着くように頑張るよ」

黒栖さんはこくりと頷いてくれる。気恥ずかしいものはあるが、授業のことなどの本題に入る前に、まずは挨拶からだ。

「ええと……俺は神崎玲人って言います。よろしくお願いします」

「私は、黒栖恋詠です……今後とも、なにとぞ……あっ……ち、違いますよね……堅苦しいですよね……」

「大丈夫、どんな言い方でも。こちらこそ、なにとぞよろしく。ええと、恋詠さん」

「っ……だ、駄目です……私の名前、その、恥ずかしいので……」

「そんなことはないと思うけど、じゃあ黒栖さんって呼んだ方がいいかな」

「……はい。すみません……玲人さん」

なぜか俺の方は名前で呼ばれているが、指摘すると恐縮させてしまいそうなので、気にしないことにする。ともかく自己紹介は終わったので、ミーティングを始めることにしよう。

3　冒険科

まず、基本的なことから聞かないといけない。『冒険科』とは一体、何をする学科なのか。

入院しているうちに俺の記憶が欠落しているというのを、黒栖さんはそのまま了解してくれていて、とても丁寧に説明してくれた。

「え、ええと……風峰学園のような、冒険科や、討伐科といった、魔物との戦い方や対処を勉強する学校は、五十年前にあった、魔物の一斉現出をきっかけに作られ始めたそうです」

「五十年前の、一斉現出……」

五十年前というと、戦争があった時期には関係がない。そのあたりで魔物が出始めたということなら、戦後数十年ほどしてから、この日本は俺の知る日本とは違う歴史を歩んだということになる。

ログアウトしたところで、パラレルワールドに飛ばされた。あるいは──『アストラルボーダー』そのものが、俺が別の世界に飛ぶためのトリガーだった、とか。

（そんなことがあるのか……？　パラレルワールドとか、自分が体験する現実として真面目に考えることになるとはな……）

「世界中に魔物の現出が起きたその事件は『世界蝕』と言われています……あ、あの、これは、中学校くらいでも勉強することで……」

「そ、そうなのか……いや、全体的に記憶が危うくなってる部分があるんだ。でも、頑張って追いつくようにするよ」

「い、いえ。一番大変なのは、玲人さんですから……私ならいつも時間があるので、私で教えられることならなんでも聞いてください……っ」

俺が教えてもらう立場なのに、黒栖さんは勢いよく頭を下げる──そうやって身振りを大きくしてしまうと、あまり見てはいけないところが大きく揺れる。動くものに反応する猫の気持ちが良く分かってしまう瞬間だ。

「え、ええと。それで、『討伐科』が魔物退治の勉強をするっていうのはなんとなく分かるんだけど。『冒険科』は一体何をするのかな」

「『冒険科』は、魔物を退治する専門ではなくて、『特異領域』の調査を勉強する科なんです」

「『特異領域』……それは、『特異現出』ってやっと関係があるのかな」

「は、はい。そういえば、『特異現出』が先ほど近くで起きて、すぐに解決されたみたいなんですが……討伐隊の人たちのおかげで、私たちは魔物の危険をほとんど感じないで暮らしていられるんですよね……」

黒栖さんは討伐隊に対する感謝の気持ちを、素直に顔に出している。憧れというのか――だがしかし。

（たぶん黒栖さんが言ってるのって、オークロードが出てきたあれだよな……）

この様子では、「あれを解決したのは俺なんだ」と言ったら、相当驚かせそうな気がする――彼女なら信用してくれそうではあるのだが。

「『特異現出』は、その……すごく危ないと言われてます。『特異領域』と何か関係はあるみたいなんですが、私もまだ詳しくわかりません。すみません、勉強不足で」

「ああいや、謝ることはないよ。じゃあ、『特異領域』にも魔物が出るとか、そういうことでいいのかな」

「は、はい。『特異領域』のことを、『ゾーン』や『異界』という人たちもいます。その領域に足を踏み入れると、何が起こるかわからない。そういったゾーンを調査するための知識を学ぶのが『冒険科』です。ゾーンには魔物も出ることがありますから、その対処も勉強します」

「ゾーン……」

『アストラルボーダー』──《AB》においても、迷宮という呼ばれ方はしていなかった。魔物が出るエリアを『ゾーン』と言い、入った瞬間から非戦闘エリアと空気や風景ががらりと変化する。

「……黒栖さんと同じように、ここにいる俺が聞くのもやっぱり変な話だけど。そんな危険な科をどうして志望したのか、聞いてもいいかな」

「それは……私も……い、いえ……」

「あ……ごめん、藪(やぶ)から棒(ぼう)に。みんな、それぞれ事情はあるよな」

「……その……笑わないでくださいね」

「ああ、笑わないよ」

彼女が学校に入った目的。人の目標を馬鹿にすることは誰にもできない。

そんな思いが俺の中に根ざしたのは、俺と仲間たちが、どうせ無理だと笑われながらもあのデスゲームから脱出しようとしていたからだ。

「……強くなれるかなって、思ったんです。私も、冒険科に入ったら」

「強く……そうか。こんなふうに魔物が出る世の中なら、その方が安心だもんな」

「っ……は、はい。私も、家族や大切な人を守れるように……い、いえ、まだ、そういう人はいないというか、お友達も作れてなくて、私なんて全然だめで……っ」

「そうなのか。でも、そんなに心配しなくていいんじゃないかな」

「……そう、でしょうか……」

まだ4月で、この学校には入学したばかりだ。さっきクラスで組む相手がいなかったからって、先のことはわからない。人数が奇数だったら、ペアを組めない人はどうしてもいるわけだから。

「まあ、俺もクラスでのあの感じだと当面はボッチ確定みたいだし……それでもなんとかなると思ってるよ。結果を出していけば、周囲も認めてくれるんじゃないかな。友達を作るには、それ以外の努力も必要だろうけど」

「……玲人さんは、強いんですね」

「どうだろう。冒険科で魔物に対する対応が評価されるなら、そういうのは多少なりと自信はある。黒栖さんを危ない目に遭わせないように、全力を尽くすよ」

「バディは、お互いを助け合うものだと思います。だから、私も玲人さんを守ります」


――俺がお前たちを守る。だから、みんなも俺を支えてくれ。

――私、自分が回復魔法をかけてもらったのって、レイト君が初めてです。

――レイトみたいに無償で人を助ける人は、不幸になる前に、幸せを貰うべきだと思う。


「……れ、玲人さん……」

「あ……い、いや、ごめん。やっぱり変だよな、俺……」

まだ、思い出せる。けれど少しずつ色褪せて、思い出すことで傷が開く。

勝手に流れた涙を乱暴に拭って、俺は目を伏せた。こんな情緒がわからない状態じゃ、黒栖さんを不安にさせるだけだ——そう思ったのに。

彼女は席を立ち、俺にハンカチを差し出してくれた。

「……玲人さんのこと、これから色々教えてほしいです。今は、不思議なことも沢山ありますけど……全部、理由があることだと思いますから」

「……ありがとう」

今日、学校に来て良かった。そうじゃなければ、こんな出会いをすることもなかった。後で妹にもお礼を言わないといけない。

——だが、感傷に浸る時間は長く与えてはもらえなかった。

「おい、神崎」

低い声で話しかけてきたのは、同じクラスのウルフヘアの男子生徒だった。相棒らしい女子生徒と一緒にいるが、彼女は黒栖さんを見ている——微笑を浮かべてはいるが、それはいい意味ではないようだ。

何か、自分のステータスを見せびらかすような。つまりは、あのクラス内においては、この男子が上位にいるのだろう。成績的なものか、強さか——おそらくは両方だ。

「……なんで今さら出てきた？　そいつは担任と組んでりゃ良かったんだ。余計なことをしてくれたな」

「不破くん、同じ中学だったからって黒栖さんのこと心配してくれてるんだよ。神崎くんが休んでた理由もよくわかんないし、あたしもクラスのみんなも心配だよね、それは」

全然心配している顔をしていない――とりあえず、この不破という男子生徒に話を合わせ、便乗しているようだ。

「今からでもバディなんて解消しちまえ。どうせ成績が低いペアは、二年に上がれずに退学になる。三日も無駄にした病み上がりの奴と、そこのできそこないに何ができんだ？」

「………………」

できそこない――それは、黒栖さんのことを言ったのか。

黒栖さんは何も反論しようとしない。俯いて、畏縮してしまっている。

「不破くんもこう言ってるし、ペア解消したら？　明日の実習で怪我したら、今度は病院程度じゃすまないかもしれないよ。本当に魔物が出るかもしれないんだしね」

「南野、おまえは余計なこと言わなくていいんだよ」

「やだなー、不破くんの言いたいことを代わりに言ってあげてるのに」

どうやら、不破は黒栖さんと俺が組むことが気に食わないらしい。

だが、あからさまにガラの悪い態度で俺たちを恫喝してまで、そんな指図をする権利は彼にはない。

「勇気のない奴、臆病な奴は冒険科なんて入るべきじゃねえんだ。特にそこのそいつは……」

「それ以上、黒栖さんのことを悪く言わないでもらえないか？」

「っ……だ、駄目……神崎くん、不破君は……」

「……ああ？　そうかお前、黒栖にもう絆されたのか。馬鹿だな、そいつは……」

——絆されたんじゃない。俺は自分の目で見て、話して、黒栖さんを信頼し、好感の持てる人だと思った。

だから、誤解を解くだけだ。不破の間違った認識を改めなくてはならない。

「絆されたとか、勝手に決めつけないでくれるか」

「っ……お、お前っ……」

ただ反論しただけで、別に脅かしたつもりはない。何も言い返さないと思っていたのなら、それは彼の思い違いだというだけだ。

「えっ……あ、あの、なんか調子乗っちゃってるみたいなんだけど……こっちは良心で忠告してあげてるのにさー」

「ご忠告、痛み入るよ。でも、俺たちのことは心配しなくていい。まだミーティングの途中なんだ」

「チッ……おい、行くぞ」

「ほんと知らないよー？　これからどうなっちゃっても。後から謝ってきても遅いからね」

二人が歩き去ったあと、黒栖さんは俺の方をうかがっている——しまった、つい言い返してしまったが、不安にさせてしまっただろうか。

「ご、ごめん。俺、ついカチンときて……」

「……私だけじゃなくて、玲人さんも酷いことを言われているのに、私、何も言えなくて……」

「俺は実際に休んでたし、何を言われてもいいよ。でも、俺は始まる前から諦めたくないし、黒栖さんも同じ気持ちでいてほしい」

「……私も……諦めたくないです。実習も、いろんなことも、頑張って……」

「強くなりたい……だよな。俺も全面的に協力するよ」

「……玲人さん」

不破に何かの事情があるとしても、今のところは慮るような余地もない。それにまた喧嘩を売ってこられるようなことがあったら、学校生活に支障が出てくる。

明日の実習――バディを組んで早速ということになるが、良い結果を出せれば不破と南野の心配とやらも杞憂で終わらせられる。

「……残り時間はあと少しですが、明日の実習のこと、今のうちに話しておきたいです」

黒栖さんの目には強い光が宿っている。不破やクラスの皆は彼女のことを見誤っている――俺はそれを証明するために動くだけだ。

4 天性と職業

「それで、明日の実習ってどういう内容なのかな」

「学園の敷地の中に、いくつか『特異領域（ゾーン）』があるんです。そのうちのひとつの中に入って、何かをするんですけど……その何かは、明日先生が教えてくれると思います」

「学校の中にって、それはかなり危なくないか？」

「そのゾーンは、学園が安全に管理しているものなんです。中には魔物もいるそうですが、外には出てこないようになっています」

「もし危険な魔物が出てきたら、その時はどうなるんだろう」

「危ない時は自動的に外に出られるようになっているんです。『オートリジェクト』という仕組みがあるので」

　学園が管理している『特異領域』の中では、生徒に致命的な事態が生じないように対策が徹底されている。事故が起きたりしたら学園の運営自体に関わるだろうし、当然といえば当然か。

「もし『オートリジェクト』で脱出することになったら、実習の評価は低くなるのかな？」

「はい、0点になってしまいます……学園以外の特異領域でそういった脱出方法が使えるかはわかりませんから」

「ゼロか……ということは、明日は『オートリジェクト』をする状況にならないこと。まずは生き残ることを目指さないといけないな」

「それが、最初の実習は難関で、二度目以降でクリアすることが想定されているそうなんです。毎年内容が違うので、事前の情報もありません」

　過去の実習内容が分かっていたら、対策ができる。一度目は様子見をして二度目で突破するというのも一つの戦略だが、クラスでの立場を改善するには、やはり一度目でのクリアを目指したい。時間は限られているし、同じ実習に二回分の授業時間を費（つい）やすよりは余裕を持てるだろう。

「黒栖さん、クラスの皆もそうだけど、それぞれ何か『職業（ジョブ）』っていうのはあったりするかな」

「は、はい。その、冒険科を志望するために必要な条件が、『天性』を持っていることなんです。その天性によって、なれる職業が違っていて……」

「そうなのか。俺の職業は『呪紋師（ルーンマギウス）』っていうんだけど、地味ながら出来ることは多いっていうか、そういう感じだよ。回復も攻撃も、仲間の強化をしたりもできる」

「ルーン……そんな職業があるんですね……」

魔法系では珍しい職業ではなかったはずで、突出した能力がなくても選べるもののはずだが——黒栖さんが知らないということは、少なくとも彼女の職業選択には呪紋師が入っていなかったことになる。

（強化系のルーンで黒栖さんをサポートするのなら、急にステータスが上がって驚かせないように、後で一度彼女に強化を受けてもらうか）

次は黒栖さんの職業を教えてもらう番だが——彼女は躊躇（ちゅうちょ）しているようだ。もしかしたら、職業は明かさないのがこの学園でのセオリーだっただろうか。

「……わ、私は……『魔装師（トランサー）』という職業で……できることはありますが、確実にできるかどうかは、分からなくて……」

「トランサー……それって……」

《AB》において、幾つか『ネタ職』のような扱いをされていた職業がある。スキルがピーキーで使いこなすのが難しかったり、一見すると役に立たないように見えるが、特定の状況で活躍するといったものだ。

そのうちの一つが『魔装師』だ。この職業を選択するにはプレイヤーに特殊な資質が必要であり、そして魔装師を選択できる場合、それ以外の選択肢が、ステータス要件を満たしていても選べなくなってしまう。

「……スキルを使っても、ほとんどの時は、何も起こらなくて……それに、この職業を選べるのは、一部の人だけみたいで……だから、不破君は……」

「いや、『できそこない』なんてとんでもないよ。この職業を選べるっていうのは、黒栖さんが凄く稀な可能性を引いたってことだと思うし」

「……っ、い、いえっ、私、本当に……玲人さんをま、守るって言いましたが、あれは身体を張ってという意味で、みんなみたいにスキルを使えないので……っ」

「力の使い方なら、多分俺が教えてあげられると思う……って、いきなりこんなこと言い出したら怪しいよな」

「……玲人さん、ありがとうございます。でも、私に良い『天性』がないのは、私も、両親も、みんな分かっていることなので……」

引っかかることは幾つかある。この世界に『職業』が存在するのは今に始まったことじゃないはずだが、俺が《ＡＢ》終盤に得ていた知識は、この世界のジョブに対する知識には及んでいない——あるいは、広く流布していないのはなぜなのか。

（《ＡＢ》の知識がそのまま通用するのなら、あれをクリアした人間の知識は、冒険科の一般生徒よりは先に進んでいる……そういうことなのか？）

「黒栖さん、ミーティングの時間が終わったら、教室に戻らないといけないんだっけ？」

「い、いえ。今日はこのまま、解散しても大丈夫のはずです」

「放課後、どこかスキルを練習できるようなところはあるかな。明日に備えて、試しておきたいことがあるんだ」

「っ……れ、玲人さんはまだ、退院されたばかりなので……放課後まで、ご面倒をおかけするわけには……っ」

「自分でも驚くくらい回復してるから、俺のことは心配しなくて大丈夫だよ」

《ＡＢ》ではライフとＯＰ（オーラ）の最大値が高いほど、時間あたりの自然回復量が増える——俺のステータスは《ＡＢ》から引き継がれているようなので、文字通り回復が早い。それが、目覚めてから急速に元気になっている一因だ。

「え、ええと……体育館と、グラウンドは部活の人たちがいるので、一年生の訓練所なら、空いていれば使えると思います」

「よし、じゃあ早速行ってみよう。あ……俺は元気だけど、黒栖さんは疲れてない？」

「……玲人さんを見ていたら、元気になってきました」

「ご、ごめん……テンション高くて」

「いえ……私の職業のことを聞いて、そんなふうに前向きなことを言ってくれるなんて、思ってなかったから……すごく、嬉しいんです」

彼女も、周囲も勘違いしている——中学が一緒だったという不破も、黒栖さんのことをよく知らずに、勝手に決めつけている。

『魔装師』は序盤が絶対的に不利で、ソロは不可能とされていた。その理由はなぜなのか。その理由は、魔装師のスキル発動条件にある。

ほとんどの時は何も起こらない。つまり条件を整えないと発動しない。スキルの使い所さえ把握(はあく)することができれば、彼女の職業は一気に輝きを放つはずだ。

5　訓練所

スマートフォンの地図では学園内の詳細な情報は出ていなかったが、一つの市の半分を埋めるほどの広大な敷地内には、校舎や体育館、グラウンド以外にも多くの施設がある。

『訓練所』もその一つだが、外からの見た目だけなら体育館と同じような大きな建物だ。訓練所の入り口には受け付けがあり、レンタルで訓練着を借りることができた。

「すみません、持ち合わせがなくて……制服のままで訓練所に入ってもいいですか？」

「入学の時に、コネクターに電子マネーを一律でチャージしてもらっていますから、自動的に引き落としができるはずですよ」

「そうなんですか。じゃあ、大丈夫かな……」

「もし足りなかったら、私が代わりにお支払いしますね」

黒栖さんはそう言ってくれるが、それはちょっと申し訳ないので、チャージされていると思いたい――特にブレイサーを見せたりする必要はないらしいが、俺のブレイサーにもちゃんと電子マネー機能はあるんだろうか。

「……あ、あら？　ひいふうみ……変ね、残高が……」

「……？」

「あ……い、いえ、決済ができました。訓練着のタイプはどうしますか？」

「じゃあ、普通のジャージみたいなのでお願いできますか」

「私も、玲人さ……神崎君と、同じタイプのものでお願いします」

黒栖さんはそう言うが、受け付けの人は頬に手を当てて、少し困ったように微笑む。

「黒栖さん、少しこちらにいらしていただけますか？」

「は、はい。神崎君、先に行って待っていてください」

「ああ、分かった」

俺と同じタイプのジャージの類は貸し出してないとか、そういうことだろうか。とりあえず黒栖さんの言う通りに、先に訓練所に入って待っていることにした。

訓練所は全部で十の部屋に分かれており、貸し切りで使用できるようになっている。他のペアにスキルを見せつつ訓練するということにはならずに済んだ。同じ学生同士、手の内を見せても問題はないとは思うが、人の目がなく、黒栖さんが集中できる環境ならばそれに越したことはない。

「普通のジャージと言ったが……防具みたいなのもついてきたな」

ヘッドギアのようなものもあったが、それは着けなかった。今回は黒栖さんのスキルを発動させることが重要なのであって、組み手をするわけじゃない。

そしてこの部屋の中だが、『魔力探知』を使って見てみると、攻撃スキルを試した時などに施設が破損しないような措置がとられている。

（初歩的な攻撃スキルを防ぐ結界……かな。こういうことができるなら、『特異領域』を人の手で管理できるっていうのも分からなくはないか）

「……お、お待たせしました……っ」

「ああ、そんなに待っては……」

何気なく振り返って——俺の思考は、数秒ほど完全に停止した。

まず、長い髪を左右でまとめて、二つのおさげ髪姿になった黒栖さんは、先ほどまでとは大きく印象が変わっていた。

「す、すみません。その……合うものがなくて、私物の体操着を着るしか……」

「そ、そうなんだ……動きやすい格好なら、大丈夫だと思うよ」

落ち着けと自分に言い聞かせるが、ステータス的に『精神』が高いはずの俺は、この動揺を落ち着ける手段を持ち合わせていなかった。

オーソドックスな体操服だが、それを黒栖さんが着ると事情は違ってくる。律儀につけた番号つきのゼッケンが、思いきり押し上げられて、字体がカーブしてしまっている。

そしてこの高校の体操着は、一般的なショートパンツではない。陸上選手のような動きやすさを重視したデザインだった。

「その……まだ入学したばかりなので、着慣れてはいないですが、練習はしっかりやれます……っ」

「それはそうだよな……体育の授業って、まだ一度か二度しかやってないのかな」

「普通の授業は、まだ一度だけです」

黒栖さんは最初は恥ずかしかったようだが、だんだん落ち着いてきたようだ——俺も動揺してばかりいてはいけない、訓練所を使える時間にも限りがある。

「……玲人さん、ジャージ姿も……よくお似合いです」

「い、いやその……それはさておき。黒栖さんは、スキルを使うことはできるんだよね。過去に使ったこともある……それは合ってるかな？」

「はい……一度スキルを使うと、皆さん、もう一度使うのは感覚的にできるそうなんです。でも私は、もう一度使おうとしても、思ったようにいかなくて……」

（スキルを自分の意志で取得してたら、そんなことにはならないはずだ。『覚醒型』じゃないと取得できないのか……？　そして、黒栖さんはスキルの発動条件の説明を参照できていない。まだ入学したばかりだから、ステータスやスキルを参照する方法を教えてもらえないのか……）

ステータスやスキルの情報を得る手段が全くない——というのは考えにくい。この世界ではスキルのことは認知されているし、相応に研究もされているはずだ。

「スキルを使えた状況のことを、教えてもらえるかな。できるだけ詳しく」

「は、はい。最初は、中学校に入ったばかりの頃でした。その……魔物が現出した時に、巻き込まれそうになったことがあって……」

「それは大変だったな……」

「その時、乗っていた車が、道の脇に外れて、街路樹に当たってしまって。母と姉が一緒に乗っていたので……二人を連れて逃げなきゃって思った時に、初めてスキルが使えたんです」

間違いない——やはり『スキル覚醒』だ。

《ＡＢ》においても、特殊な要件を満たした時に新たなスキルを手に入れられることがあった。危機に陥って追い詰められた時にスキルを手に入れるが、リスクが大きすぎて同じような状況を再現できない。それは無理もない話だ。

「あと、もう一度だけ使えたことがあります。林間学校で、遭難してしまったことがあって……」

「っ……それはまたハードだな……本当に無事で良かった」

「い、いえ、遭難したのは私の友達だったんです。みんなで探しても見つからなくて、辺りが暗くなってしまって、捜索が中断されて……それでも、私は少しでも早く見つけたくて、一人で……」

「……物凄い勇気だ。なかなかできることじゃない」

「……先生や、皆さんにすごく心配をかけました。でも、友達を見つけられたのは良かったです。けれど私がルールを破ったことには違いないので、それから不破君にも嫌われてしまいました」

不破が黒栖さんに辛く当たる理由の一端が、今の話で見えた。

だが、同時にそれはお門違いだと思う。遭難した友達を探そうとして、無事に見つけることができた黒栖さんは、間違いなく立派なことをした。たとえそれが、集団行動のルールからは外れてしまったとしても。

そして二つの話で見えたのは、黒栖さんがスキルを発動したとき『誰かを助けたい』という動機があったこと。そしてもう一つ――それは、平常時ではなかなか再現することのできない状況だ。

（魔物の現出に巻き込まれたとき。そして、遭難した友達を探していたとき。黒栖さんがどんな状況にあったか……可能性は、高い）

『魔装師（トランサー）』という職業は、その本質を理解すれば活躍の機会は絶対にある。

そして——俺や仲間たちが、ある意味で憧れを持った職業でもある。希少であること、そして主に使うスキルが、俺たちゲーマーの心をくすぐるものだったからだ。

「黒栖さん、少し俺のスキルを使わせてもらっていいかな」

「は、はい……玲人さん、どんなスキルを使うんですか？」

「呪紋師（ルーンマギウス）の得意分野のひとつ、仲間の強化……今から、黒栖さんの『最大体力（MHP）』を一時的に上げる」

このルーンは『遠隔発動』ができても、かなりパーティメンバーに近づいていないと発動できない。黒栖さんに向けて手をかざすと、彼女はビクッと反応する——しかし、逃げずにいてくれる。

「ど、どうぞ……っ」

そこまでしなくてもと思うが、黒栖さんは両腕を後ろに回す。胸を反らすようにしているが、決して触れはしない。

バディとの信頼関係を築くための鋼鉄の掟（おきて）。役得ということを考えず、常に誠実であること——とか、当たり前にも程がある。

「じゃあ、行くよ……黒栖さん……っ」

「っ……！」

《神崎玲人が強化魔法スキル『マキシムルーン』を発動　即時遠隔発動》

体力の最大値を一時的に上げるルーン――魔法をかける相手の素の数値に依存しており、増加量は決して多くはない。

黒栖さんがスキルを発動できた二つの場合において、共通していたと思われること。それは怪我か疲労によって体力が減少していたということだ。

だからといって、自傷でライフを減らしてスキルを発動するなんてことはさせられない。ダメージなしで、『最大ライフから何割か減少している』状態を作るにはどうすればいいのか。

「……何か……その、いつもと、違う感じがします。『最大体力』が増えたからなんでしょうか……」

「おそらく、それがスキル発動条件を満たした感覚なんだ。この状態からさらに回復させないと、現在の体力自体は変化しない。黒栖さんは怪我も何もしてないけど、『体力が減った状態』になったんだよ。現在値はおそらく、最大の半分くらいだ」

「あ……そ、そうです。持久走でへとへとになった時も、こんな感覚になったことがありました……っ」

「実際に疲れたりして体力を消耗してる状態じゃ、とてもじゃないけどスキルを発動しても活用できない。『魔装師』のスキルは体力を減らした状態だけが条件じゃないと思うから、新しいスキルの条件もそのうち分かるし、出来ることも増えるはずだよ」

途中までは食い入るようにして話を聞いていた黒栖さんだが、途中で思い出したのか、メモを取り出して書き込み始める――まるでスキルのレクチャーをしてるような気分だ。

「……今ならできそうな気がします……で、でも……」

「まだ、使うのが怖いとか……」

「そうではなくて……玲人さん、笑わないでくださいね」

聞かれるのは二度目だが、答えは変わらない。笑ったりしない、絶対に。

黒栖さんは決心して、両手を胸の前で合わせる――彼女のスキルは必ず発動する、それを示すように、俺には彼女の身体(からだ)を流れる魔力が見えていた。

6 転身

条件は整ったはずだ。あとは、強い意志を持ってスキルを使おうとすること。

「それでは……始めます。その、合言葉みたいなものを唱えないといけないんですが……」

「ああ、分かってる。俺は声に出して詠唱(えいしょう)をしないけど、そういう職業(ジョブ)の人も多いよな」

黒栖さんは安心したようで、両手を合わせたまま、息を整え――そして。

「――『転身(オーバーライド)』……っ！」

《黒栖恋詠が特殊スキル『オーバーライド』を発動》

《黒栖恋詠が魔装形態『ウィッチキャット』に変化》

彼女の足元から、光の輪のようなものが幾つも浮かび上がる――それは黒栖さんの足先から頭までを覆って、彼女の装いを変化させていく。

（そう……『魔装師』の特性は、人間以外のさまざまな種族の性質を装着し、『変身』ができることだ。彼女はすでにスキルに目覚めていたから、『生命探知』で彼女の中にある他種族の因子が反応した）

「……んっ……んん……すみません、『変わる』ときの感じに慣れなくて……」

そして『魔装師』はステータスにおける魅力の値が高い傾向にあり、変身するときに攻撃されにくいように、周囲の人物のヘイトを下げる能力がある。

（だからといって、この変身ヒロインを見てるような雰囲気は……そして彼女の魅惑的な感じとかそういうのは、まさに『天性』のものがあるし……）

「っ……お、終わりました……玲人さん、私、スキルが使えました……っ！」

「ああ、やったな、黒栖さん……やっぱりカッコいいな、『魔装師』のスキルは」

「そ、そうでしょうか……なんていうか、その、アニメに出てくる怪盗とか、そういう感じになってしまうんですけど……」

スキルレベルが上がると形態の変化も大きくなるが、レベル1でもかなりの変化だ。黒栖さんがオーラで形成された衣装に変わっていく光景は、いわゆるアニメの『変身バンク』にも通じるものがある――猫をイメージしているのか、ところどころがファーで装飾されていて、髪型も変化して顔がよく見えるようになる。良い意味で、ほぼ別人と言っていい。

変身を終えた黒栖さんは、俺の方を恥ずかしそうに見つつ、スキルの紹介をしてくれた。

「え、ええと……この状態だと、危ない時に攻撃を素早く避けたりできます。玲人さん、ゆっくり攻撃してみてくれますか？」

「わ、分かった。行くよ、黒栖さん」

「はい、どうぞ……っ！」

《黒栖恋詠が魔装スキル『シャドウフィギュア』を発動》

慎重にパンチを繰り出してみる――しかし加減する必要がないのではないかというほど、完璧に避けられる。黒栖さんに向けて放ったパンチは彼女の黒い残像を通り抜けた。

「っ……で、できました。これは、魔物の現出の時にも攻撃をされてしまって、それを避けた時にできるって気づいたんです」

「ということは、かなり久しぶりに使ってみたってことか……完全に使いこなせてるな」

「は、はい……何かのお役に立てると思います……っ」

黒栖さんの息が少し荒くなっている――久しぶりに魔装形態になっているから、まだ緊張しているのだろうか。

「そ、それと……これは、攻撃の方法です。『ブラックハンド』っていうみたいです」

「ブラックハンド……それはどういう技かな」

「ええと、こうやって……っ」

《黒栖恋詠が魔装スキル『ブラックハンド』を発動》

黒栖さんが手を振り抜くと、彼女の手を覆っていた黒いオーラが飛んでいく——猫の手のマスコットのような形だが、壁にぶつかってバチンと弾けた。

「す、すみません。石を投げたりするのと同じくらいの威力だと思うんですけど……」

「離れて攻撃できるのは便利だと思う。あと、その攻撃スキルは闇属性だね。相手の弱点属性の場合、物理的な攻撃よりかなり有効だ」

「闇属性……や、やっぱり、私の名字とか……せ、性格に関係あるんでしょうか……」

「俺は、正直言うとかなり好きだよ。闇属性って、まずは何より格好いいし、火水風の三属性と比べると弱点を狙える機会も多いから。地属性はたぶんレアだから、一番多く見るのはその三つなんだけど」

「そうなんですね……あっ、メ、メモを取らないと……」

「大事なのは実践(じっせん)的な知識だから、実習を通して必要なことは身についていくと……」

——と、説明を終える前に。黒栖さんが不意にふらっとバランスを崩す。俺は反射的に動いて、倒れ込む彼女を受け止めた。

「あっ……す、すみませ……っ」

「変身を維持するだけでもＯＰ（オーラ）を使うんだ……もう解除しても大丈夫かな」

「はい……お見せしたいスキルは、見せられましたので……」

《黒栖恋詠が特殊スキル『オーバーライド』を解除》

解除するときは、彼女が身につけた魔装が霧散（むさん）するように消える——その姿はまさに変身ヒロインに他ならない。ミアが密かに憧れていて『魔女っ子装備』的なものを欲しがったりしていたものだ——聖女（セイクリッド）が魔女っ子って、ちぐはぐな気もするが。

「少し休んだら良くなると思うので……」

「そういうことなら、これを飲んでみるといい。たぶん味はしないし、飲みやすいと思うんだけど……」

「は、はい……綺麗（きれい）な粒ですね……」

オーラドロップを一粒取り出し、黒栖さんに渡す。彼女はそれを見つめたあと、口に入れてこくりと飲み込んだ。

「っ……身体の中から、力が湧いてくるみたいです。玲人さん、これは……？」

「オーラドロップっていうんだ。実習で持ち込みができるなら、三つくらい黒栖さんに持っておいてもらってもいいかもしれない」

「そ、そんな貴重なものを……」

「手に入る時は手に入るようなものだと思うよ。たぶん、魔物が落としたりもする……もしめちゃくちゃ貴重でも、その時はその時だよ」

「……ありがとうございます。スキルを使うことができたのも、明日の実習に参加できるのも……本当は、先生とペアを組むことになったら、みんなに申し訳ないと思っていたので……」

「ギリギリセーフだったな。俺のスキルも色々見せたいけど、今日はもう上がりにしようか」

「はい……お疲れ様でした、玲人さん」

黒栖さんは自分の足で立てるようになり、照れながら言う。

『魔装師』が変身した時に使える二つのスキル。それはそのままでも活かせるが——現時点で、もう一歩踏み込むことができる。

色々な戦術を練習するには、オーラの消費がネックになる。黒栖さん自身のレベルを上げることができれば、魔力の最大値が上がり、飛躍的にできることが増えるはずだ。

「黒栖さん、ええと……自分の『レベル』っていうのは、どれくらいか分かる？」

「わ、私は……クラスの中では、一番下なんじゃないかと……」

「い、いや、そんなこともないと思うけど……というか、たぶんそういう意味のレベルだったら、俺が一番下なんじゃないかな」

かなりみんなに侮られてるし、と冗談っぽく言うが、黒栖さんは恐縮しきりだ。

冒険科に入学した時点では『レベル』が測定されていない。しかしオークロードを倒した時に『EXP』を得られたので、魔物を倒せばレベル自体は上がるだろう。

『特異領域』で魔物と戦ってレベルを上げる――というのも考えたが、黒栖さんに聞いてみると、やはり新入生は自由に入ることはできないとのことだった。明日の実習は、今のままのレベルで突破するしかなさそうだ。

7　交換

訓練所を出て、学園の正門まで向かう。俺たちと同じように、バディ同士らしい二人が話しながら歩いているところを結構見かけた。

ふと、ベンチに座ってスマホを操作しながら話している男女の姿が目に入ってきた。黒栖さんもそれを見て何か思ったようで、隣を歩いている彼女とちょうど目が合う。

「「あの」」

思い切り、声をかけるタイミングがかぶってしまう――黒栖さんは耳まで赤くなり、慌てふためきながら、俺に両手を差し出してきた。どうぞお先にということらしい。

「っ……す、すみません、玲人さんからどうぞ」

「え、ええと。黒栖さんと、アドレスの交換をしておきたいなと思って。あ、まだ会ったばかりの人には教えない主義だったら、そこは無理強いしないよ」

「い、いえっ……そんなことないです、せっかくバディになったんですから……それに、私は、玲人さんのことを信じてますし……い、いえ、信頼を、してます」

言い方一つで随分ニュアンスが変わるものだと思う。黒栖さんもそう思ったから、言い直したんだろう。

「そうか……嬉しいよ。俺、信頼してもらうとか、そういうのとは縁遠い状況だと思ってたから」

「い、いえっ、そんなことありません。玲人さんは……入院をしていて、大変だったのに、私なんかよりずっと色々なことを知っていて……玲人さんがどういう人なのかを知ったら、みんな、きっと気持ちが変わるはずです……っ」

黒栖さんは俺自身より、俺のことを真剣に考えてくれている。

アストラルボーダーからログアウトするまでの、体感時間にして三年半——この現実においては三日間。それ以前の『俺』はここにいる『俺』なのか、それとも途中から入れ替わったのか。

もしくは俺とは別の『俺』がいるのか——考えれば考えるほど、自分の存在が急に曖昧なものに感じられる。

だが、今ここにいる俺の存在を肯定してくれる人がいる。それでどれだけ救われた気持ちになるか——。

「……それに……私も、玲人さんと同じなんです」

「え……」

「そ、その……私も、教えてもらえたらいいなって……で、でも、バディに決まったからってそんなことを言ったら、その……図々しいって思われるかなって……」

「……ははっ」

「っ……れ、玲人さん……」

もちろん悪い意味で笑ったんじゃない、むしろその逆だ。

「じゃあ……俺達は似た者同士か。同じようなことで悩んでたんだから」

「……は、はい……私は訓練所を出てから、ずっとそれを考えていました」

「いつでも聞いてくれて良かったのに……って、それを俺が言っちゃ駄目だよな」

「玲人さんがそんなに遠慮する人なら、その……わ、私から頑張らなきゃって思いました」

「そ、それは手厳しいな……」

黒栖さんの口元に微笑みが浮かぶ。彼女は前髪を少しだけよけて、その下にある目を見せてくれた。

（さっき髪をおさげにしてた時も、目は見せてなかったからな……前髪で目が隠れないようにしたら、全然印象が変わるんだろうな）

まだ会って一日も経ってないバディに対して、イメージチェンジしたらどうかと考えている――それもどうかと思うが、この長い前髪が、彼女を引っ込み思案にしている気がしてならない。

「で、では……交換、してもらってもいいですか……？」

しかし俺に対しては、徐々に壁をなくしてくれている気はする――のだが。

「チッ、早速新入生バディでカップルできてんのかよ」

「俺も卒業までに、一度でいいから女子と組みたい……」

「男の方は涼しい顔しやがって、女慣れしてやがんな」

そんなことは全くないのだが——二人女子がいるパーティで三年近くも一緒に行動していたのだから、多少なりとそういう環境には順応しているかもしれない。

「……で、では、確かに連絡先を教えていただきました。ありがとうございます、神崎君」

「え……あ、ああ……」

急に黒栖さんの態度が変わったのは、見られていることに気づいて気を遣ってくれたらしい。

「私はバス通学なので、向こうのバス停に行きますね」

「ああ。今日は本当にありがとう、お疲れ様」

「……お疲れ様です、玲人さん」

俺に対して敬称は必要ない——とは伝えられないまま、歩いていく黒栖さんを見送る。

そのまま俺も歩き始め、正門を出てしばらくしたところで、スマホにメッセージが届いた。

『今日は本当にお疲れ様でした。スキルの使い方を教えてもらったり、色々なことを話せて、ミーティングカフェの時からすごく充実していて、時間が過ぎるのがあっという間でした』

『明日の実習も、よろしくお願いします。できればそれ以外でも、色々なことをお話しできたら嬉しいです』

それ以外——というと、バディとしての範囲外、授業外でも話していいということだろうか。

「それは……友達、っていうんじゃないか……？」

「おにーいちゃん」

「っ……」

　誰もいないと思って、ふと立ち止まって呟いたのだが――不意に肩を叩かれる。

「エ、エア……来てくれてたのか。学校終わったあとこっちに来たのか？」

「うん、やっぱり気になってたから。良かった、すっかり元気だね」

「ま、まあな。ひとまず、顔は見せてきたよ。バディを組む相手も決まって、明日は早速実習だ」

「すごーい……お兄ちゃん、頑張ってね。私も陰ながら応援してるから」

　そう言ってくれることは嬉しいが、中学生の妹に迎えにきてもらう兄というのも、なかなか気恥ずかしいものだ。

「あ、そうだ……お兄ちゃんと別れたあとに、特別な警報があったみたいなんだけど、大丈夫だった？」

　特別な警報というのは『特異現出』があった時のことだろう。

　通学途中に『特異現出』に遭遇し、オークロードを討伐した――というのは、さすがに妹に気軽に話せることじゃない。

　だが、俺が戦える力を持っていることをエアが知っている可能性もなくはない。そしてもうひとつ気になることがある、俺が左手首につけているブレイサーのことだ。

「俺は見ての通り、大丈夫だけど……エア、この『ブレイサー』なんだけど、他の生徒が支給されてるものとは違うみたいなんだ」

「そうなの？　でも、電子マネーが使えたりはするんだよね。私、チャージしておいたから」

妹は知らない――ということは、このブレイサーを送ってきた学園側に、何かの事情があるということか。

このまま使っていいものかと迷うところだが、今のところ機能に支障はない。先生に聞いて回るというのも手ではあるが、このブレイサーを多くの人に見せるのも、それはそれでリスクがあるような気がする。

（ミーティングカフェのメイドさんも、違う型のものが支給されることがあるって言ってたしな……俺に限ったことじゃないなら、気にしすぎない方がいいか）

「お兄ちゃん、今日の夕食はどうする？　何かお兄ちゃんの好きなもの作ろうか。外食にしてもいいよ。退院のお祝いもしたいし」

「じゃあ、外食にするか。帰りに寄っていこう」

「ほんと？　良かったー、冷蔵庫に明日の朝食の分くらいしか入ってないから、夕食はどうしようかなって思ってたんだ。お兄ちゃん、私オムライスかハンバーグ食べたい。ラーメンでもいいよ」

銀色の髪を持つ、俺とは似ても似つかない妹は、イメージ的に少し遠い庶民的なメニューを次々と挙げる。俺としては親しみが持てるというか、ラーメンなんて実質三年半ぶりで、一種の感慨深ささえあった。

「……いいのか？　そんな選択だと、俺はラーメンを選んでしまうんだけど」

「いいよー、お兄ちゃんが食べたいものが一番いいから。じゃあラーメン屋さん行こ、駅前に美味(おい)しいところがあるから。前にお兄ちゃんが教えてくれたんだよ」

それは存在しない記憶ではあるが、妹がそう言うのなら話を合わせる――無理に「そんなことはなかった」と否定することもない、今のところは。

「……ねえねえ、お兄ちゃん。そのバディを組んだ人って女の子？」

「っ……なぜそれを……」

「なんとなくそうかなって。お兄ちゃん、何だか嬉しそうにしてたし」

エアは黒栖さんのことを根掘(ねほ)り葉掘(はほ)り聞いたりはしなかったが、気になっている様子だった。妹は妹なりに空気を読んでくれているようだが、黒栖さんが良ければ、妹に彼女のことを話すこと自体はやぶさかでない。

その後、駅前のラーメン屋に颯爽(さっそう)と舞い降りた銀髪美少女を見て、店員さんや他のお客さんが固まったりすることになるが――当の本人はアウェーどころかホームのように落ち着いていて、ニンニク抜きのタレ辛(から)め肉増し野菜増し豚骨ラーメンを余裕で完食していた。

8　実習当日

夕食を外で摂(と)ったあと、帰りはバスに乗って家まで帰った。

妹が風呂に入っている間に、『アストラルボーダー』のテストプレイヤーに配布されたテスト機を起動してみた――しかし、ヘッドマウント型のゲーム機の全方位ディスプレイが映し出したのは、『アストラルボーダー』のログインゲートと、数行の簡素な文章だけだった。

『クローズドテスト期間は終了しました。ご協力の御礼として本機器は贈呈いたします。市販ソフトウェアのインストール方法については機器の公式ホームページをご参照ください』

（もらえるのかよ……かなり高い機械っぽいけど。市販のソフトが使えるって、本当に普通のゲーム機じゃないか）

調べてみると、ＶＲＭＭＯプレイ用の『ダイブビジョン』はそんなに高いものじゃない。ソフトも高くはなくて、課金の方で利益を上げるスタイルだった。一ヶ月分のプレイチケットが１２００円、年間パスが９８００円。《ＡＢ》の料金システムはそんな感じだ。

一応、オープンベータテストというのにも参加権があるそうなので、登録はしておくことにした。ソウマ、ミア、イオリが今どうしているかの手がかりを得られるかはわからないが、ＶＲＭＭＯ自体が俺にとってほとんどトラウマに近い存在であっても、やはり見てみぬふりはできない。

「お兄ちゃん、お風呂空いたよー」

「ああ……って、ちょっ……バスタオル一枚で上がってくるとか……」

ドアを半開きにしたままだったが、いつの間にか妹が風呂から上がってきていて、大胆な姿で立っていた――髪をタオルでまとめていて、身体は大判のバスタオルを巻いているだけだ。

「大丈夫、下はちゃんとはいてるから」

「そういう問題ではなくてだな……」

「あ、お兄ちゃんゲームしてたの？　いいなー、これ、私もやってみたかったんだ」

エアは部屋に入ってきて、机の上に置いてある『ダイブビジョン』を手に取った。

俺がデスゲームに閉じ込められた時に使ったものは『Ｄ（ディー）デバイス』という呼称だったはずだ。その『Ｄ』は『ＤＩＶＥ（ダイブ）』の意味だったのか――それとも、普通のゲーム機ではなかったあれとここにあるものは、根本的に違うのか。

「お兄ちゃん、私も同じのを買ったらお兄ちゃんとゲームできるの？」

「ああ、できると思うけど……」

「そうなの？　じゃあ試しにつけてみよっと。あ、意外に軽い。ＳＦの映画とかでよくあるよね、こういうの」

美少女はヘッドマウントディスプレイを装着しても絵になる――と感心してる場合でもない。バスタオル一枚のままだと、不慮（ふりょ）の事故が起きてしまう可能性がある。

「これって、身振り手振りとかしなくても、考えるだけで操作できるんだよね。パンチとかしなくていいの？」

「っ……ま、待て、実際にパンチしなくても動くからっ……！」

それはまずいと思っていた方向に、見事に転んでしまう。エアが軽く空中にパンチをした拍子に、バスタオルの結び目がずれて落ちそうになる。反射的にエアはパッとタオルを押さえるる。が、ギリギリセーフ、おおむねアウトといったところだ——なんて、冷静を装うにも限度がある。

「……お、お兄ちゃん、見た？」

「み、見てないよ」

「ほんと……？　ま、まあそれならいいけど。お兄ちゃん、これってどうやって外すの？」

「やりたい放題だな……タオル、ちゃんと押さえてろよ」

ダイブビジョンのホールドボタンを押すと固定が外れるが、エアは自分で外す様子がないので、ゆっくり外してやる。一緒に髪をまとめていたタオルも外れて、銀色の髪が広がった。

「ふぁー、開放感。でも、つけてても全然重くないね」

「つけたままでベッドに寝るとか、椅子に座ったままとか、色々なスタイルがあるけど。軽くないと、いろんな姿勢を取れないからな」

「そうなんだ。お兄ちゃん、教えてくれてありがと。お小遣い貯めておいて良かった、こういうゲーム機なら私も買えるから」

「ま、まあ……エアもやるなら、俺が買おうか。入院中のことで、色々世話もかけてるし」

「ううん、私がやりたくてやるんだから。お兄ちゃんより上手になっちゃうかも。それじゃ、髪乾かしてくるね」

エアはダイブビジョンを置いて出ていった。まるで嵐が過ぎ去ったかのようだ——はしゃいでいるようだが、俺が退院したことをそれだけ喜んでくれているなら、素直に嬉しく思う。

（……黒栖さんも凄いけど、うちの妹もかなり……あれでまだ中学生って、高校生になったらどうなるんだ……）

考えつつ、俺も風呂に入る用意をする。そして風呂上がりに、妹に脱衣所のドアを開けられるという、お風呂で逆バッタリを経験することになるのだった。

土日は部屋の整頓や、妹に頼まれての買い出しなどをこなした。今は仕事のために家を離れている両親にも連絡したが、まず無事に学校に復帰できたことを喜ばれ、もう少し仕事が落ち着いたら帰ってこられると伝えられた。

学校の位置も分かったので、月曜は自転車で登校してきた。高校に入る時に買ってもらったクロスバイク、これは俺の記憶通りに存在していた。

（『スピードルーン』を使って自分の足で走った方が速いんだが……自転車に乗って使ってみたらどうなるんだろう）

よほど広くて何もない場所でなければ試す気になれないので、自力でペダルを漕ぐ。それでもやたらスピードが出るし、ペダルに重さを感じない――『呪紋師』は筋力が高くないはずなのだが。

「……ん？」

校門の前に人だかりができている。二台の高級車が停まっていて、それに乗っている人物が注目を浴びているようだった。

前に停まっている車の後部座席から降りてきたのは——あの、白い剣士の少女。

折倉雪理。彼女は昨日と同じ白い制服を着ている。大きく破れてしまっていたので、今日はスペアか、新しいものを着ているようだ。

「あれって討伐科の折倉さんじゃね？」

「うわ、実物はめちゃくちゃ可愛いじゃん」

「今年の入学式での首席挨拶、かっこよかった……雪理様、こんなところで何をしてるのかしら」

イメージ通りと言っていいのか、普通科の生徒も冒険科の生徒も、折倉さんに憧憬の視線を送っている。

「雪理様の『右腕』、坂下さんもいるぞ。キリっとしててカッコいいよなあ……クゥ〜、あのグローブで殴られてえ」

「『左腕』の唐沢直正もいるのか……折倉さんと付き合ってるって本当なのかな」

折倉さんたちとは違う車から降りてきたのは、長身の眼鏡をかけた男子生徒だった。討伐科の男子制服は黒のようで、女子の着ている白い制服とは対象的だ。

「お嬢様、いかがなさいましたか？」

「折倉さん、少し落ち着かないみたいですね。何か気になることでも？」

「……いいえ。初級者向けの特異領域とはいえ、気を抜かずにいきましょう」

折倉さんたち三人が学園の中に入っていく。彼女たちが動き始めると、人だかりがサッと動いて道を開ける――まるでモーセが海を割ったような光景だ。

「……お、おはようございます、玲人さん」

「おはよう、黒栖さん。昨日の疲れは残ってない？」

「はい、おかげさまで……あ、あの、夜はありがとうございました、急に電話したのに出てくれて」

「ああ、いつでもかけてくれていいよ」

明日はよろしくお願いします、というのを言っておきたかった――それで黒栖さんは、寝る前に電話をかけてきてくれた。

そして朝から絶賛不機嫌という様子で声をかけてきたのは、不破だった。南野さんも一緒にいる。

「……忠告は無視ってことか。上等だよ、チキン野郎」

「今日の実習で私たち本気出しちゃうけど、二人もせいぜい脱落しないように頑張ってね」

「……はい。二人で合格できるように頑張ります」

「っ……黒栖、お前……」

不破は何かを言おうとする――しかし、少し震えてしまっていても決して下がったりしない黒栖さんの姿を見て、動揺を隠せずにいた。

「……お前らにはどうせ無理だ。神崎、お前が黒栖に何を吹き込んだか知らねえが、調子に乗

るなよ」

「そうそう、自分の立場は弁えた方がいいと思うよ？　その方が円滑な人間関係ってやつのためだから」

「南野さんも凄く自信があるみたいだな。期待してるよ」

「っ……な、何こいつ……人が優しくしてあげてんのに、感じ悪っ」

　あまり悪態をついたりするのは得意じゃないが、向こうも性格が良いとは言えないのでお互い様だ――と、こういう小競り合いは黒栖さんが望むことではないだろう。分かっているのに、売られた喧嘩を受け流しきれない。

「……玲人さん、私、不破くんと南野さんにも分かってほしいです。人のしたいことを否定したりするのは、いけないことだっていうこと……」

「……良かった。言い合いみたいになるのは、黒栖さんは嫌かなって思ってて……分かってても言い返しちゃってるから」

「私は……玲人さんの、そういうところに憧れてます」

　やはり俺たちは似た者同士みたいだと、改めて思う。

　一方的な言いがかりを受けても、されるがままで屈したりはしない。俺たちにも目標がある――今日の実習は、そのための大事な一歩だ。

　俺は黒栖さんと一緒に校門をくぐり、冒険科の校舎に向かった。昨日同じ道を通る時に感じていた上手くやっていけるかという不安は、どこか遠くに吹き飛んでいた。

第三章　特異領域実習

1　ショートカット

教室に行ったあと、担任の武蔵野先生は俺たちに着替えるよう言い渡した。支給される防具に着替えるようにとのことだ。

更衣室で着替えてから教室に再集合する。職業に応じて多少形状は違うようだが、防具はおおむね『近接型』『遠距離型』『サポート型』で形が違うようだ。俺も一応『サポート型』を選んで、黒栖さんは『遠距離型』を選んでいた。

この防具――『ビギナー防具シリーズ』が壊れると修繕費がコネクターから引かれるらしく、残金のない生徒は実習をするために学園から紹介されるバイトをしたりということもあるらしい。電子マネーは学園から定期的に少額支給されるのだが、それだけで足りないくらいに装備を壊してしまっても、無限に学園が補填してくれることはない。

武蔵野先生はそういった基本的な事項を説明したあと、実習の説明に入った。紫色の髪を後ろで一つに結んでおり、眼鏡をかけていて温和そうな先生だが――その髪色が示す適性は闇属性の中でも特殊な『陰属性』だったりする。

（陰属性って、裏表のある性格って傾向がある……って言われてたけど。このおとなしそうな先生に、もう一つの顔があるっていうのは想像しにくいな）

「実習では魔物に遭遇することもありますが、それぞれの方法で対処してください。武器は支給しますが、各武器の訓練をする授業を受けていない時点では、魔物に対して有効なダメージは与えられないと思ってちょうだい。ゲームみたいだけど、あなたたちはそれぞれ適性のある武器が違っているから、本当はそれを一つ一つ探す必要があるの」

「せんせー、うちらが使える武器の適性……？　を調べてから実習した方が良くないですか？　魔物が出るって分かってるのに、使ったことない武器を振り回しても怪我するだけですよ」

　クラスの中では南野さんと同じグループにいる、いかにもギャルという感じの女子が言う。確か紅塚さんと言ったか――校則の範囲内でＯＫとされているシュシュで、ふわふわとした赤髪を結んでいる。

（あの色は……彼女は火属性の適性持ちだろうな。そして『近接型』って、かなり攻撃的なビルドを目指していそうだな……いや、現実ではビルドとは言わないか）

「紅塚さんは、棒術……ロッドを使う武道を習得していますね。他の皆さんも、適性のある武器が分かってからでないと不公平と思った……いいわね、とってもいい子」

「そ、そんなんじゃないけど。うちらもう高校生なんだし、子供扱いとかやめてもらえます？」

「ああっ……ごめんなさい、私ったら。でも教え子が可愛いっていうのは先生の特権でしょう？　少しくらいは大目に見て頂戴（ちょうだい）」

　生徒との関係性がフランクな先生というのは中学の時にもいたが、武蔵野先生は年齢的にもまだ先生になったばかりという感じで、かなり教え子との距離感が近い。

　――しかし、やはり冒険科の先生ということか。朗（ほが）らかな笑顔のままで、その瞳の鋭さが変わり、紅塚さんもビクッと反応して背筋を正す。

「あなたたちには、初心を忘れないでいてもらいたいのよ。魔物はとても恐ろしくて、残忍で、私たち人間に対して容赦（ようしゃ）がない。『オートリジェクト』なんて生ぬるい安全装置がなく、理不尽な環境の変化が起こる特異領域で、私達はただひたすら生き残り、情報を持ち帰らないといけない。危険を冒すと書いて冒険なのよ。それがまだ分かっていない子たちには、普通科に転科してもらう……あるいは、この学園から離れてもらうわ」

　クラス全員が、完全に呑（の）まれていた。武蔵野先生を半信半疑の目で見ていた男子も、いつの間にか半笑いでいられなくなっている。

「……他の連中がどうかは知らねえが、俺は覚悟できてる」

「私ももちろん覚悟できてますし、実習も一発クリアするつもりですよ。ここでつまずいてたら時間の無駄だしねー」

　不破（ふわ）と南野さんが言うことを、武蔵野先生は笑顔のままで聞いていた。こんな時でも語尾を伸ばせる南野さんは、俺たちに色々と言うだけあって肝（きも）が据わっている。

「今年の実習が、去年と同じくらいの難易度として、初回での合格者は10％です。今回は、もう少し下げるということですから……このクラスで５％が合格したとして、三十二名のうちおよそ二名。つまり、１ペアということになりますね」

――誰も声を発しない。俺も難しい実習だとしても半分くらいは合格するんじゃないのかと楽観していた。

それが、このクラスで１ペアのみだという。誰が合格に足る実力を持っているのか、自分がその席に座るにはどうすればいいのか。みんなの思念が渦巻く――思念は魔力に作用するため、俺には『魔力探知』で皆の動揺が感じ取れている。

その中でも、不破だけが落ち着いていた。自分が合格するという確信があるのだろう――南野さんは自信家に見えるが、あの魔力の揺れ方は、内心ではプレッシャーをひしひしと感じている。

（黒栖さんは……ま、まずいな……それは緊張するよな、先生があれだけ圧をかけてきたら）

こんな時にスキルを使うのもどうなのかとは思うが、顔面蒼白になってしまっている黒栖さんを少しでも落ち着かせたい――詠唱が必要ない俺の魔法は、こんな時に役に立つ。

《神崎玲人が回復魔法スキル『リラクルーン』を発動　即時遠隔発動》

「っ……あ……」

無事にスキルは作用し、強張っていた黒栖さんの身体から力が抜ける。身体のどこかに魔力で描かれた図形が浮かび上がっているはずだが、俺からはどこなのかは見えない。

プレイヤーの精神状態がプレイングに影響を与える《ＡＢ》においては、ダメージを受けた時、計画していた戦術が崩れた時などに、いかに平常心を保てるかが重要となる。『リラクルーン』は気付けの効果があるルーンだ。精神状態の悪化には5段階あって、1段階目の『緊張』を回復させることができる。

黒栖さんは俺がやったことと分かっているのか、こちらを見て微笑む。たぶんコネクターが、回復スキルを受けると知らせてくれるのだろう。

「二回目以降の合格率は30％以上になりますから、みんなにはぜひ頑張ってもらって、できるだけ長く指導できたらと思っています。先生からのお話は以上です。では全員、五分後に北グラウンドに集合。そこから実習場所に移動します」

「っ……校舎の三階から北グラウンドって、先生、廊下走らないと間に合わないんですけど……っ！」

南野さんが悲鳴じみた声を上げる。彼女ももうすっかり余裕がない――そして先生は微笑んだままで、こともなげに言った。

「先生の指示が出た時は全力ダッシュ、それが風峰学園の校風です。一番遅い順から三組のペアは先生と一緒に体力づくりの補習をプレゼントですよ」

『――!?』

もはやそこからは、人気の購買のある学校でもこうはならないだろうという醜いレースが展開された――まず、教室の入口が狭いので、そこがボトルネックになる。

「てめえ、割り込んでくんじゃねえよ！」

「ちょっと男子、一人ずつ通ればいいんだから喧嘩しないでよ！」

「神崎と黒栖が遅れてんだからあいつらが補習だろ！　ビリから三組に入りさえしなけりゃセーフだっ！」

黒栖さんはあたふたしているが、俺が教室から急いで出ようとしないので、付き合って残っていてくれた。

「さて……先生、使えるものは使ってもいいんですよね？」

「はい、勿論です。神崎くんは、持ってるみたいですね」

「え……れ、玲人さん、先生……？」

思わせぶりに聞こえてしまうかもしれないが、要は階段を降りて昇降口に出なくても、北グラウンドに最短で移動する手段があるってことだ。

この教室の窓から見えている先――そここそが、北グラウンドに続く道なのだから。

2　最速

「やってみたい方法があるなら、ご自由にどうぞ。先生は二人が怪我をしないように、もし事故が起きそうなら介入しますが」

「大丈夫です。急いで移動することには慣れてますから」

「ふふっ……神崎君って、やっぱり何をするか分からなくて良いですね。昨日は驚きましたけど、徐々に楽しみになってきました」

「れ、玲人さんっ、そろそろ行かないと……」

「ああ。じゃあ黒栖さん、俺を信じて……一緒に飛んでくれっ……！」

「えっ、あっ……ひぁぁぁぁっ……‼」

黒栖さんを抱え上げて、俺は窓から飛ぶ——圧倒的な浮遊感。《ＡＢ》なら空中ダッシュのようなこともできたが、スキルレベル１の時点で取れる方法は限られている。

《神崎玲人が特殊魔法スキル『フェザールーン』を発動　即時遠隔発動》

俺たちが着地する点——このままでは激突するというところに、地面に魔力の図形が浮かび上がり、落下の衝撃が減殺(げんさい)される。

「ぁぁぁぁあああ……あれ？」

「ははは……ごめん黒栖さん、驚かせて。俺のスキルなら、高いところから安全に降りられるんだ」

「そ、そうなんですね……」

「『ウィッチキャット』の特性でも高所から降りられる可能性はありそうだけど、それを調べるのはまた今度にしよう。ここからは走るよ」

「は、はいっ……でも、変身しないと足の速さは全然自信がないですっ……」

黒栖さんが『転身』を使うと身体能力も上昇するようだ。ならば魔装スキルを使わなくても、変身したままで立ち回れるだけでも効果的といえる。

しかし『転身』は切り札のようなものなので、特異領域に入る前には温存したい。そうなると、やはりあれを使わなくてはならない。

「黒栖さん、強化スキルを使ってもいいかな」

「はい、いつでも心の準備はできてます。さっきも、玲人さんが落ち着かせてくれたのが分かって……嬉しかったです」

「そ、それはどういたしまして……」

（いや、照れてる場合じゃない。昇降口の方が騒がしくなった……そろそろクラスの皆が外に出てくるな）

余裕のつもりでいたら北グラウンドまでの直線で越された、ということはないようにしたいものだ。

「よし……行くよ、黒栖さん……！」

《神崎玲人が強化魔法スキル『スピードルーン』を発動　即時発動》

「あ……あ、あの、玲人さん、これは……っ」

「っ……ご、ごめん、基本的には強化する部位に模様が出るから」

「そうなんですね……すごい、足が軽いです……っ、これなら……っ」

「──黒栖さん、スピードはセーブして！　緩（ゆる）く走るくらいで……っ」

「──きゃぁぁぁぁ────っ……‼」

黒栖さんは本日二度目の悲鳴と共に、飛ぶような速さで走っていった。しかし俺の場合とは違い、彼女のスピードはサバンナを疾走するインパラくらいだ。

俺も『スピードルーン』を使って軽めに走り出すと、すぐに彼女の横に並んだ。

「……玲人さんっ……」

黒栖さんは俺が追いついてきたので驚いている。しかし、それよりも。

走っている時だと、黒栖さんの顔が見える。大きな瞳で俺をしっかりと見て、顔が見えてしまっていることが恥ずかしいからか、顔を赤らめながら──それでも。

「……楽しいです……っ、私、こんな気持ちになったの、初めてで……っ」

「そうか……それは良かった。でも、実習はこれからだから、気を引き締めて行こう……っ！」

「──はいっ！」

そして──結果的に、1年F組の三十二人の中で、俺たちのペアが北グラウンドに一番乗りだった。

「あ、あいつら……どうやってここまで来たんだ……」

「最短で来たはずだ……なのに、ありえねえ……」

「三階から飛び降りでもしないと、絶対ムリだよ……ね、ねえ、黒栖さん、どうやったの……？」

「それは……秘密です」

黒栖さんにクラスメイトもそれ以上聞くことはできなかったが、着実に彼女の印象は変わったようで、クラスの空気が明らかに変わってきていた。

「……何か便利なスキル持ってるみたいだけど、それだけじゃ私と不破君のペアには勝てないから」

南野さんが負け惜しみを言ってくるが、不破の方は何も言わずに、黒栖さんを見ているだけだった。

そして、俺の方に歩いてくる。今までは高圧的だったが、それとも違う――俺と黒栖さんのことを、対抗意識を持つべき相手として認めている。

「こんなのは準備運動だ。特異領域に入った後は、俺達が生き残る」

「先生は1ペアしか合格しないと言ったけど、その通りになるとも限らない。俺たちも、生き残れるように最善を尽くすよ」

「……やってみろ」

俺たちには絶対にできない、そう決めつけていた不破の態度が、目に見えて変わっている。

黒栖さんは質問攻めをかわしたあと、俺のほうにやってくる。そして、隣に並んで言った。

「……ここにいるのが一番落ち着きます」

俺もそう思うなんてストレートに答えたら、不破がどんな顔をするかわからない。バディ同士で付き合っていると噂をされるケースもあるようなので、黒栖さんに迷惑がかからないようにしなければ――と考えていると。

グラウンドに、白い制服の少女――折倉さんと坂下さん、そして眼鏡の男子――唐沢の三人が入ってくる。彼らを案内してきた武蔵野先生が、注目するようにとホイッスルを吹いた。

「ここからさらに移動して、『特異領域』に入ります。町の一区画くらいはある面積が全部特異領域ですが、今回は初級者向けですので、危険度は高くありません。もし救助が必要な局面が生じた時のために、討伐科の一年生にも特異領域の中に入ってもらいます」

「初めまして、討伐科の折倉雪理です。もし強力な魔物が発生した場合、実力の差が大きいとオートリジェクトが完全に機能しない可能性があります。そのため、私たちが介入して魔物を……」

そこまで言って、折倉さんがふとこちらに視線を向けた。

俺の姿を見るなり、彼女は目をかすかに見開き——そして。

「……魔物を、撃退します。もし危険な魔物を見つけたら、コネクターが緊急回線を開くので、私たちを呼んでください」

「私たち三人は、特異領域に入ってすぐのところで待機しています」

「冒険科の実習に立ち会うのはこれが初めてですが、僕たちは魔物討伐の経験を積んでいますので、ご心配は無用です」

クラスの皆は安心した様子で顔を見合わせている——その中でもやはり不破は、彼らの力など必要ないと言わんばかりに、折倉さんたちから目をそらしている。

「いよいよ……ですね、玲人さん……」

「ああ。気を引き締めて行こう」

俺たちは再び移動を始める——そして、北グラウンドからさらに北の方角に進んでしばらく経った時、突如として『その現象』は起きた。

——周囲の風景が変化する。俺たちはいつの間にか、岩柱が点在する荒野のような場所にいた。

「うわっ……い、いきなり空が……」

「こんな場所、全然見えてなかったのに……どういうこと……？」

クラスの皆が動揺している。後ろを振り返るといつの間にか霧で覆われていて、後から折倉さんたち討伐科の三人も入ってきた。

三人もこの場所——おそらく『特異領域』に入ったことに対して思うことはあるようだが、一言も口を利かない。あくまで、危険が発生した時に対処するために来ているからということだろう。

（町の一区画分くらいの広さはあるとか言ってたが……あんなに急に飛ばされるんじゃ、もし一般人が何も知らずに足を踏み入れたら……）

空に生じた黒い渦から現れたオークロード、それに巻き込まれた親子のことを思い出す。

この異様な空の色、そして空気は『特異現出』が起きた時に酷似している。

「こ、こんなのが、学園の中に……っていうか、急に風景が変わって……」

「後ろが霧で見えなくなってる……どうなってるの……？」

武蔵野先生の言葉が蘇る——初心を忘れるなと。

（ここは……《ＡＢ》の初期に出てくる、あの『ゾーン』に似ている。だとしたら、出てくる魔物は……）

「やあ、みんな来たね」

近くの岩柱の陰から姿を見せたのは、昨日学園で会った、サングラスをかけた灰色の髪の男性だった。警戒して一歩も動けないでいるクラスメイトを見て、場にそぐわないくらいに愉しげに笑う。

「早速君たちの目的を教えよう。この特異領域の1フロア目には、どこかに『札（カード）』が隠してある。それを見つけて持ち帰ることだ。だが、君たちもすでに聞いていると思うが、危険な状況では強制的に特異領域の外に脱出させる。この『オートリジェクト』でペアのいずれかが脱落した場合、そのバディも共同責任となる。強制離脱だね」

「……そのカードっていうのは、どういう形をしてるんだ？」

「事前には教えられない。なぜ教えられないのか、その意味も考えておいてくれ。実習時間は半日ほどだが、疲労が一定以上に達した生徒も危険と見て離脱となる」

不破の質問を退けると、サングラスの男性は再び岩陰に隠れる――何かのスキルを使ったのか、『生命探知』の反応が急に途切れた。

「……そのカードって、幾つあるんだ？」

「まさか、1ペアしか残らないって……一つしか隠してないんじゃ……」

「――お、おい、行くぞっ！」

皆が慌てて走り出す――こうなることも見えていたし、俺も黒栖さんと一緒に走り出す。

「れ、玲人さん、みんな走っていますが、カードを探しながら進んだ方が……っ」

「カードが一枚しかないっていうのは違うと思う。それだと合格できるのは『1ペア』と断言するんじゃないかな……そこが引っ掛けっていうのは、さすがにないと思いたい」

「っ……そ、それなら……」

「単純に、生き残るのが難しいってことだ」

答えた瞬間、先行していた男子生徒の声が聞こえる——そして、悲鳴。

「——うわぁぁぁぁっ！」

「っ……堂林(どうばやし)くんっ……きゃぁぁっ！」

生命探知の反応が二つ消える——死んだわけじゃない、『強制脱出(オートリジェクト)』がかかって、二人が特異領域の外に出されたということだ。

「うわっ……やめっ、やめろぉおっ……くそがぁぁぁっ！」

「な、なんで効かないのっ……嘘でしょっ……嫌ぁぁっ……！」

（『効かない』……やっぱり、あの魔物か。あれが最初の実習で出てきたら、罠(わな)でしかない）

俺たちが進む先——前方の岩柱の陰から姿を現したのは、ゼリーのような姿の何か。

「玲人さん、で、出てきました……っ、魔物です……！」

「ああ……慎重に倒せば問題ない」

「っ……に、逃げたりしないんですか？　もう、みんなが……っ」

「一人ひとりにレクチャーしてるわけにはいかないけどな。黒栖さんに、こいつの倒し方を教えるよ」

《AB》における最初の難敵、それがスライムだ。一部のゲームにおける最弱というイメージは、こいつには通用しない。

緑色のスライムは獲物を見つけると攻撃色の赤に変わった。逃げることは難しくないが、ここは対処する――黒栖さんのレベルを上げるためのステップとするために。

3　初戦

《ロックスライム1体と遭遇(そうぐう)　神崎・黒栖ペア　交戦開始》

ブレイサーが情報を伝えてくる――オークロードの時は意識していなかったが、通常の遭遇(エンカウント)ではこういった情報は教えてもらえるようだ。

「まず黒栖さんは戦闘に入ったら、基本的に『転身(オーバーライド)』するんだ。俺の強化魔法をかけたあとならリスクがないからな」

「はいっ……んっ……す、すみません、まだ慣れなくて……っ」

「だ、大丈夫、ちょっと色っぽいけど、慣れるまでの我慢だ……！」

「が、頑張りますっ……行きます、『転身(オーバーライド)』！」

《神崎玲人が強化魔法スキル『マキシムルーン』を発動　即時遠隔発動》

《黒栖恋詠（こよみ）が特殊スキル『オーバーライド』を発動》
《黒栖恋詠が魔装形態『ウィッチキャット』に変化》
《ロックスライムが攻撃態勢に移行》

「れ、玲人さんっ、来ますっ……！」
「スライムは直線的にしか攻撃してこないが、できるだけ大きく避けるんだ！」
「……は、はいっ……！」

スライムが一気に肥大（ひだい）化し、増えた分の質量を伸縮させ、まるで蛇のように前方の黒栖さんに襲いかかる。

しかし黒栖さんは自分で言っていた通り、変身中は身のこなしが機敏になっており、なんなく避ける。そしてさらに飛び退き、距離を取った。

――大きく避けるようにと言ったのは理由がある。ロックスライムは攻撃したあとに、ウニのように全方向に針状に変化させた体組織を展開させ、追撃してくるからだ。

「きゃっ……あ、あんなのに当たったら……」
「あれの追加効果はレベル１の麻痺毒（まひどく）……耐性がないと、食らったら動けなくなって、ゆっくり消化されることになる。おそらくこの実習だと、麻痺した時点で危険と判断されて離脱（リジェクト）だ」
「そうだったんですね……それなら、聞こえてきた悲鳴は……」

黒栖さんが案じている通り、離脱（リジェクト）した人はスライムの奇襲を受けた――麻痺毒を受けたか、捕食されそうになったか。いずれにしても、かなりヘビーな経験になってしまうだろう。

「一度目じゃ難しいっていうのは、そういうことみたいだな……黒栖さん、もう一度来るぞ！」

「っ……な、何か吐き出して……ひゃぁっ……!!」

針状の組織を引っ込めたあと、ロックスライムは不気味に脈動して、口ともなんともつかない場所から液体を吐き出す——溶解弾。食らうと酸による火傷のダメージ以外に、スリップダメージと武具にもダメージを受け、まだ《AB》を始めたばかりのプレイヤーは生き残れたとしても、スライム系の魔物に対して絶対的な苦手意識を持ってしまうことになる。

溶解弾が当たった岩柱がチーズのように溶けて、シュウシュウと煙を立てている。これを食らって腕が欠損したプレイヤーもいたが、《AB》ではライフがゼロにならなければ欠損の回復も可能だった。

「な、なんだか怒ってるみたいです……っ」

「捕食することしか考えてないからな。じゃあお望み通り、腹いっぱいにしてやろう」

「は、はいっ……えっ……？」

律儀に返事をしてから、黒栖さんがきょとんとする——俺は笑って、彼女に手をかざしてスキルを発動させた。

《神崎玲人が強化魔法スキル『エンチャントルーン』を発動　即時遠隔発動》

「っ……腕に図形が……魔法陣の中に、文字が浮かんでます……っ」

黒栖さんが選んで持ってきた武器は『セラミックリボン』という、体操で使うリボンを武器にしたようなものだった。中学まで新体操部にいたからということだが、他にも棍棒なんかに適性があるかもしれない。

彼女の手の甲に浮かんだ文字が発光し、リボンが魔力でコーティングされる。これが『エンチャントルーン』、武器に魔力を付与する魔法だ。

「よし……俺があいつの動きを遅くするから、それで攻撃してみてくれるかな」

「はい、頑張りますっ！」

《神崎玲人が弱体魔法スキル『スロウルーン』を発動　即時遠隔発動》

スライムの足——足はないが、直下の地面が発光し、魔力文字が浮かび上がる。文字通り敵の速さを低下させる魔法だが、今の俺のステータスでどれくらいの効果が出るだろう。

（……完全に止まってる……いや、スローモーションで攻撃しようとしてるのか。これならいける……！）

「——っ！」

黒栖さんが手首のスナップを利かせて、鞭を打つようにスライムを攻撃する——すると。

バチュンッ、とスライムがあっさりと、勢いよく弾け飛んだ。流動的に形を変えていたスライムだが、倒すと『スライムキューブ』という四角いゼリーの塊になる。

《ロックスライム　ランクG　討伐者(とうばつしゃ)　神崎・黒栖ペア》
《EXPを10獲得しました》
《『スライムキューブ』を3個獲得しました》

戦闘中に何らかの貢献をしないと、ＥＸＰが入らない。そのために、黒栖さんに倒してもらう必要があった。

もっとも経験値の算定ルールが《ＡＢ》と同じかはわからないので、次は俺だけで倒して試してみる必要がある。

「や、やっつけられました……っ！」

「ああ、見事だった。おめでとう、黒栖さん」

スライムに一番有効なのは『無属性魔法』による攻撃だ。『エンチャントルーン』は武器に魔法の効果を付与するもので、なんの魔法かを指定せずに発動すると、無属性の魔力で武器が一時的に強化される。スライムは無属性魔法で攻撃すると、一定までは吸収するが、限界が来ると弾けてしまう。

他の属性魔法で攻撃するとスライムは弾けず、すべて吸収してしまう――それがスライムの罠(わな)だ。ライフが最大の時はさらに悪いことに分裂する。では無属性魔法が使えない場合にどうやって倒すかというと、物理攻撃に耐性があるので一見効いていないように見えるのだが、実は殴(なぐ)っていれば攻撃は通っているので、時間をかければ倒すことはできる。

この実習が二回目で合格しやすくなるのは、脱落した後にスライム対策を教えてもらえるか、生徒が自身で理解するからだろう。

「リボンをそんなふうに使いこなせるって凄いな……」

「そ、そんな、恐れ多いです……全部、玲人さんのおかげなので」

『エンチャントルーン』で消費する魔力は黒栖さん自身のものでなく、俺のものに指定できる。これなら、まだ最大ＯＰの少ない黒栖さんでも、問題なく戦闘に参加できる。

「でも、全然動かなくなっていたのはなんだったんでしょう……ちょっと可哀想だったかもしれないです」

遅くなりすぎて止まっているように見えるだけで、本当は捕食行動を仕掛けようとしていたんだ——と言ったら、彼女は信じてくれるだろうか。自分で言うのもなんだが、スキルレベル1とはいえ使える魔法の種類はそれなりにあるので、なんでもありに見えなくもない。

（俺のスキルレベルを上げられれば、もっと色々できるんだけどな……それまでは、今使えるスキルでなんとかするか）

《リトルインプ1体と遭遇　空中奇襲》

「っ……黒栖さん、伏せてっ！」

地上のスライムに気を取られていた俺たちの上空から、何かが攻撃してくる——三叉の小さな槍を構えた小悪魔だ。

「キィィイッ‼」

黒栖さんは身を屈めて回避し、彼女を狙った槍は空を切る。インプはそのまま旋回して俺を狙ってくる——だが。

「——ふっ！」

俺が選んだ武器は、セラミックロッド——伸縮式の警棒と同じように振って展開することができる。

武道の心得がなかった俺でも、《AB》では『ロッドマスタリー』というスキルを振ることでこういった武器を使いこなすことができた——その感覚はレベル10まで振っていた時ほどじゃないが、完全に失われてはいない。

「——ピキィイッ‼」

——しかし想定していたよりも、俺のロッドの破壊力は高かった。

（お、おいっ……俺はサポート職だぞ……！）

インプにロッドを叩きつけると、凄まじい勢いで錐揉み回転しながら岩柱にぶつかり、砕き、それでも止まらずに何本もの岩柱を砕いていく。バトルもののアニメのような光景に、さすがに黒栖さんも言葉が出ない状態だった。

《リトルインプ　ランクG　討伐者　神崎玲人》

《ＥＸＰを10獲得しました》

俺だけで倒すとやはり駄目だ——黒栖さんも攻撃を回避していたが、あれだけでは駄目なのだろう。と、今はそれよりも、この事態を説明しないといけない。

「ご、ごめん、驚かせて。思ったより威力が出て……」

「玲人さん、サポートの職業なのに……凄（すご）く力があるんですね……っ」

黒栖さんのテンションが上がっている——もっと驚かれるか、引かれるかだと思っていたので安心するが、岩柱の崩壊に他の生徒が巻き込まれていたら、ちょっとやりすぎたでは済まない。

（最低限の筋力でしか振ってないはずなのに……この現実がバグってるのか？　確かにその『最低限』が、魔神を倒す時のレベルになると、スライムくらいはワンパンだったと思うが……それにしてもヤバくないか？）

次からは地形を破壊しない攻撃で魔物を倒さなくては——と、カードを探すように言われたこと自体は、俺も忘れてはいない。

しかし、みんなはゾーン内を駆け回っていると思うが、俺には一種の確信があった。

——おそらく、カードを探し回る必要はない。このゾーンの広さが本当に町一つ分なら、制限時間内にカードを見つけることは現実的じゃない。探し物に向いているスキルがあれば有利な試験なのかもしれないが。

（地上にスライムがいて、空中にはインプがいる。対策ができてなければ対処が難しい。それこそがこの実習の答えのはずだ……的外れじゃないことを祈るぞ……！）

《ロックスライム、リトルインプと遭遇　神崎・黒栖ペア　交戦開始》

「さっきと同じように相手を鈍足化するから、一体ずつ確実に倒していこう」

「はいっ、玲人さん！」

黒栖さんがレベル１だとすると、最初のレベルアップまで、必要なＥＸＰは１００のはずだ。そうでなくてもこの経験は次に繋がる――俺は黒栖さんと一緒に、襲ってくる魔物を必勝パターンで倒していった。

4　融合

黒栖さんがセラミックリボンを振るい、ロックスライムを撃破する――レベルが上がったという明確な区切りがなくても、やはり立ち回りは洗練されていくし、敵を倒すほどに動きはこなれてくる。

「はぁっ、はぁっ……れ、玲人さん、これでこのあたりの魔物は、いなくなったみたいですね……」

「ああ。黒栖さん、頑張ってくれてありがとう」

「いえ、玲人さんのバディとして、恥ずかしくないようになりたいですから」

黒栖さんの体力がどれくらい減っているか、今は把握しようがないが、これ以上疲労するとまずい——疲労も離脱の対象になる。

《神崎玲人が回復魔法スキル『ヒールルーン』を発動　即時遠隔発動》

空中に念を込めて文字を描くと、同じものが黒栖さんの足元に浮かび上がる。

「あ……す、凄いです。すっと疲れが取れて……玲人さん、回復のスキルも使えるんですね……学園に入る前に、いっぱい勉強をしたんですか？」

「勉強というか、色々経験したというか……ごめん、曖昧な言い方で」

あれほどログアウトしたいと願った《ＡＢ》での経験を、現実でスキルが使えているからと肯定するのは、あのゲームに苦しめられた人々に対して申し訳が立たないと思う。

しかしこの力は、人の役に立てることもできる。黒栖さんのバディとして、俺にできる役割を果たす——それ以外にも、出来ることはあるだろうか。

「っ……れ、玲人さん、見てください。スライムゼリーじゃなくて、違うものが……これが、カードでしょうか？」

特定の魔物を討伐し続けると、ドロップ品が変化することがある。いつものスライムゼリーではなく、半透明の材質でできたカードのようなものが落ちていた。

「推測になってしまうけど、おそらくこのカードを持ち帰っても、実習はクリアになると思う」

「っ……で、ではっ……これを持って、脱出したら……」

「そうだな。でも、もう少しだけ様子を見てみよう。おそらく実際に隠してあるカードも、この『ゾーン』のどこかにあるんだろうと思うし」

「カードの見つけ方が違うと、評点に影響するんでしょうか……」

「冒険科の指導目的を考えれば、『魔物への対処』『目的の達成』『無事に脱出する能力』なんかを評価していると思う。どこに重きを置いてるかまではわからないけど、合格の仕方は一つじゃないってことにはなると思うよ……ちょっと推測を重ねすぎかな」

「そんなことないです、玲人さんのおっしゃること、私はすごく納得できます。カードの形を不破くんが聞いたとき、教官が教えてくれなかったのは、それが答えになってしまうからだったんだと思います」

ペアで意見が一致しているなら、このままカードを持って脱出するというのも考えはする。

（……『生命探知』で感じるクラスメイトの反応が、ほとんど消えている。残ってる人がどんな状況か、情報交換できればいいんだが）

「……黒栖さん、向こうはまだ魔物の気配がするけど、誰かいるみたいだ」

「はい、私も他の人たちの様子が知りたいです……魔物をやっつけるコツも分かりましたし、玲人さんとなら、ゾーンの中でももう怖くないです」

気になるのは黒栖さんの魔力だが、魔装スキルを使ってしまうとその時点で変身が解除されそうだ。そうなったら脱出まで俺が支えるだけだが。

「よし、それじゃ今度は魔物に見つからないように、慎重にいってみよう」

「はいっ……あっ、玲人さん、今気づきましたが、私足音が全然しなくなってます」

猫の足といえば肉球があるので、忍び足が得意なのだろうか——と考えつつ、俺は生命探知で魔物の接近に気を配りながら、人の反応がある方角に向かった。

——やがて、聞き覚えのある女子の声が聞こえてくる。

「ど、どうしよう、不破君っ……加瀬君たちも、黛と睦月も、みんなやられちゃったのかな……あのスライム、なんでなんにも効かないの……っ、初めての実習であんなの、おかしいよ絶対……っ！」

「そんなことはこっちも分かってんだよ！　あのサングラス、こうなると分かってて何も教えやがらなかったんだ……認めねえぞ、俺のスキルが効かねえ魔物なんて……っ！」

（不破のペアが生き残っていて、彼らと行動していた人たちはもう……既にカードを手に入れて脱出したペアがいる可能性もあるが、この分だと厳しそうだな……）

「……ね、ねえ、不破君……あれ、何？　さっき不破君が攻撃したスライムが……」

「——なんなんだよ、俺の邪魔ばかりしやがって……っ！」

「そ、そんなこと言っても、不破くんのスキルはあのスライムには……っ」

「うるせぇぇぇっ！」

俺も黒栖さんも、走りながら気づいていた——不破と南野さんが、予期せぬ何かに遭遇していることに。

そして、不破たちのいる場所に辿り着いた俺たちが目にしたものは。

「……あれは……あれも、魔物、なんですか……？」

黒栖さんはそれを目にしただけで自失に陥りかかる。これがこの『特異領域』で起こりうる事故——『ロックスライム』は数体集まった時に『融合』のスキルを使う。

『ロックスライム』の名前の由来は、融合したスライムが岩を鎧のように纏うことにある。変異種『ロックゴーレム』——その巨体はオークロードにも匹敵していた。

「あ、あははっ……あははははっ……私、もう駄目……こんなの、勝てるわけ……っ」

（っ……このままじゃまずい……！）

南野さんはその場に膝をついてしまい、立てないでいる。不破は彼女を見て舌打ちしながら、それでも『ロックゴーレム』に挑むことを選んだ。

「——うおおおおぁぁぁぁあっ！」

不破が叫ぶ——俺たちのクラスで重戦斧タイプの武器を使えたのは不破だけだった。岩くらいなら砕けると、不破は形態が変化したロックゴーレムに自分の技が通じると考えたのか、してはいけない判断をしてしまった。

《不破諒佑が斧術スキル『サンダースマッシュ』を発動》

雷属性――光属性の中でも希少とされるそれが、不破の絶対的な自信の理由だった。

「不破くんっ、駄目っ……！」

不破を止めようと、黒栖さんが叫ぶ。不破のスキルは明らかに無属性ではない――それを黒栖さんも分かっているからだ。

「っ……うるせぇぇぇっ……！　お前が俺に指図するな……お前はずっと、教室の隅で大人しくしてりゃ……っ」

黒栖さんの言葉に激昂（げっこう）した不破は、自分のスキルが全くロックゴーレムに通じていないことに気づいていなかった。

岩の鎧を手に入れたロックスライムは、元の耐性も継続して持っている。雷のエネルギーは全て吸収され、麻痺（まひ）の力を持つロックゴーレムにはむしろ養分となって、その岩でできた拳が稲光（いなびかり）を纏った。

「――うぁぁぁぁぁぁっ‼」

この状況においても、不破が強制離脱させられなかったのは。彼の中で、恐怖よりも怒りの方が勝っていたからなのか――それはわからない。

《ロックゴーレムが特殊魔法スキル『リフレクション』を発動》

不破が撃ち込んだスキルの雷エネルギーが、そのまま反射される。雷属性に適性がある場合、同時に耐性も持っている――しかし不破はたたらを踏み、立っているのがやっとの状態で、斧を取り落とした。

「や、やめてよ……不破君が落ちたら、私も落ちちゃう……っ、クラスで一番強いんでしょ!?ねえっ、やだっ、落ちたく――」

《不破・南野ペアが緊急離脱しました》

不破と南野の身体が一瞬にして光に包まれ、消える。

もし離脱がかからない状況で同じことになれば、それは命を落とすということだ。

討伐科の三人はまだ到着しない。不破も、あの様子では南野さんも連絡できていなかったのか――それなら。

「……喧嘩を売ってきたりはされたけど。そういう相手でも、やっぱり目の前でやられたら……いい気分はしないな」

「玲人さん、岩の怪物……ゴーレムが来ますっ……!」

「ああ……分かってる。黒栖さんのことは、俺が絶対に守ってみせる。だから……あいつを、倒してしまってもいいかな」

「っ……不破君たちが倒せなかった魔物を……私たちが……」

ユニークモンスターが出てきたなら、狩れるならば狩る。冒険科の生徒が進んですることではないかもしれないが、魔物との交戦は禁じられていない。

「……今の私でも……玲人さんの、力になれますか……？」

「なれるよ。むしろ、俺の方からお願いしたい……バディがいるからできる戦い方を」

「……っ」

俺のスキルを使って、黒栖さんのスキルを最大限に活かす方法がある。それを『ロックゴーレム』を相手に決める——。

「行くぞ、デカブツ……ここで俺たちと会ったが運の尽きだ」

《ロックゴーレム１体と遭遇　神崎・黒栖ペア　交戦開始》

ロックゴーレムが俺たちを敵と認め、動き始める。融合したスライムたちは受けた魔法を蓄積していて、場合によっては厄介なことになる——特定の属性の魔力を合成すると、広範囲を爆発させる性質を持つこともある。

（右手に炎、左手に雷……うちのクラスにも、これくらいの炎の使い手がいるのか……それに不破も、言うだけのことはあるな）

不破の攻撃を『リフレクション』で反射しても、まだ雷のエネルギーが残っている。俺たちに使うために残したのか、だとしたらスライムにはそれだけの知能がある。

いずれにせよ、属性を乗せたロックゴーレムのパンチは驚異となる。オークロードと比較してどちらが強いかといえば、甲乙つけがたいが——前回と違って、今回は黒栖さんの力を引き出して勝ちにいく。これからペアでやっていく以上は、俺だけが強ければいいというものじゃない。

「黒栖さん、あの状態になると鈍足化が効かなくなる。あれは融合したスライムが岩を貼り付けて動いてるんだが、単体のスライムとは別物と思っていい……あの頭部の目みたいになってる部分が光ったら、それが攻撃の兆候だ」

「目が光ったら……了解ですっ！」

「それと……少し手のひらを出してもらっていいかな」

「は、はい……く、くすぐったいです……」

遠隔発動だけでは精密にスキルを制御できないので、直接描きこまなくてはいけない場合もある。黒栖さんの手に魔力文字を描くが、まだ文字は発光していない。

「これが必ず役に立つから……来るぞっ！」

「っ……はい！」

ゴーレムの目が光る——スライムの攻撃色である赤は、紛れもない殺意の表れだ。

「……ゴ……オオッ……‼」

岩が擦れて軋むような音が、ゴーレムの声のように聞こえる。繰り出された拳はその鈍重な動きからは想像できないような、大砲のような速度で地面に叩き込まれた。

《ロックゴーレムが『アースフィスト』を発動》

（地面を砕き、石礫を飛ばす範囲攻撃……それに炎と雷の属性が乗ってる。黒栖さんには一撃も当てさせられない……！）

《神崎玲人が特殊魔法スキル『シェルルーン』を発動　即時遠隔発動》

「きゃぁっ……あ……す、凄い……石が弾かれて……っ」

黒栖さんの胸の前あたりに生じた魔力文字が、半球状の防壁を展開する。炎と雷をまとって飛んできた岩塊は、薄く頼りないように見える防壁に全て弾かれた。

「正面にいると、ああいう避けにくい攻撃をしてくる……黒栖さん、隙を衝いて裏に回ってくれ！」

「は、はいっ……！」

『シェルルーン』は攻撃を防ぐ回数が決まっているが、その回数も使用者のステータスに応じる。七発防げたが、あれが限界値だったか――何しろレベル１のスキルなので、終盤は使っていなかったために正確なところはわからない。

相手の意識をこちらに集中させるためのルーン――敵意をこちらに向けさせるスキルは、レベル１の中には含まれない。

（だったら……俺がタンク役になればいいってことだな……！）

《神崎玲人が強化魔法スキル『エンチャントルーン』を発動》

ロッドを振るい、拳を打ち下ろした後のゴーレムに殴りかかる。無属性魔力による一撃――スライムも驚異を感じたのか、右腕を切り捨てて岩の盾を作り、防ごうとする。

――硬すぎるっ……僕の剣じゃ駄目なのかっ……!?

――ソウマ、俺が魔法で強化する！

――私が注意を引きつけるから、ソウマとレイトが『あれ』で決めて……っ！

俺の中では、三年近くも前の出来事。ロックゴーレムは、俺たちプレイヤーにとって『序盤の難敵』『壁』の扱いだった。

倒したって何が得られるか分からなくても、中ボスのような魔物を倒すことがクリアの手がかりになると信じていた。

（こいつには苦戦したよな、みんな……でも、心配しないでくれよ。俺と黒栖さん、二人で倒してみせるから）

「砕けろぉぉおっ！」

渾身の力で振り下ろす――呪紋師のロッドなんて、レベルが低い時はかすり傷も与えられやしなかった。

それが今は、ロックゴーレムの展開した岩の盾に亀裂を入れ、爆砕させられる。

「――玲人さんっ！」

「これで『盾』は壊せた！　……黒栖さん、ゴーレムの核に向かって、思い切り『ブラックハンド』を撃ち込んでくれ！」

今までと真逆のことを言っていることは分かっている――しかし黒栖さんは、俺の言うことを信じてくれた。

「――闇より出でよ、魔性の手……っ！」

黒栖さんが詠唱した瞬間、彼女の手のひらに描き込んだルーンを発動させる。

呪紋師の役割。それは自分以外の火力職の攻撃性能を上げること――俺のパーティでも、聖女のミアが数少ない攻撃魔法を覚えた時、彼女の魔法の威力を上げるために、この系統のスキルを使っていた。

《神崎玲人が強化魔法スキル『エンチャントルーン』を発動　遠隔遅延発動》

《神崎玲人が強化魔法スキル『チャージルーン』を発動　遠隔遅延発動》

「……熱い……れ、玲人さんっ……」

「大丈夫、そのまま……っ！」

呪紋師は一部のスキルに遅延（ディレイ）をかけられる。『チャージルーン』の効果は文字通り、仲間の魔法を自分のOP（オーラ）を消費して強化するというものだ。

一度に消費できるOPは最大値の十分の一まで。これは俺の最大OPを測るテストでもある――そして、黒栖さんが使用する『ブラックハンド』のような型（タイプ）の魔力弾には、『エンチャントルーン』の効果が乗る。

（……これで100……200……まだいけるのか……ま、待て……800……900……せ、1000……？）

「れ、玲人さんっ、もう、私っ……」

「――行けぇぇぇっ！」

「――ブラックハンドッ！」

黒栖さんが叫ぶ――その瞬間、彼女が前に撃った時とは比較にならない大きさの黒い猫の手が、ゴーレムの巨体を突き抜けていった。

『ブラックハンド』を『エンチャントルーン』で強化した場合、まず闇属性の魔法攻撃のダメージ判定が出て、次に無属性魔法の判定が行われる。

この現実においても同じだ――黒栖さんの『ブラックハンド』の素の威力を、チャージで強化したエンチャントの効果が上回っていれば、ロックゴーレムに対して無属性魔法を叩き込んだのと同じになる。

「……い、今、何が……」

前の時と違い、黒栖さんは両手を突き出して魔法を放っていた。ゴーレムの核となっていた融合したスライムは見事に貫通されて、ゴーレムが崩れ落ちる。

《【生ける岩山】ロックゴーレム　ランクE　討伐者：神崎・黒栖ペア》
《ユニークモンスターの討伐称号を取得しました》
《ランクEユニークモンスター討伐により、D級討伐参加の資格を取得しました》
《討伐に参加したメンバーが500EXPを取得、報酬が算定されました》

ロックスライムやリトルインプの時は報酬がなかったのに、これは例外ということか――まだ金額を確認してないが、どれくらいになるんだろう。ゲーム内だと通貨の単位が違っていたし、現実では報酬額の目安も違うだろう。

「Dクラスの、討伐参加……い、いいんでしょうか、こんな……」

オークロードはDランクユニークだったので、得られた討伐参加資格はCランクまでだった。ロックゴーレムはEランクなので、黒栖さんもDランクの魔物討伐に参加できるようになったということだ。

《『錬魔石』を2個取得しました》

《『ライフドロップ小』を3個取得しました》
《『融合のカード』を取得しました》

「うわ……またカードが出た上に、めちゃくちゃ貴重なやつじゃないか、これ」

「このドロップは、飲むと元気が出るんでしょうか？」

「その言い方だとヤバいやつみたいだけど、まあ回復の薬だね」

黒栖さんは少し恥ずかしそうにしつつ、ロックゴーレムが落としたものを俺に渡してくれる。

「この黒い石は……れんませき、とコネクターが教えてくれてます」

「マジックアイテム……というか、特殊な装備品というか。そういうのを作る材料だよ。学園の中で加工できるところがあるのかな」

「は、はい、あると思います。部活でも作っているそうですから」

「へえ……一度行ってみたいな、その部活に」

どんな部活があるのかも気になっていたが、一度リストを見ておいた方がいいかもしれない。

――そのとき、生命探知に反応があり、特異領域の入り口の方角から誰かが走ってくる。

「っ……あなたたち、この辺りから危険な魔物の……反応、が……」

姿を見せたのは折倉さん、そしてもう二人も後からついてきた。途中で魔物と戦ってきたようで、到着に時間がかかったようだ。

スライムは消滅したが、ロックゴーレムを形成していた岩の塊はそのまま残っている。事態を呑み込めないでいる折倉さんが、事実を話してどう反応するか――少し気が引ける気もするが、こうなっては仕方がない。

5　雪理の視点・1

私が今日、討伐科の生徒としてここに来た理由のひとつは、探している人物に会えるかもしれないということだった。

――神崎玲人。特異現出が起きたあの公園で、オークロードをたった一人で倒した人。冒険科の生徒だということは、制服を見て分かっていた。オークロードに捕らえられている人を助けるために、私は単独行動であの公園に駆けつけた――それなのに。

(私は、助けられなかった。逆に、助けてもらった……あの人に)

病院で目を覚ましたとき、私が初めに感じたのは、全身が焦がれるような恥ずかしさだった。

剣術でも、学校の成績でも、スキルの実技でも、私は誰にも負けたことがなかった。

討伐科で実力を認められて、在学中から討伐隊に参加して経験を積む人もいる。オークロードを倒すくらいのことを、私もできなくてはいけないと思った。

(それなのに……私は攻撃を跳ね返されただけ。あの人は、私を助けて……冒険科なのに、きっと魔物討伐の資格を得てる……私より、上の……)

それまで信じてきた、自分は同年代の中では一番強い剣士だという考えが、完全に否定された。

驕っているつもりはなかった。それは、自覚していなかっただけ。

討伐科に入って卒業するまで、誰にも負けない。討伐隊に入っても結果を出したい――必ず出すことができる、なんて。

けれど、自分に対して落胆してばかりもいられない。家に戻ってそう思い直したあとに。冒険科の実習立ち会いを私に頼みたいと、灰島という教官から連絡があった。

討伐科の生徒を何人も育て、討伐隊に入隊させた、育成のエキスパート。

その彼が、冒険科にいる素質のある一年生をスカウトするために、実習を受け持つことになったということだった。

灰島透というその教官について、私は詳しいことを知らない。けれど彼が生徒をふるいにかけるために実習計画を立てたと聞かされて、言い知れない不安を覚えた。

――初級者向けの特異領域では、コネクター持ちはどれだけ粘っても、少々危険と判断した時点で離脱だ。離脱判定は精神状態にも左右されるから、中には警告をねじ伏せる子もいるかもしれないけどね。

――もちろん、立ち会いに参加してくれるだけで特別単位は出る。貴重な一日を潰すんだ、それなりの見返りは用意するよ。討伐科首席の君なら、どう転んでも単位は余るだろうけどね。

どうして私なのかという思いはあった。プライドを砕かれたあとに、討伐科の首席として人の前に出ることに気後れしていた——けれど結局、私は同じ班の坂下と唐沢の二人と参加すると伝えた。

教官に対して交渉のようなことをするのは、良いことではないと分かっていた。それでも私は、単位ではなく、別のものを要求してしまった。

——冒険科に、神崎玲人という男子生徒は在籍しているでしょうか。

彼がどこにいるのかを知りたかった。坂下は私がオークロードを倒したと思い込んでいたけれど、私のコネクターに記録された事実は、全く違っている。

なぜ、そんなに強いのか。どうやって強くなったのか。

そういった質問よりも先に、まず彼に、伝えたいことがあった。

坂下は、神崎君と言葉を交わしたとのことだった——子供の頃から一緒だけれど、いつも感情の起伏が少ない彼女が、神崎君のことを話す時は饒舌だった。

いったい、彼女とどんな話をしたのか、私はそれを知りたかった。

そんなことより、討伐科の首席よりも強い冒険科の生徒がいるということ、それを皆が知らずにいることを恥じるべきなのに。

あの巨大な鬼の反撃を受けて吹き飛ばされ、彼に受け止められた時から、私の中で何かが変わってしまっていた。

灰島先生が指導する実習はやはり難関で、次々に生徒たちが脱落していった。

最後に、神崎君と黒栖さんのペアと、もう一つのペアが残った。そのまましばらく状況は膠着(こうちゃく)したままで時間だけが流れ――そして。

コネクターが警報を発した。この特異領域にいる魔物は、討伐科の生徒なら少し苦戦はしても倒せるくらいのもの。それらとは全く違う力を持つ個体が、領域内に発生したとのことだった。

私たちの役割は、建前(たてまえ)上のもの――本来の目的は、特異領域の入り口近くから進めなくなった生徒が出た時、『離脱(リジェクト)』ではなく外に連れ出すこと。領域内の奥に入ることは指示されていないのに、待機してはいられなかった。

最後に残った神崎君と黒栖さんのペアが、どうするのか。ユニーク個体の発生を理由に、私は坂下と唐沢を連れて駆け出していた。

灰島先生はどういったスキルなのか、領域内を自由に移動することができる。そのために、問題が起きたら先生が自ら介入することになっていた。

初めは、灰島先生が介入したのだと思った――けれど、岩柱の立ち並ぶその上空を飛んでいく巨大なオーラの塊(かたまり)を見て、驚きと同じくらいに違和感を覚えた。

「……あれは……っ」

黒い、猫の手。異常なくらいに大きく、すさまじい魔力が込められているだろうことを除けば、その形は可愛らしくさえ見える。

それが、なんのために放たれたのか。何か巨大なものが崩れる音がして、震動が伝わって――そのまま走り続けて、私達はその光景を見た。

岩の巨人が、倒されている。コネクターが示す魔物の名前はロックゴーレム――討伐者は神崎玲人と、黒栖恋詠。

「っ……あなたたち、この辺りから危険な魔物の……反応、が……」

緊張で言葉が上手く出てこない。神崎君の顔を、助けてもらったときは正面から見ていなかった。見ていたのは横顔――彼がオークロードと対峙して見せたときの、不敵で、けれど目が離せないような顔。

「これは……彼らが、この大物を倒したっていうことですか？　それとも、灰島先生が……？」

いつも落ち着いている唐沢が困惑している。坂下は神崎君を前にして、緊張で動けなくなっている――これで討伐科首席の班なんて、情けないと思いはする。

神崎君は私を見て、少し戸惑っているような表情になる。困らせてしまっただろうか、彼が一人で、いえ、ペアで解決できるのなら、来てはいけなかっただろうか。

おそらく激しい戦闘があったはずなのに、神崎君はそれを全く感じさせない。やっぱり、彼はとても強い――私たちが三人集まっても、決して敵わないくらい。それどころか、現役の討伐隊にも匹敵しているかもしれない。

そして、私は坂下の表情を見て、分かってしまう——彼女が、神崎君を意識してしまっていること。

本当なら理解できないと思うはずなのに、今の私は、坂下のことを窘(たしな)めることができない。

(彼は何かが違う……普通の人に見えるのに、他の人とは決定的な差がある。強いから……いえ、それだけでは、こんなに……)

「実は……スライムが融合して、ロックゴーレムという変異個体に変わってしまって。俺たちは残ってるペアと情報交換をしようとしてたんですが、そのペアが襲われて、離脱(リジェクト)したので……」

「そ、その……全部玲人さんのおかげで、私は何も……」

「二人で協力したから倒せたんだ。それは間違いないことだから」

神崎君と黒栖さんは、二人で何かを達成したという充実感に満ち溢(あふ)れて見える。

(……私も神崎君と……い、いえ、そんなこと……何を考えてるの、私は……)

あんなふうに助けたりするから——けれど助けてもらわなければ、私は今頃ここにはいない。

——ありがとう、と言いたいのに、こんな時に言ってしまったら私情を挟んでいることになると、心にブレーキがかかる。

でも、今言うしかない。今じゃなかったら、彼と話すために凄(すご)く苦労することになる。

「あ、あの……神崎君、昨日……っ」

「やあ、なかなか派手にやったね。出てくるタイミングを完全に逃したよ……不破ペアが離脱したところで出るつもりだったんだけどね」

やっと勇気を出せたのに、途中で遮られてうやむやになってしまう。岩柱の陰から出てきた灰島先生は、そんな私の内心を全く知らずに、神崎君の素質を目にした喜びを隠しもしない様子だった。

6　スカウト

「それにしても見事だった。実習の途中に話しかけるのはご法度だが、神崎君と黒栖さん、君たちは最後に残ったペアだ。異例の事態も起きているし、少し話をさせてもらおう」

灰色髪にサングラスの男性が再び姿を現し、俺たちに話しかけてくる。やはり、出てくる直前まで『生命探知』に引っかからなかった。

『魔力探知』でなら何か分かる可能性もあるが、集中して観察しなければ、彼がスキルを使って移動したり、気配を消しているかなどは断定できない。

（隠密系のスキル……いや、それでも生命と魔力、どちらかの探知には引っかかる。ゾーンの中で、一度行ったことのある座標に自由に移動するスキル……そんなのもあったような気はするが、この人はそのスキルの使い手なのかな）

「まず、これは確かめておかないといけないな。神崎君、黒栖さん、君たちは『札』を手に入れているかい？」

「はい。最初は、先生がどこかに隠したものを探すんだと思いましたが……他の方法でカードを手に入れても、それで合格になると思いました」

俺はスライムとインプを倒して得たカードを見せる。少し迷ったが、融合のカードも提示した――折倉さんたち三人が、それを目にして驚くのが分かる。

最初の二枚を見せられた時までは余裕のある表情だった灰色髪の男性は、融合のカードには驚かざるを得なかったらしく、サングラスの奥の瞳が揺れるのが分かる。

「……あまりに見事すぎて、正直なところ、震えるくらいだ。そのカードは狙ってロックゴーレムを倒し続けても、一生落ちないかもしれないほど希少なものだよ。言ってしまうと、僕がこの第一エリアに隠したカードよりもずっと価値がある」

やはりそうだった――魔物を倒して得られるカードを入手して脱出しても、この実習は合格となる。

「このカードは、実習中に取得したものなので、先生に……」

「いや、それは君たちが手に入れたものだ。ここは学園が管理している場所だが、中に出る魔物は本物だからね。スライムやインプを倒しても報酬は出ているよ。一定の報酬額を超えないとコネクターから通知は出ないから、気が付かなかっただろう」

ロックスライム五匹、リトルインプ五匹分の報酬も手に入っているということか――実習の目的を外れていると言われてしまう可能性もあるとは思っていたが、今のところは読みが当たってよかった。

「その融合のカードは売れば相当な金額になるが、個人的には大事に持っておくことをお勧めするよ。それは魔物を一定数倒した者が得る通常のカードではなく、『スキルカード』ってやつだ。使い方については、しかるべき場所で教えてもらう方がいいだろう」

「しかるべき場所……それは、この学園内にあるんですか？」

それを聞いてほしかった、というように、灰色髪の男性が嬉しそうに笑う。

そして彼は、背広のポケットの中から名刺入れを取り出し、一枚ずつ俺と黒栖さんに渡してきた。

（灰島、透……討伐科の教官？　それに……Ａ級討伐参加資格保有の現役の討伐者……！）

「この名刺があれば、討伐科の施設を一部利用できるようにしておく。彼女たちは同じ一年生だから、討伐科の構内に入りたい時は相談するといい」

「っ……灰島先生、初めからそのために……？」

「誰も生き残らないということもあると思っていたよ。だけどそうはならなかった。さて、あとは君たちの意向次第になるが……僕の素直な評価を、クラスの皆の前で発表してもいいだろうか」

先生は俺たちに配慮してくれている——しかし俺も黒栖さんも、ただクリアを目指したというだけで、隠すようなことはない。

「……ロックゴーレムを倒したのであれば、その事実は称賛されるべきです」

「……折倉さん」

「っ……わ、私の名前を、知っていたんですか……？」

「あ、ああ、ええと……そちらの坂下さんから聞いて……いや、正式に紹介してもらったわけでもないのに、急に名前を呼んだりしてすみません」

「そ、そんなこと……怒っているわけではなくて……唐沢、何をにやにやしているの？」

「いいえ、お嬢様が初々しい反応をなさっているなと……初めまして、神崎君。私は唐沢直正と言います、折倉家に仕えている家の者です」

「そうだったんですか……俺はてっきり……」

付き合っているらしいというのは、ただの噂だった——唐沢君は俺の返事が引っかかったのか、白い手袋をした手で眼鏡の位置を直す。

「巷を流れる噂というのは、あくまで噂に過ぎない……と、なんとなく言っておきましょう。神崎君、君が討伐科に出入りをするのなら、またお会いすることもあるでしょう。その時は邪険にしないでいただきたい」

「す、すみません神崎君、唐沢が言っていることは気にしないでください、いつもこの調子ですので」

「い、いや、俺は大丈夫です。こちらこそ、今後ともよろしくお願いします」

唐沢君が手袋を脱いで右手を差し出してきたので、握手をする。なぜか折倉さんと坂下さんが刺すような視線を唐沢君に向けているが、彼は爽やかな笑顔のままだった。

「これはなかなか……黒栖さんもうかうかしていられないね」

「っ……は、灰島先生、わ、私は何も……っ」

「神崎君の立ち回りには舌を巻いたが、君も彼のバディとして最大限の活躍をした。もし討伐科の施設を使う時があったら、二人で一緒に来てもらいたい」

「……私が、玲人さんと一緒に……は、はい、分かりました……っ！」

　黒栖さんが俺の名前を呼んだところで、またも折倉さんと坂下さんが反応している——なんだろう、この魔物と戦っている時とも違う種類の緊張感は。


——レイトさんって、女の子に対して優しすぎますよね。

——クエストのＮＰＣ（ノンプレイヤーキャラクター）にまで優しすぎ。確かに可愛（かわい）いけど。


（あの時の空気と似ているような……怒られてるみたいだが、何を怒られてるのかわからない感じが……）

「さて、そろそろ外に出よう。僕は後から行くから、君たちも帰りは魔物に気をつけて。帰るまでが冒険だからね」

　灰島先生は俺たちを見送っていたが、ある程度進んで振り返ると忽然（こつぜん）と姿を消していた——謎の多い人物だが、悪い人物ではなさそうだ。入学最初の実習内容がハードすぎるのは、少々物申したくはあるが。

領域(ゾーン)を出ると、グラウンドにクラスの皆が座り込んでいた。

全員がカードを持ち帰れずに脱落してしまったことは、一目見れば明らかだった。

座り込み、項垂(うなだ)れていた不破が、ふと顔を上げる――そして俺たちの姿を見るなり、立ち上がってこちらに走ってきた。

俺は黒栖さんの前に出て、不破と相対する。こちらの胸倉を摑(つか)んでもきそうな勢いで、不破は俺を睨(にら)みつけた。

「……お前ら……合格、したのか……？」

「後から、領域の中で、最初に説明してくれた先生が出てくる。その時、結果を教えてくれるはずだ」

「……見つけたんだな……あの魔物だらけの中で、カードを……」

追い詰められ、あれだけ激昂していた不破が、俺たちが合格したと知った時にどうするか――。

しかし不破は俺から離れると、絞(しぼ)り出すような声で言った。

「すげえな……神崎」

「俺だけでしたことじゃない。黒栖さんも活躍した……彼女に謝ってくれ」

「……玲人さん……」

黒栖さんに言った暴言だけは、撤回してもらわなければならない。不破は俺の後ろにいる黒栖さんを見て――そして。

「……俺が悪かった。あの怪物を前にして、俺は冷静じゃいられなかった……黒栖が止めてくれた時に、退くべきだったんだ」

「……はぁ～」

ため息をついているのは、南野――彼女も他の女子たちと一緒に座り込んでいたが、こちらのやり取りに気づいて立ち上がり、いたたまれなさそうな様子でやってきた。

「不破君のスキルも、私のも……みんなも相性悪かったって言ってるし。こんな状況で離脱せずに、普通に帰ってくるってどれだけ凄いの……って話。私たちの負け、完敗」

「……南野さんは、簡単に負けは認めないと思ってたけどな」

「もうね、厳しい実習とは分かってたけど、自信をポキッて折られちゃったから。スキル見せる見せ場すらなかったしさー、才能ないからやめたら？　って感じだよね。あはは……」

「今回のことだけで、諦める必要はないよ。一度目が駄目でも、二度目がある」

彼女には挑発されたが、見返すことはいいとしても、心を折りたいというようなことまでは思っていない。

「……私、かなり酷いこと言ったと思うんだけど……な、なんで？　なんでそんな……」

「玲人さんは、優しいんです。優しくて、強い人ですから」

「い、いや……一年間クラスが同じなら、わだかまりは残したくないと思っただけだよ。別に優しいとかじゃない」

「そ、そうだよね、怒ってるよね……でもなんか、そうやってはっきり言ってくれたほうがすっきりするかも。今の私、サイテーだもんね」

「……お前がサイテーなんて言ったら、俺はもっとひでえ何かだろ」

リアルはクソゲーだというのは、一度対立するようなことがあれば、簡単に和解なんてできないし、わだかまりは消えないということもある。

けれど、そう決めつけるばかりでもない。出会いは最悪だったが――不破の態度が変化したことで、いつの間にか顔を上げてこちらを見ている皆の視線も、今までとは変わっている。

「神崎……あいつ、あんだけ言われてたのに……」

「1ペアだけクリアして帰ってきた……ってことだよな。それって普通に凄くね……？」

「黒栖さんも明るくなってる……神崎君と一緒だからかな」

手のひら返しが早い、とクラスメイトに言ってやるのは簡単だが――それよりも、何よりも。

「……全部、玲人さんのおかげです」

俺だけに聞こえる声で、黒栖さんが言う。実習を一回でクリアする、そして皆からの不当な評価を、フラットかそれ以上に上げる。

どちらも、まずまずの結果と思って良さそうだ――少し離れた場所からこちらを見ている折倉さんと目が合ったが、彼女も何も言いはしないが事情を察してくれたのか、小さく頷いてくれた。

7　代表生徒と放課後

少し休憩時間を挟んだあと、俺たちは自分たちの校舎に戻った。折倉さんたち討伐科（とうばつか）の三人も、授業報告が終わるまでは立ち会うらしい。

更衣室で制服に着替えて戻ってくると、先に戻ってきた人たちが実習のことを話していた。

「なあ、あのスライムって結局逃げりゃ良かったのか？」

「なんか酸みたいなのに当たりそうになっただけで離脱（リジェクト）されたよ。あの攻撃より遠くから攻撃できる武器を選ばないと駄目なんじゃない？」

「空から飛んでくるやつも、飛び道具ならやれんのかな。速くて目が追いつかねえんだけど」

「ビビリすぎなんだよ、こっちを狙ってきた時にカウンター決めりゃいいんだって。俺は失敗したけどな」

特異領域（ゾーン）から出たあとは疲れきっているように見えた皆は、既に二度目の実習を見据えてやる気を出していた。

（冒険科で何を勉強するか、みんな分かってて入ってきてるわけだからな……それにしても、この科を卒業してなれる職業って、やっぱり冒険者なのかな）

魔物が出る世界ならではの『なりたい職業』があるとしたら、魔物ハンターの類（たぐい）だったりするのだろうか。自分の実力に見合ったランクの魔物と戦えば命の危険も少なく、リスクに見合った報酬を得て生活できる——とか。

「あ、あの……神崎君、昨日はごめんなさい。病院から戻ってきたばかりなのに、私たち歓迎とかできなくて……」

「あ、ああ。全然それはいいけど……」

「黒栖さんと一緒に出てくるところ、なんていうか……えっと、その……」

「めっちゃカッコ良かったよね。映画で危ないところから生還してくる場面ってあるじゃん、ああいう感じ」

話しかけてくれるのはいいが、名前と顔が一致しない。最初におずおずと話しかけてきたセミロングの髪の真面目そうな女子、小柄でショートヘアの赤っぽい髪の女子、最後に話しかけてきたのが同級なのに姉御と言いたくなるような、ふわふわしたロングヘアの女子だ。こんな時に思うことでもないが、胸が大きすぎてブレザーの前が閉じられていない。

「この子が高橋さんで、この子は大和田さんね。それで、神崎くんに色仕掛けしようとしてるのが紅塚さん」

「なんか仕切ってるぞー、一番悪ーい感じで神崎くんに絡んでたくせに。南野、うちらちゃんと見てたよ?」

「あ、あはは……それはその、若気の至りっていうか……」

南野さんは肩にかかるポニーテールの毛先をくるくると弄っているが、俺を見る顔は真っ赤だった――そんなに俺たちのペアが生還したことで、戦々恐々としてるんだろうか。ヒエラルキー的なものに関わってきそうだからというのは分からないでもない。

　不破は窓際の席に座り、周りの男子生徒と話している。こちらをちら、と見はしたが、昨日と比べるとこちらも態度が変わりすぎている気がしなくもない。

「神崎が狙われ始めたぞ……そりゃそうだよなぁ、あんなとこ見せられたら」

「一ヶ月後のバディ組み換えの時に勝負かけてんだな。俺も黒栖さんに……」

「今更無理だろ、あのペアの強さ半端ねえし。誰だよ休んでた奴が弱いなんて言ったのは」

「お、おい、不破に聞こえるぞ……っ」

　男子グループは三つくらいに分かれていて、不破たちはいかにもギラギラしている生徒の集まりだが、特に怒ったりということはなかった。

「なあ不破、神崎と黒栖が合格だからって、お前の言ってたやべー魔物を倒したってわけじゃないんじゃねえの？」

「そ、そうだ、そいつからは逃げて、カードを見つけたってこともありうるよな」

「……どっちにせよ、神崎は黒栖を守ったんだろ。俺らより凄(すげ)えじゃねえか」

「っ……ま、まあ、そりゃ……」

「加瀬は橋本さんに守ってもらって離脱(リジェクト)だっけ？　逆なら格好つけられるのにな」

「つ、次は上手(うま)くやれる……と思うけど……は、橋本の方見れねえ……」

　橋本さんは身長が高く、確かに基礎的な身体能力は高そうだ。槍投げの選手だそうで、投擲(とうてき)

もできる短槍を使っていた——軽量ながら間合いが長めのショートスピアは《AB》でも人気があった武器だ。

俺と黒栖さんの場合、どちらが前衛というわけでもない。俺が指示した上で自由に動く、遊撃型ペアとでもいうのか——今のところそれで問題ないが、もし人数が増えると役割分担を強くした方がいいだろう。

「黒栖さんもごめんね、ペアがいないとか無神経なこと言っちゃって……」

「いえ、そのおかげで玲人さんと一緒になれましたから……」

黒栖さんのコメントに皆が固まってしまう——彼女に悪気はないと思うが、あまりに言葉が真摯すぎる。隣に座っている俺までまた感動してしまうほどだ。

「あ……そういえば黒栖ちゃん、特異領域から出てきた時、ちょっと格好が変わってなかった？」

「なんかめっちゃ可愛かったよね、猫っぽくなってて。あれって黒栖さんのスキル？」

「は、はい、私の……可愛いということはなくてっ……」

紅塚さんと南野さんに聞かれて、黒栖さんが慌てて答えようとする——その時、武蔵野先生と灰島先生、そして討伐科の三人が教室に入ってきた。俺たちの席の周りに集まっていた女子たちも、波が引いていくように自分の席に戻る。

「みんな、実習が終わってても元気で何よりです。まだ学園生活は始まったばかりですからね、今回合格できなくても、次で通ればいいことですから。三回目までは夏休みに補習を受けなくても大丈夫ですよ」

補習という言葉に、皆が一気に緊張する――誰も補習は受けたくないだろうが、この形式の実習だと『ハマる』生徒も出てしまいそうだ。

そして武蔵野先生から、灰島先生が話を引き継ぐ。教室の中でもサングラスのままなのは、何か理由があるんだろうか。

「自己紹介が遅れました、討伐科非常勤講師の灰島です。今回は少しシビアな内容になりましたが、攻撃が効きにくい魔物、空から襲ってくる魔物などは、本番の特異領域(ゾーン)でも容赦(ようしゃ)なく出てきます。魔物の最低ランクはＨですが、訓練にならないほどの強さしかないので、皆さんにはＧランクから経験してもらいました」

多くのゲームでは、自分より弱い相手を倒しても、得られる経験値は少ない。この現実においてもそれは変わらず、俺たちが戦って経験値を得られる最低限の強さを持つ相手が、スライムとインプだということだ。

「冒険科で学ぶべきことは、生き残って成果物を持ち帰ること。ゾーン内の地形情報、どんな魔物が出るか、そして魔物の落とすアイテムなど。しかし、帰還できずに魔物に倒されてしまっては全て意味がない」

「次回からは、出現する魔物については事前に情報を開示します。それを踏まえて有効な武器などを選んでください。最初の一度だけは、特異領域のことを何も知らない状態で経験して、そして考えてほしかったんです。将来調査隊に入ったり、民間企業に所属して特異領域(ゾーン)に関わっていきたいかを」

さっきまでの騒がしさとは打って変わって、皆は水を打ったように静まり返っていた。

それでも分かる――このクラスには現時点で、一人も転科を願い出る生徒はいないと。

「……よろしい。では、灰島先生、結果報告をお願いします」

「皆はもう知っているだろうけど、改めて伝えます。今回の合格者は、神崎・黒栖ペア。彼らは実習の意図を正確に理解した上で、僕が想定した以上の結果を出してくれました」

おお、と教室が沸く――そして、拍手も。黒栖さんは照れて耳まで真っ赤になっていたが、俺の方を見て微笑(ほほえ)んでくれた。

「ロックスライムは、状況によっては融合してロックゴーレムに変異し、大きな脅威(きょうい)となります。神崎君と黒栖さんは、お互いのスキルを十全に生かし、ロックゴーレムを討伐した……そう、『討伐』です。冒険科でも場合によっては、魔物のユニーク個体を相手にする局面がある。討伐科とは、学ぶところが一致している部分があります」

「この学園では、冒険科と討伐科の連携を強化していく方針です。各科の代表者同士で交流を行って、相互の成長を活発化する……そのために、今回の実習で合格したペアには、このクラスの代表生徒となってほしいと思っています」

代表――俺たちが。黒栖さんはもう受け入れられる許容範囲(キャパシティ)を超えているし、ここは俺が何かしらの意思表示をしなければならない。

「現状、試験的な試みなので、代表生徒は１ペアのみとします。二人の希望を尊重しますが、冒険科の授業を外れて他の科の授業などに参加することもあるでしょう。その時は、できるだけ彼らを応援してあげてください。時間はかかるかもしれませんが、これも風峰学園そのものを強くするために行うことですから。僕からのお話は以上です」

話すことは全て話したとばかりに、灰島先生は教室を出ていく。その後で、武蔵野先生は俺たちを教室の前に呼んだ。

「先生も、神崎君と黒栖さんのことを見誤っていました……このクラスから代表生徒が出せたこと、先生は嬉しく思います。だって、1年F組って問題児揃いって言われているんだもの」

やはりそうか——と、ここに来て納得する。そして代表生徒が各科を自由に行き来できるということなら、それは純粋に助かる。

知りたいことは山程ある。ステータスを知る方法、ソウマたちはまだ『アストラルボーダー』の世界の中にいるのか、そして『特異領域』とはなんなのか。

「じゃあ、改めて……神崎君、黒栖さん、実習合格おめでとう。先生は本当に、とっても、腰が抜けちゃいそうなくらい凄いと思います」

あんまりな言い方だが——またクラスに拍手が沸き起こる。

カチコチに緊張していた黒栖さんだが、感極まるものがあったのか、目元をハンカチで押さえる——顔が見えそうになって、前の方の男子が驚いている。

折倉さんたち三人も残って、拍手してくれている。ここまで上手くいきすぎると、何か落とし穴があるんじゃないかと疑ってしまうが、それは心配のしすぎだろうか。

その心配が的中してしまうのは、早めの帰宅を許されて、この自由時間をどうやって過ごすかと考えていた時のことだった。

黒栖さんは用事で家に帰ったので、一人で学園内の施設を見て回るか——と考えていると。

昇降口を出たところで、不意に声をかけられた。

「……こんにちは。神崎君、これから時間はある？」

討伐科の三人は帰ったと思っていたが、折倉さんだけが別行動をして戻ってきたのか、俺の目の前にいた——どこか、落ち着かない様子で。

8　手合わせ

折倉さんはいつも通り、髪も制服も真っ白で、その姿自体が普通の校舎とのコントラストで幻想的に見える。

「……今は都合が悪い……ということなら、また機会を改めさせて」

「あ、ああいや、ちょっと驚いただけだよ。もう討伐科の校舎に戻ったとばかり思ってたから」

「っ……一人で戻ってきたら、そんなに変……？」

「そうじゃない、それはしっかり言っておくけど……光栄に思ったというか……」

「……それは、大袈裟だと思うわ。私なんて、あなたに比べたら、全然大したことはないんだから」

褒めてくれているけど、ツンデレのような――戦っている時などはまさに姫騎士というように凛としているが、こうして話してみると、親しみやすい人なのかもしれない。

「それで……俺は、時間なら空いてるけど。折倉さんは、何か用があって来たのかな」

「少し話したいことがあって……今日は実習が終わったら、授業はないでしょう。私もクラスには戻らなくて良いことになっているから、時間があるの」

「そうなのか。実習を見ててくれてありがとう、気が引き締まったよ」

「っ……わ、私たちはただ見ていただけで……魔物を倒したのはあなたでしょう。あの、公園の時だって……」

そこまで言われて、ようやく彼女がここに来た理由に思い当たる。

「……オークロードの時のこと、覚えてたのか」

「……忘れるわけないでしょう、あんな不甲斐ないところを見られて……それに……あのお母さんと娘さんも、私のことも助けてもらったんだから」

「あの時はもう少し早く、折倉さんに加勢すれば良かった。そうしたら……」

制服が破れずに済んだのに、と言うのはさすがに配慮が欠けている。しかし言葉に詰まる俺を見て察したのか、折倉さんは腕を組んで、自分の身体を抱くようにする。

「あ、あなたに見られたかもしれないことは、私は……助けてもらった以上は、一切気にしていないわ」

そうは言うが、言葉と態度が一致していない。折倉さんは腕を組んでガードを固めていて、視線は横に向けて、こちらを見てくれない。

（しかし……見られたかもしれないと言うけど、極力見ないように努力したし、はっきり見てないといえば見てないいんだけど……この恥ずかしがり方は、見られた前提になってるな……それでも気にしないいってことは、度胸があるのか、俺を男として見てないかだな）

いいのか悪いのか——と思っていると、ようやく折倉さんがこちらを見てくれた。

「……ごめんなさい、本当は少し気にしているけど、今はそんなことを言うために来たわけじゃないの。あなたに、聞きたいことがあって……」

「俺で良ければ、なんでも聞いてくれて構わないよ。なんでオークロードを倒せたのかとかは、自分でも完全には説明しづらいんだけど……」

「あなたはあんなに強力な炎の魔法を使っていた。戦闘の経験はあるということでしょう」

戦闘経験もそうだが、ＶＲＭＭＯで魔神を討伐した時のステータスやスキルをある程度現実(リアル)でも引き継いでいるなんて、容易に信じてもらえる気がしない。

「スキル自体は、初歩的なものを使ってるだけなんだ。魔法の威力は色々な要因で上がると思うから、たぶんステータスが良い方向に作用してるんだと思う」

「ステータス……？」

「討伐科では、生徒の持ってる力みたいなのを、数値化したりはしてないかな」

「そういう研究はされているけど、討伐隊で採用されているだけで、学生は授業の成績などが能力の指標になると思うわ」

つまり、討伐隊がステータスを測定している方法ならば、俺の現在ステータスも確かめられる可能性があるということか。

「……まだ、討伐科に出入りしていいって言われただけの段階では気が早いと分かってるけど。討伐隊の人と話す機会を作るには、どうすればいいんだろう」

「討伐科には現役の討伐隊員が指導に来ることもあるし、大規模な討伐作戦の際に学生が低ランクの魔物を倒す役割を担ったりもするわ。その時なら機会はあるでしょうね」

「っ……ありがとう、折倉さん。教えてくれて凄く助かった」

「い、いえ……そんなに討伐隊に関心があるのに、どうして冒険科を選んだの？　あなたの実力があれば、討伐科でも間違いなく首席になれるのに」

「それは……なんとなくかな。普通科に入ろうって思ってたこともあったから」

俺が志望していた元の風峰学園高校には、普通科しかなかった。そう言って、俺の知ってる世界とこの世界は違っていると言ったら、彼女はどんな反応をするだろう。

不用意に信用を落とすことはしたくない。俺と同じ境遇の人がいるのなら、その人を探すことで、この世界が一体何なのか、元の世界はどうなったのかを知る手がかりが得られるかもしれない——そうであってほしい。

ソウマ、ミア、イオリ。彼らがログアウトしていてくれたら——。

しかし、同時に思う。彼らがログアウトする先は、俺と同じこの現実なのだろうかと。

「……あなたは冒険科に入って良かったと思う。そのスキルの才能は、どんな形でも活かすべきだと思うから。魔物を倒すということに限らず」

「討伐科の授業にも興味はあるよ。灰島先生が現役で魔物と戦っているのなら、そういう強い人の戦い方を見てみたいし……なんて、興味本位は良くないかな」

「いいと思うわ。私だって見てみたいもの……灰島先生はA級討伐者で、この学園の卒業生でもあるそうだし、討伐科の生徒が目標とする人のひとりなのは間違いないわ」

「折倉さんは冷気使いで、希少な属性の持ち主だから、ステップを踏んで魔物を討伐していけばどんどん強くなると思うよ。あの剣技もオークロードの能力で防がれなければ、有効打になっていたと思うし……」

折倉さんは表情が変わらないながら、俺の話に興味を持ってくれたようだった——討伐科で首席の彼女にアドバイスなんて、それこそおこがましいと反省するところなのに。

「……私は、やっぱりあなたにお願いしたい。ここであなたを待っていて良かった」

「今の話は俺の個人的な感想だから、討伐科の先生だと違う指導になるだろうし、それを参考にした方がいいんじゃないかな」

「いいえ、私はあなたに教わりたいの。あなたと一緒に魔物と戦ってみたい」

「俺と一緒に……それって……」

ペアを組むということか――いや、科が違うのにペアを組めるとは思えないし、何より俺のバディは黒栖さんだ。

「……黒栖さんは、あなたと一緒に実習を終えて、凄く充実した顔をしていたから。あなたと一緒に特異領域（ゾーン）に入って、出る時にはもう、見違えるくらいに成長していた」

「彼女にはもともと、輝ける部分があったんだ。俺はそれを表に出せるようにしたかっただけだよ」

「……私には、そういう部分があると思う？　もう、伸びしろはない……？」

「黒栖さんもそうだけど、折倉さんも凄い才能を持ってると思うよ」

俺の答えは折倉さんの予想を外れていたのか、彼女は少し疑っているような目をする――しかし。

「……それなら、私と一度手合わせをしてもらえる？」

「……え？」

「実習の日にこんな申し出をしたら、迷惑と分かっているけど……あなたの強さは、底知れないものがある。一度戦ってみたら、私も何かが摑（つか）める気がするのよ」

折倉さんは初めからそのつもりだったのだろう――そういうことなら、俺も彼女の『雪花剣（せっかけん）』を、模擬戦（もぎせん）用の武器にはなるだろうが、実際に目の前で見てみたいという思いがある。

「……分かった。俺で良ければ」

「良かった……ここまで勇気を出してきたのに、駄目だったら寂しいもの」

本音が少し出てしまっている——そして、折倉さんのまとう空気が柔らかくなった。

「早速、訓練所を借りる手続きをしてくるわね」

弾むような足取りで、折倉さんが訓練所に向かう。しかし、昨日黒栖さんと一緒に来たばかりで、違う女の子と一緒というのが、受け付けの女性にどう見られるかを失念していた——おかげで『神崎様は人気がおありですね』と言われてしまった。

第四章　白い少女剣士

1　伝授

昨日と同じジャージを選び、再びブレイサーから電子マネーを引き落とす時に、ふと思い出した。

「あの、俺のブレイサーに入ってる残額って幾らになるんでしょう」

「は、はい。三百二十五万と、四千六百円になります」

「……えっ？」

「今、レシートをお出ししますね」

聞き間違いかと思ったが――レシートを見ると、練習着の貸し出しで千円引かれていて、残額が¥３２５４６００となっている。

（こ、こんなに必要か……？　両親から預かって妹が入れておいてくれたにしても、俺の小遣いは五千円なのに……）

更衣室に入って着替えながら、ふと思い当たる。ブレイサーが『報酬が算定された』と言っていたが、聞いたらその金額を教えてくれないだろうか。

「えーと……ブレイサー、質問してもいいかな」

『呼称が未登録ですが、そのまま続けますか？』

（うぉっ、直接脳内に……!?　って、いつものことだけどな）

話しかけて返事があるというのは新鮮だった。《AB（アストラルボーダー）》のガイドAIは、話しかけても答えないことがほとんどだったからだ。

「名前か……ちょっとすぐには出てこないな。アレク……じゃなくて、女性の声だから、女性らしい名前がいいのかな」

『男性名でも問題ありませんが、ボイスタイプが女性の場合、女性名で登録される方が多いようです』

「そうなのか……どういう名前がいいかな？」

『未使用のネームパターンを検索します。イールギット、ウィノナ、エリサ、オレーナ……』

人気のある名前は、ほとんど使われているようだ。短めで分かりやすい名前が良いので、ブレイサーが挙げてくれた名前から選ぶとすると――。

『日本語の名称候補を提示します。アカネ、イズミ、エリカ――』

『イズミ』という名前を聞いた時、俺は『アストラルボーダー』のNPC（ノンプレイヤーキャラクター）を思い出した。

イズミ・コールマンという老人だ。

魔法工学を使ったロボットの研究をしているお爺（じい）さんがいて、彼は『イズミ23号』というロボットが完成する前に世を去る。

イズミ老人の日記を見て必要なアイテムを集め、ロボットを起動させると仲間に加わってくれる。耐久力が回復しないため、いずれ必ず壊れてしまうことになるが――俺がまだソロだった時は、このロボットに凄く助けられた。

そのクエストには続きがあって、ロボットを修復できるのかもしれなかったが、進行のキーになるイベントがどこで発生するか最後まで分からずじまいだった。

「……じゃあ、『イズミ』にしていいかな」

『認証完了。今後私のことをイズミとお呼びください、玲人様』

「様付けまではしなくて大丈夫だけど、その設定は変えられる？」

『ノー・サー』

こんな返しをされるとは思っていなくて、思わず笑ってしまう。ＡＩに性格の差があるなんてことはないと思うが、微妙に人間らしさがある――《ＡＢ》のガイドＡＩより進化してるんじゃないだろうか。

しかしこうしてブレイサーに話しかけるのも、人前だと目を引いてしまいそうだ。

「イズミが話しかけてきてるみたいに、俺も考えるだけで伝わったりするかな？」

『本デバイスを装着した際、思考の読み取りにはセーフティがかかっております。許可をいただけましたら、思考による命令入力が可能となります』

「凄いな……セーフティの解除は任意？」

『装着時間が一定を経過した時点で、設定項目が開放されます』

このブレイサーがどこかにデータを送っているとか、そんなことはないと思うが――リスクを鑑(かんが)みても、一度セーフティ解除は試してみたいところだ。

「俺の電子マネーの残金なんだけど、入金のリストは見られるかな?」

『はい。直近では、特定生物侵略対策機構から延べ二回、三百二十一万円が入金されています』

「特定……? それに、二回って……うちの妹、神崎英愛(かんざきエア)からの入金は?」

『五日前に五万円が入金されています。出金は五千四百円になりますね。内訳はタクシー代、バス代、食事代、貸し出し衣料代となります』

電子マネーでの引き落としがある場面で、気が付かずに支払っているケースもあったようだが――それにしても、三百二十一万円がどこから来たのか。

「イズミ、その特定生物って、魔物っていうことでいいのか?」

『イエス・サー』

「じゃあ、オークロードを討伐(とうばつ)した時の入金が……さ、三百万……?」

『入金の経緯については省略しています』

手が震えてくる――このブレイサーにある三百万が報酬として払われたなら、自由に使っていいことになる。

高校で小遣い五千円になる予定だったわけだから、六百倍の金額だ。それにオークロード以外でも、ロックゴーレムなどを倒した時の入金もあったようなので、それだけで生活できてしまうことになる。

「魔物ハンター……討伐者って、高給取りなんだな……」

なんでもフランクに応答してくれるわけではなくて、ブレイサーはスンッとしている。

「……イズミ、基本的に名前を呼ばないと返事してくれないのか？」

『肯定よりの肯定です』

「ははは……そういう回答もできるのか。『イエス』『ノー』『どちらでもない』だけじゃないんだな」

『玲人様には、次の行動に移ることを推奨いたします』

そうだった――お金の使い道については、家の台所を預かる妹にも相談してみるとして、今は折倉さんとの手合わせに集中しなければ。

◆◇◆

着替えを終え、準備体操をしながら待っていると、折倉さんがやってきた。

「折倉さん、自前のトレーニングウェアなんだね」

「一度ロッカールームに戻って取ってきたの。レンタルのウェアよりも慣れているから」

俺も自前のウェアを買うか、と考えつつ――折倉さんがウェアの上着のファスナーを下ろして、大胆に脱ぎ始める。

見ているわけにもいかないので目をそらす。俺のことを男として認識していないのか、それだけ手合わせに意識が向いているということか。

「見ていてもいいのよ、こういうスーツだから。強化繊維でできているから、ショックを吸収してくれるの」

「そ、そうなんだ……」

俺もそういうのを買おうかな、とは言いづらくなる。折倉さんが身につけているのは、《AB》において全身防具と呼ばれていたスーツ系の防具に似た、身体のシルエットが出やすいタイプのものだった。このスーツも白を基調としていて、差し色が少し入っているが、率直に言ってクール＆スタイリッシュな感じだ。

「あなたはロッドを使うのね。職業は魔法使いということでいいの？　でも、詠唱を使っていなかったわね」

「詠唱の代わりに、文字や図形を描くんだ。こういうふうに」

指にオーラを込めて『ヒールルーン』の図形を描く——折倉さんも疲れているだろうし、一度回復しておきたい。

「っ……あ、熱い……身体が、急に……っ」

「回復魔法を使ったんだ。すぐに熱っぽさは治まるはずだよ」

「……身体の疲労が、すうっと溶けていくような……い、いえ、疲れてはいないのだけど、そんな状態でもさらに回復する感覚があるわ」

「一日活動するだけでも体力は多少減るからね。よほどじゃなければ、寝れば完全に回復するけど」

「睡眠は大切ね。私も昨日寝付けなくて……でも、今使ってもらった回復魔法のおかげで万全になったわ」

寝付けなかった理由は、やはりオークロードのことがあったからか――けれど彼女はそれを乗り越えて、強くなろうとしている。

「じゃあ、そろそろ始めようか。どういうルールにする？」

「そうね……演舞のようなものになるけど、有効と判定するのは自分たちでしましょう」

折倉さんはそう言うが――模擬戦用のブレードを構えた彼女は、正面から対峙してみるとなかなか隙がない。彼女は『剣術』のスキルレベルだけなら、俺の見立てだと2以上だろう。

しかし剣の力を引き出す『剣マスタリー』がないため、今のうちに習得しておいた方が後々大きく変わってくる。

『マスタリー』系のスキルは、適性がある武器を使っているときにコツを伝授してもらうことで覚醒する可能性がある。伝授の方法は、いずれかの武器マスタリー持ちの相手に稽古をつけてもらうことだ。

（ロッドマスタリー、持ってて良かったな……後はどう立ち回るかだが）

「壁にかけられた時計の秒針が、上に来たとき……それを開始の合図にしましょう」

「ああ、分かった」

俺もロッドを振って展開する。折倉さんのブレードと俺のロッドは、だいたい同じくらいの間合いだ。

ギリギリ間合いを外した距離で、俺は折倉さんと向き合う。近接職じゃない俺だが、彼女は全力でくるだろう——俺が、それに応えられると思っているから。

今は他のことを考えず、全力で応じる。いつも涼やかな折倉さんが見せる熱を目の当たりにして、俺も胸を熱くせずにはいられなかった。

2 吹雪

『剣術』スキルには、人それぞれの個性がある。同じスキルでもステータスのバランスや、所持しているスキルの組み合わせで立ち回りが変化する。

折倉さんのタイプは、おそらく速さを重視した速攻型。ステータスを見ることができたら、かなり速さに特化して振られていると思う。

（振られているというか、ステ振りができないってことは、速さを上げるような身体の鍛え方をしているということになるのか。俺もステータスが限界に達してるわけじゃないだろうし、鍛え方を教わらないとな……！）

《折倉雪理が剣術スキル『ファストレイド』を発動》

「――はぁあっ！」

速い――物理的な速度以上に、スキルの優先度が高い。ジャンケンのようなもので、『ファストレイド』の先制を防ぐには通常、同等の優先度を持つ技を持っていないといけない。

（しかし優先度を覆せる条件がある。それは『速さ』が相手より一定以上上回っていることだ……！）

「っ……!?」

ロッドで折倉さんのブレードを受ける。これまで必ず先制できていたのだろう、彼女は動揺に目を見開く――しかし揺らいだのは一瞬だった。

「まだっ……！」

《折倉雪理が剣術スキル『コンビネーション』を発動》

速さに応じて連続で斬撃を放つ技――気を抜けば簡単に一撃入ってしまいそうな、鋭い打ち込みが三回。《ＡＢ》でのスキルと同じなら、彼女の速さはランクＣ以上ということになる。

「っ……危ない。なんとか捌きされたな……」

「そんなに簡単に……っ！」

簡単なんかじゃない、見切れているわけでもない。ただ素の速さに頼り、ロッドの基礎の扱いをサポートする『ロッドマスタリー』を駆使しているだけだ。『スピードルーン』を使うことはできるが、格闘戦における細かい制御に難がある。

「あなたは……っ、一体どうして、そこまで強くなれたの……っ！」

懇願（こんがん）、希求、そんな感情の向こうに、彼女の純粋さが覗（のぞ）く——強くなりたいという思い。

（彼女の攻撃……この基礎的なスキルが全てのわけがない。まだ何かがある……首席として認められる、確固たる理由……！）

スキルを使うたびにOP（オーラ）を消耗（しょうもう）している折倉さんだが、上段、下段、回り込んで横からと、絶え間なく打ち込んでくる——確かに、彼女の着ているスーツは全く動きを阻害（そがい）していない。むしろ、運動性能を底上げしているようにも見える。

「——おぉぉっ！」

「くうっ……！」

ロッドで鋭い打ち込みを受けたあと、一気に押し返す——決して軽くはないが、彼女の攻撃では俺に有効打は入らない。

飛びのいて距離を取ったあと、わずかに折倉さんが息を乱す。体力はダメージを受けることだけでなく、自らが動くことでも消耗する。それが『アストラルボーダー』の体力管理の難しさでもあった——それはリアルでも同じだ。

「……このままじゃ、指先さえ届かない。これで終わるわけにはいかない……！」

（――っ⁉）

《折倉雪理が固有スキル『アイスオンアイズ』を発動》

折倉さんの瞳の色が変化する――凍てつくような、冷たい青色に。

驚愕したのは、自分が知らないスキルが存在していたからだ。魔神と戦うまでに、あの世界の半分も知ることができていない、そう分かっているのに。

「……私の目の色は今、変わっている？」

「ああ……そんなスキル、俺は見たことない。固有スキル持ちだったんだな」

「そう……これが私の『天性』。これを持っているから、私は誰にも負けなかった。狡いと思うでしょう……？」

「羨ましいとは思う。どんなスキルかも気になる……だけど、狡いとは思わないよ」

彼女はその力を、魔物を倒すために使ってきたのだろう。

与えられた能力を、人を救うために使っている。狡いというなら、その力を自分のためだけに使うだろう――そうしたくなるような絶大な力が、おそらくあの瞳に宿っている。

「……あなたなら受け止められる。そう思ってもいい？」

模擬戦、手合わせ――そんな段階を踏み越えたいという宣言。

彼女の全力の技を見せてくれる。『雪花剣』を見たいと思っていたのに、それ以上があるの

だというなら。

「全力で受け止めてみせるよ……どこまで『引き出せる』か分からないけど」

折倉さんに、俺の言葉がどれだけ伝わったかは分からない。

いや、もう十分に俺たちは互いを理解できているのだろう。言葉の代わりに、剣とロッドを打ち合わせて。

折倉さんのブレードが冷気をまとう。模擬戦用のブレードに属性オーラを宿しても、最大の威力は発揮できない――しかし。

（『アイスオンアイズ』の効果か……おそらく彼女は、剣なしでも魔法剣を発動できる。武器の性能は関係ない……そして瞳の色が変わっている間は……っ）

――身体（からだ）が、重い。物理的なものではなく、肉体を動かす心に直接干渉している――まるで、吹雪（ふぶき）の中にいるようだ。

「……このスキルは、私が強いと認める相手と、一定時間戦闘したあとに発動するの」

「オークロードは戦闘時間が短いうちに『アンブレイカブル』で、折倉さんの攻撃を反射した……だから、発動しなかったんだな」

「そう……どれだけ強くても、このスキルは不安定なまま。私はあなたのように強くなりたい。この眼だけに頼ってはいけないと、思い知らせてほしい……」

固有スキルが発動さえすれば、折倉さんはオークロードと渡り合うことができただろう。

しかし、そうはならなかった。それでも彼女は、自分のスキルの強さに依存している。

《神崎玲人の運動機能低下　『アイスオンアイズ』の範囲内から脱出してください》

指一本すら動かせない――強力な弱体化（デバフ）。実際に運動機能に影響するような、特殊な眼による幻術の類（たぐい）。

「……凍てつく結晶の剣よ、その力を示せ……『白絶（ホワイトエンド）』……！」

幻の吹雪が吹き荒れ、俺は身体が凍りつきそうな感覚を覚える――しかし、折倉さんはそのまま剣を振るわない。

「……まだ、勝ったと思うには早いだろ」

「……っ」

「そのスキルは確かに強力だ……このまま受ければ俺もただじゃ済まない。でも、『絶対に』俺は倒れない」

「あなたがそう言うのなら、私は信じたい。私が弱いことを教えてくれたあなたなら……だから……っ！」

折倉さんが剣を携（たずさ）えて走ってくる。おそらく『雪花剣』の上位技にして、固有スキル持ちのみが発動できる奥義、それが『ホワイトエンド』。

その強さは剣に乗せられた冷気属性の威力と、『アイスオンアイズ』の広範囲に及ぶ強烈な弱体化（デバフ）によるものだ。

だが――それこそ、『呪紋師（ルーンマギウス）』の専売特許だ。相手が使ってくる弱体化（デバフ）に対抗する方法は幾つかある。

最もシンプルな解決策は、強化（バフ）で弱体化の効果を打ち消すこと。

（だがレベル1のスキルじゃ足りない。それ以前に、スキルレベルを上げても、『固有スキルの効果を打ち消す呪紋（ルーン）』は存在しなかった……）

――僕たち一人ひとりのスキルはそんなに強いものじゃないけど、パーティで組み合わせることで強くなるんだ。

――このゲームは、みんなで協力する前提で作られているんですね。

――ソロプレイは非推奨（ひすいしょう）。私にとってはクソゲーだけど、時にはこういうのも悪くない。

イオリが言っていた通り、俺もクソゲーだと思っていた。他人との協力なんて馴（な）れ合いで、それを強制されるのは理不尽だと。

今は思う。黒栖さんや折倉さんのように、個々で全く違う力を持つ人が集まれば、どれほどの力が出せるのだろうかと。

それは淡い夢だ。魔物が出るようになったこんな世界から、平和だった世界に戻りたい――もしそれが叶わないのなら。

『アストラルボーダー』で、まだやり残していたこと。この世界（リアル）で、その続きを見ることができるのならば。

「――はぁぁっ！」

幻の吹雪の中で、折倉さんが剣を振るおうとする。

――魔神を倒すために、俺たちが必要だと考えていたことがもう一つある。

パーティを構成する『個』もまた、それぞれ最強を目指す。そのために自らのスキルを磨き上げ、極める。

しかし呪紋師の成長限界を知り、割り振れるスキルポイントも尽きて、当時の限界といえる強さまで達したことを『極めた』としていた。

だが、今の俺は違う。

今の俺なら、壁を超えられる。限界を克服するための答えが、俺の中に既にあるのだから。

3　覚醒

ロッドを持つ手は動かない。剣を防ぐには防御魔法を使うしかない――レベル1の魔法に、攻撃を無効化するものはない。

――しかし、スキルレベル7の特殊魔法なら、不可能を可能に変えられる。

だが『ホワイトエンド』を破るためには、それだけでは足りない。勝つために必要な条件は三つあり、斬撃のダメージを無効化すること、あの眼による精神束縛を破ること、彼女の剣を中心として発生している極低温の冷気を相殺することだ。

《神崎玲人の『回復魔法』『攻撃魔法』『特殊魔法』スキルが上位覚醒》

通常なら、三つ以上のルーンを同時に発動させることはできない。二つまでは多重発動が可能でも、三つ以上はシステムに弾かれ、なんの効果も発現しなくなる。

現時点では、俺のスキルを駆使しても折倉さんの固有スキルを破ることはできない。

――ならば、その理を捻じ曲げる。

ブレードが肉薄する。集中によって拡張された時間認識の中で、俺は見た――折倉さんの、諦めに近い表情を。

（だが、まだ終わってない……終わったと思ってからが始まりなんだ）

いつから、それができるようになっていたのか。考えられるとしたら、俺がゲームの中で死を迎え、そしてこの世界で目覚めるまでの間。

魔神を討伐したあと、与えられた力。その名は――『呪紋創生』。

《神崎玲人が未登録のスキルを発動》

「っ……‼」

俺の眼前に、魔力で描かれた図形、そして文字が浮かび上がる。折倉さんの剣が、図形を中心にして発生した円形の透明な壁に受け止められる。

ブレイサーに『呪紋創生』の情報は登録されていない。俺だけが使えるスキルなのか、それは分からないが——俺自身が効果を把握して使いこなすことができるのなら、それでいい。

「……まだっ……！」

物理ダメージを無効化しても、折倉さんの剣のまとう極低温の冷気が襲いかかってくる。

しかし俺と折倉さんを隔てる呪紋は形を変え、冷気を相殺する熱が生まれる。

この間、実際の時間は一瞬に近い。二つのルーンの効果を連続させれば、三つ目は重ねられない——しかし。

幻の吹雪が、晴れる。俺の身体が動く——ロッドで彼女のブレードを受け、その衝撃をしのぎ切る。

「……三つの魔法を同時に……そんなことが……」

『同時に』使ったわけじゃない。三つの呪紋を一つにして、新たに複合呪紋を作り出した——そうすることで同時スキル発動数の限界である二回を越えずに、一回で事足りる。

幻術による運動機能低下を解除するレベル5回復魔法『ディスペルルーン』。

冷気属性の攻撃を相殺するためのレベル6攻撃魔法『フレアグラム』。

そして、物理攻撃のダメージを無効化するレベル7特殊魔法『ヴォイドサークル』。

折倉さんの『ホワイトエンド』を受けるためだけに、三つの呪紋を組み合わせ、専用の

『盾』を作った——ディスペル・フレア・ヴォイド、それらを構成する三つの図案である、『文字（ルーン）』『図形（グラム）』『円（サークル）』の三つを複合して、一つにすることで。

「……固有スキルは、やっぱり規格外に強いな」

「……強く、なんて……私は……」

折倉さんの頬（ほお）に涙が伝う。この結果を望んでいたとしても、自分の技が破られたということは、簡単に受け入れられないだろう。

「普通なら、折倉さんの技を受け止められなかった。だから俺も必死だったよ。何か一つでも歯車が嚙（か）み合わなければ、折倉さんのブレードで倒されてたよ」

折倉さんが剣を引く。彼女は一歩だけ後ろに下がる——乱れた髪が、顔を覆（おお）っている。

その姿すら、俺には綺麗（きれい）だと思えた。こんな時に何を考えてるんだと怒られてしまうのかもしれないが。

《折倉雪理の魔力が減少　『アイスオンアイズ』強制解除》

「っ……」

「おっと……だ、大丈夫か？」

ＯＰ（オーラ）が急に大きく減少すると、気絶判定が入ることがある——とゲームのようなことを考えなくても、彼女の固有スキルが大きくオーラを消耗（しょうもう）するというのは、見ていれば分かる。

距離を取ったのは俺に助けられないようにということだったのかもしれないが、倒れかかる彼女を放っておけず、瞬時に反応して抱きとめる。

冷気属性の大技を使った後なのに、折倉さんの身体はかなり熱い。彼女の着ているスーツ越しでも分かるほどに。

「……ありがとう……受け止めてくれて」

それを言う前に、彼女が逡巡するのが分かった。助けられたくはなかった、けれど礼を言わないわけにはいかない——そんな葛藤が伝わってくる。

「少し休んだ方がいい。折倉さんが良ければ、回復魔法を使うよ」

折倉さんは力なくうなずくが、自分で立つことはできない状態だった。ひとまずその場に横たえて、回復魔法を使う——レベル5の回復魔法スキルまでが開放されたので、自分の魔力を分け与える『ディバイドルーン』が使えるようになった。

《神崎玲人が回復魔法スキル『ディバイドルーン』を発動》

自分の最大OPの一部を仲間に分配するスキルだが、計算式はスキルレベル×1％なので、5％ということになる——それでも、俺のOPは1万以上あると分かっているので、折倉さんは最低でも500ほどオーラが回復している。

「……んっ……」

彼女を見ていると、どこか生き急いでいるような、そんな危うさを感じずにはいられない。

しかしそれはいつも、彼女が自分の信念に従って行動した結果で――そんな折倉さんに対してかける言葉があるなら、一つだけだ。

「凄いな、折倉さんは」

「………………」

折倉さんは唇を動かすだけだったが、何かを答えてくれたように見えた。

その後、折倉さんの魔力が減少した時に医務室に連絡が行ったようで、先生が慌ててやってきたのだが――その時には折倉さんはなんとか起きられる状態で、事なきを得た。

4　第二バディ

訓練所に駆けつけた医務担当の高階先生に念のためにと言われて、俺と折倉さんは制服に着替えてから医務室に向かった。

医務室は俺が知っている保健室的なイメージそのままだ。高階先生は二十代後半くらいの女性で、ブラウスとスカートの上から白衣を羽織るという、これもまた医務室の先生らしい服装をしている。肩に届くくらいの長さの髪は水色で、回復系統の魔法の中でも、水属性のものを使うようだ。

「魔力低下警告が出ていたけれど、全然そんなふうに見えないくらい元気だなんて……一体何があったの？」

「すみません、先生。私が彼を誘って、訓練所を借りて……魔力を大きく消耗するスキルを使ってしまったんです」

「それもね、問題といえば問題よね。討伐科首席の折倉さんが、冒険科でしばらく休んでいた彼と一緒に訓練をして、強力なスキルを披露していたなんて……経緯を本当は詳しく聞きたいところよ」

「本当は、ということは……」

聞かずにおいてくれるんですか、と俺がすべて言う前に、先生はかけてもいない眼鏡を直すような仕草をした。多分今はコンタクトで、眼鏡の時の癖が出たのだろう。

「せ、先生は、あなたたちが元気ならそれでいいのよ。決して面倒なことになったとか、カップルで訓練してるところに呼び出すなんて、とかは思ってないのよ」

「っ……ち、違います。カップルというわけでは……まだ知り合ったばかりですが、彼は信頼できる人で、私が訓練に付き合ってくれるように頼んだんです」

「……そうなの？」

そんなに疑わしそうに聞かれても困ってしまう。俺も今日折倉さんと手合わせするとは思っていなかったので、先生に訝しまれても仕方がないのだが。

「ま、まあ、ええと、あなたの名前は……」

「冒険科、1年F組の神崎玲人です」

「ありがとう。神崎くんによっぽど見込みがあるっていうことよね、折倉さんから見て」

「はい。交流戦の選抜メンバーとして、私から彼を推薦したいと思っています」

「え……その、交流戦っていうのは？」

折倉さんは俺をちら、と見やる――しかし何を言うわけでもなく、再び先生に向けて話を続けた。

「彼は冒険科にいながら、討伐科の基準でも最上位の実力者です。私も一本も取ることができませんでした」

「ほ、本当に？　たまに、冒険科にすごく強い子が入ってくることはあるけど、討伐科の一年生トップの折倉さんより強いなんて……」

「私が推薦すれば、羽多野先生も検討してくれると思います」

俺を推薦するというのは、折倉さんの中では既に決まったことのようだ。絶対に拒否したいわけじゃないが、事情は詳しく知っておきたい。

「交流戦で良い成績をおさめると、合同作戦に参加する枠が得られるけど……先生としては、学内の実習よりも凄く危険だから、教え子をそうそう行かせたくないのよね」

「討伐科の生徒たちは、みんな討伐隊への入隊を目指しています。合同作戦に参加することは、将来に向けて経験を積むための貴重な機会ですから」

（……そうか、俺が討伐隊の人と話したいって言ったから、方法を考えてくれたのか）

折倉さんはやはりこちらをちら、と見るだけだが、その内心の一端は伝わった。

「そう言われると、先生も弱いわね……分かったわ。でも、冒険科の生徒が交流戦に出るには、代表生徒になる必要があるんじゃなかったかしら」

「代表生徒……には、もうなってると思います」

「えっ……も、もしかして、今日の実習で……？　何人かは疲労があって、授業が終わってから医務室に来てたのよ。神崎くん、その後で折倉さんと訓練を……？」

それくらいのことなら普通だ——とは、いよいよ言えなくなってきた。

俺のステータスは、おそらくクラスの平均よりかなり高い。もう少し自重した方が良さそうだが、結果を出せるところでは出しておきたい。そうすると、徐々に目立つことにはなってしまうだろう。

「……彼は凄いんです。私も彼と一緒にいると、新しい自分を見つけられそうで……」

「お、折倉さん、その言い方は誤解が……っ」

「そ、そう……神崎くん、凄いのね……先生にどう凄いのか、詳しく教えてもらえる？」

「いやあの、それは語弊（ごへい）がですね……な、なんで顔を赤らめてるんですか」

「だ、だって。神崎くんって、改めて見ると……」

俺は全く普通——のはずだが。ようやく、一つ思い当たることがある。

《ＡＢ》において、そこまで優先度は高くないながら、ＮＰＣとの対話などを円滑にするために必要だった能力値がある——魅力（ＡＰＰ）だ。

――魅力って、上げるとどうなるんですか？

――ミアは初めから４００を超えてるとか、かなり凄い。私は３００くらい。

――僕は２００だけど、魅力を上げると魅了に抵抗したりできるみたいだよ。

性別がある魔物が、異性のプレイヤーを無力化するために使う魅了系のスキル。それを食らってしまうと簡単にパーティが崩壊するので、魅力はパーティ全員がある程度上げておかないといけなかった。

レベルアップによる自動ステータス振り分けを除いて、俺の魅力は確かＣランクくらいだったはずだ。ここまで来ると《ＡＢ》における街での暮らしはかなり快適になる。ほぼすべてのＮＰＣが好意的になるからだ。

（一年目くらいに意識して上げて、その状態が自然になってたな……現実でも相手に与える印象は良くなるのか）

パーティの中で、俺の魅力の初期値はかなり低く――と、それはいい。最初はＮＰＣに結構冷淡な態度を取られ、普通に話せる相手を見つけるのが嬉しかったものだ。

「っ……ご、ごめんなさい。先生、ちょっと悪ノリしちゃったわね」

「いえ、そんなことは……じゃあ、そろそろ俺たちは行きます。折倉さんもいいかな？」

「ええ。先生、ありがとうございました」

医務室を出て、折倉さんも家に帰るというので、途中まで一緒に行くことになった。

彼女は俺がクロスバイクを取りに行くと言うと、駐輪場までついてきてくれた。

「自転車通学なのね。私は少し家が遠いから、車で通学しているの」

「そうなのか。昨日、あの公園に駆けつけたのは、偶然近くにいたってことかな。俺もタクシーで近くを通って、無理を言って降ろしてもらったんだけど」

「昨日は討伐科で、警報対応の実習をしていたの。街で警報が出たら、その区域に急行して、討伐隊に連絡するという内容だったんだけど……」

「折倉さんは、単独行動して……ってことか」

「本当はいけないと分かっていたのよ。でも、悲鳴が聞こえた時には身体が動いていた。あなたが来てくれなかったら、私はオークロードに殺されていたでしょうね」

「……俺は折倉さんの姿に勇気づけられたよ。あの状況で人を助けたいって思うのが俺だけじゃないって分かって、心が奮い立たせられたんだ」

折倉さんは少し驚いたような顔をして——その頬が、かすかに赤くなったように見えた。

それを見られないようにということか、折倉さんはぷい、とそっぽを向いてしまう。

「また、そんな言い方をして……私はあなたに不甲斐ないところばかり見せているのに、凄いなんて……」

「ご、ごめん。でも、適当な気持ちで言ってるわけじゃないよ」

折倉さんはまだこちらを向いてくれない。天の岩戸を開くような気持ちで、俺は何を言えばいいだろうかと考える。

「……そうだ。交流戦の代表のことだけど、あれは、俺の希望を考えてくれてたから……ってことでいいのかな」

「……そうよ。ごめんなさい、あなたの意思を確認する前に、決まっていることみたいに話してしまって」

「いいよ。今日のことも、代表に入れてもらうための腕試しって意味もあったとか？」

「討伐科では、冒険科よりもはっきりと『強さ』を基準にして生徒の順位がついているから。あなたが訓練で私に勝ったことは記録されているし、推薦するには十分な材料になるわ」

「それは良かった。できるだけ早く、討伐隊がどんな組織か知りたかったから」

ありがとう――と礼を言おうとする前に、折倉さんは人差し指を立てる。それは言わなくていい、というように。

「ありがとうと言うのは私のほう。あなたの力は、交流戦で勝つために必要になる。全力を出すわけにはいかないいもしれないけど、それでもあなたは十分強いから」

「全力か……それを出せる相手が出てくるのかな。折倉さんより強い人が、そうそういるっていう気もしないけど」

「隣の市にも、大きな総合学園があるの。討伐科にも多くの生徒が入学しているし、強豪校ということになるわね。そこのエースなら、一年生でもかなり強いと思うわ」

「学校をあげての対抗戦か……恥をかかないように頑張らないとな」

折倉さんはふっと微笑む――ここに来てずっと緊張していたようだったが、ようやく少し空気が和らいだ。

「黒栖さんもあなたのペアだから、交流戦に一緒に出てもらうことになるけど……大丈夫？」

「俺から伝えておくよ。交流戦に向けてのミーティングがあるなら、一度メンバーで顔を合わせておきたいな」

「先生が顔合わせの時間を作ると言っていたから、その時にね。それと……」

折倉さんはブレザーの袖口を引いて、コネクターをつけている腕をこちらに見せてくる。

「討伐科の管理下にも特異領域があって、生徒はそこに入って魔物を倒すことで経験を積んだり、報酬をもらって学費にしたりしているの。その……良かったら、黒栖さんとペアを組むのが基本だけど、時間が空いている時に……」

「ああ、もちろんいいよ」

「そうよね……やっぱり、正式なバディと一緒でないと……」

「いや、折倉さんが一緒に行きたいって言ってくれるのなら、行くこと自体は問題ないと思うよ。冒険科だと、実習の時しか入れないしさ」

「っ……そ、そう……そうよね、討伐科の特権だから、あなたと黒栖さんはそれを自由に利用していいのよ」

この言い方だと三人で一緒にゾーンに入ることになりそうだが、それは黒栖さん次第だろうか。魔物と戦うのはリスクもあるし、参加は自由にした方がいいだろう。

「それで、ゾーンに一緒に入るには、私のバディとしてあなたを登録しておく必要があるの」

「え、ええと……二重登録とかは大丈夫かな」

「討伐科は班で行動するから、バディは別枠になっていて、選定は自由になっているの……だから、制度上は問題ないわ」

「分かった、それなら……俺のコネクター、ちょっと形が違うんだけど。折倉さんはこういうのは見たことあるかな」

「本当ね……私たちが支給されるものより、有機的な形をしている。曲線が多いというか……一部の生徒が、特殊なコネクターを支給されるというのは聞いたことがあるわ」

機能上は問題なく、俺のブレイサーを見せると、折倉さんがコネクターを近づけるだけでバディとして登録された。

「これからよろしくね、神崎君……名字は他人行儀だから、下の名前で呼んでもいい？」

「あ、ああ。俺のことは玲人でいいよ」

「それなら、玲人も私のことは同じように呼んで。雪理、でいいわ」

「雪理さん……いや、雪理……」

「はい。玲人、バディになるといつでも通話できるようになるから、何かあったら言って。また近いうちに会いましょう」

折倉さん――雪理は、軽やかに走っていく。意外に大胆というか、積極的な人だ。彼女ともバディを組むことになるとは思いもよらなかった。

次は一緒にゾーンに入る時か、交流会に向けてのミーティングか。雪理も言っていたとおりに、また会う機会は遠くなさそうだ。

5　掲示板

クロスバイクに乗って家に帰ると、すでに妹が家にいて――妹と同じ制服姿の女の子が二人一緒にいた。

「おかえり、お兄ちゃん」

「ああ、ただいま。エア、友達が来てるのか」

「うん、この子たちの住んでるところで警報が出ちゃって。H級の警報だからそんなに危なくないけど、念のために避難することになったの」

俺が視線を向けると、妹の友達二人はエアの後ろに隠れるようにする。小柄なミドルボブの子と、エアより少し背が高いセミロングへアの子――どちらも、初対面の俺を見て緊張しているようだ。

(妹が友達を連れてきた時の、良き兄の振る舞いとは……普通にしてればいいか)

「初めまして、英愛の兄の玲人です。いつも妹がお世話になってます」

「は、はい、私は小平(こだいら)紗鳥(さとり)と言います」

「初めまして、お兄さん。長瀬(ながせ)稲穂(いなほ)です」

いざ挨拶(あいさつ)をするとなると、二人とも勇気を出して前に出てくれた。小柄な子が小平さんで、身長が高い方が長瀬さん――二人とも黒髪で、銀髪のエアはやはり中学校ではかなり目立っているのだろう。

「お兄ちゃんも遠慮せず、さとりんといなちゃんって呼んであげてね」

「えっ……そ、そんな、お兄さんに悪いよ、そんなっ」

「あはは、さとりんがそんなって二回言ってる」

「いなちゃんは、お兄さんに呼ばれるのは……ちょ、ちょっと恥ずかしい……」

「それじゃ、名字で呼ばせてもらうよ。小平さん、長瀬さん。エア、夕食はどうする？」

「あっ、え、えっと、私、お料理に向いてる『天性』を持ってるので、お世話になるからじゃないですけど、何か作らせてもらってもいいですか」

「私は普通にしかできませんけど、いつも家で手伝ってるので自信あります」

「じゃあ三人で作ろっか。お兄ちゃん、何が食べたい？」

食事は《ＡＢ》において重要な要素だった。満腹度があり、ゼロになってもすぐに餓死するわけじゃないが、ステータスが極端に低下してしまう。

中盤からは食事でステータスのブーストができるようになるので、ユニークモンスターを倒すためにレア食材を集めるためにレアモンスターの出現条件を満たすためにフラグを探す、というようなことを根気強くやっていた。苦労して得た食材を使った『速攻のチキンライス』などには世話になったものだ。

「チキンライス……が食べたいかな」

「お兄ちゃん入院してたから、懐かしい味が恋しくなったとか？」

「チキンライスにオムレツを載せて、ふわとろオムライスにしてもいいですか？」

「紗鳥のオムレツはすごいんですよ、ナイフで切るとレストランみたいにじゅわっと広がって、チーズとか入ってて」

「それは楽しみだな。そうだ、夕食を作ってもらえるのなら、また何かお礼をするよ」

「じゃあ、私たちがお買い物行く時についてきてくれるとか」

「えっ……そ、それって、四人だけど、デートみたいになっちゃう……？」

「ならないならない。英愛と玲人さんは兄妹なんだから、そこに私たちがおまけでついていくだけ。そうですよね、お兄さん」

「ははは……分かった、俺でいいなら一緒に行くよ」

『わーい！』

　この二人と一緒にいると、英愛もいつもよりあどけなく見える。俺よりしっかりした頼れる妹という感じだったが、友達とはこんなふうに接しているのだと思うと、とても新鮮な感じがした。

　部屋に戻り、ネットで交流戦について調べてみると、隣接した市にある総合学園との間でシ

ーズンごとに行われているとわかった。

風峰（かざみね）学園の通算勝率は三割といったところだ。二年と三年にエースはいるが、それは他の学園も同じで、絶対的なアドバンテージはない。

しかし十年前の風峰学園には、討伐科と冒険科に『金と銀』と並び称される生徒がいて、その二人が三年生だった時に交流戦地区完全制覇（せいは）を達成していた。

だが『全国制覇』はできていない。春夏シーズンの交流戦で優秀な成績を残すと、8月末に行われる16チームによるトーナメント制の交流戦全国大会に進むことができるのだが、そこでの成績はベスト8で終わっていた。

どれくらい交流戦に世間の関心が集まっているのだろうと調べてみると、掲示板のスレッドが四桁（けた）番号に達していて、コンスタントに書き込みが続いていた。

観戦チケットは発売開始から五分で完売、強い新人選手はすぐにファンから注目され、どれくらいの成績を残すかと予想する専用のスレッドが立っていたり、『最強の交流戦プレイヤーを決めるスレ』などというタイトルのものもあったりした。

ざっと流し見している中に、注目すべき書き込みがあった――折倉雪理、そして坂下さんと唐沢君の名前が含まれているので、思わずマウスホイールを止めて着目する。

237：アリーナ席の名無しさん
今年の新一年は、風峰一強で決まりだな

エースの折倉ちゃんは中学の個人戦全国2位だし、チームメンバーの坂下も格闘部門で3位
もうひとりの唐沢も射撃で3位だからな

241：後方彼氏面@最強スレ
＞＞237
折倉ちゃんは決勝辞退してなければ優勝してただろうしな

242：アリーナ席の名無しさん
後方は地方ウォッチに行ってたんだっけ
貴重な休みを潰した甲斐はあった？

245：後方彼氏面@最強スレ
その風峰学園がいるブロックに、ダークホースがいたよ
まあ風峰に見学入ろうとして断られたから
別のとこの練習試合見に行ったんだけどな
せつりちゃん見たかった

247：アリーナ席の名無しさん

＞＞２４５
草

２４８：アリーナ席の名無しさん
最強スレから逮捕者が出るのか、これで三人目だな

２４９：後方彼氏面＠最強スレ
推しではあるけど折倉ちゃん一強ではないかなと思ってるよ
速川（はやかわ）ってアナウンスされてた女子、ガンナーでは頭ひとつ抜けてる
ちな響林館（きょうりんかん）

２５１：アリーナ席の名無しさん
響林館の速川ね、次の試合はネット観戦しようかな

２５３：アリーナ席の名無しさん
後方が注目するくらいだから、最強スレのアイドルになるかもな

ゲームの情報についても、最先端の内容が惜しみなく書き込まれるのが掲示板やＳＮＳだ。

まだ4月の下旬なのに、有望な新入生や練習試合の情報まで書き込まれている。

折倉さんが中学時代に、全国大会個人戦二位の成績を残している――つまり、彼女の強さは同年代では全国最上位ということになる。決勝を辞退したというのが気になるが、やむにやまれぬ事情があったのだろう。

そして、響林館という学校にいるという選手。その名前を見て、どうしても考えずにはいられなかった。

「……ガンナーの、速川……」

ハヤカワ・イオリ。俺と一緒に魔神討伐をした仲間の一人で、射撃武器を得意とする『猟兵』だった少女。

一度リアルで住んでいる場所を聞かれたことがあって、彼女のほうは明かさなかったが、『意外に近く』だと言っていた。

響林館の所在地を調べてみると、隣の市にある。交流戦で当たることになるのがこの学校かは分からないが――俺の知っているイオリと同じ人物なのか確かめたい、どうしてもそんな思いが生じる。

しかし、イオリが俺より後にログアウトできたとして、すぐに練習試合に参加できるものだろうか。やはり別人なのか――もし会いに行って違う人物だったら、落胆するだろうことは否めない。

（それでも、確かめるしかない。次の休みに隣の市まで行ってみるか……）

速川さんがＳＮＳなどをしていないか調べてみても、彼女はやっていないようだった。学園に電話してみても個人情報は教えてもらえないだろうし、やはりこの目で姿を見るしかなさそうだ。

次にメールチェックをしていると、《ＡＢ》の正式サービス開始日が告知されていた。テストに参加したプレイヤーもデータがリセットされるという——それはそうだ、テストプレイヤーが知識だけでなく強さでも優遇されるということはない。

どのみち、先行登録だけは済ませておきたい。このゲームに全く触れずにいたら、仲間たちや《ＡＢ》に閉じ込められた人々の情報を得られないかもしれない。

「お兄ちゃーん、ご飯できたよー」

「ああ、すぐ行くよ」

プレイヤー情報とメールアドレスを入力して、登録は完了した。部屋を出て一階に降りると、ダイニングルームで夕食の準備がされている。

「ささ、お兄さん、こちらに座ってください。いきますよー、焼きたてのオムレツにこうしてナイフを入れてですね……」

なぜこうも小平さんが至れり尽くせりなのだろうと少し疑問に思うが、その理由は食事の後に分かることになる。妹の友達二人の『お世話になる』というのは、警報が解除されなかったら家に泊まっていくという意味で——実際、その通りになってしまった。

6　長い夜

夕食のあと、片付けをしてから部屋に戻ってくると、ブレイサーを通じて折倉さんから連絡があった。

オーラで駆動するコネクターは通話時間に制限がないそうだが、基本はスマートフォンで通話するのが慣例とのことだ。

『こんばんは。もう休んでいるところだった？』

「いや、まだ余裕で起きてるよ」

『十時から二時までは眠れるようにした方がいいのよ、成長の関係で』

「ああ、そういう話は聞いたことあるな」

感覚的には三年半以上前で、それ以上前に遡（さかのぼ）った記憶も残ってはいる。妹のことに説明がつかないので、整合性を考えようとすると混乱しそうだが。

「折倉さん……雪理は、そういうことに気を遣ってるんだな」

『ええ、あと五センチ身長が伸びたら……坂下より背が低いから気にしているとか、そういうわけではないのよ』

「俺も五センチ伸びるなら早めに寝ようかな」

『それだと私が追いつかなくなるでしょう。そのまま伸びずにいなさい』

「え……それはどういう……」

『なんでもないわ。それで、早速明日なんだけど、討伐科に来てもらえる？　ミーティングは明後日だから、明日はゾーンで訓練しようと思っているの』

「分かった、明日の放課後。何か持っていくものとかは？」

『購買にオーラドロップが売っていたら買っておくといいかもね。たまに便利なものが入荷しているし、装備の更新もできるはずよ』

購買――それは盲点だった。購買といえば学校で必要な用品、あるいはパンとかが売っているイメージしかなかったが、そんなものまで売っているとは。

『それじゃ、また明日……玲人は話しておきたいことはある？』

「俺なりに交流戦のことを調べてみたんだけど、対戦する学校ってもう決まってるのかな」

『響林館学園というところよ。新一年生に優秀な生徒がいるらしいんだけど、中学時代の経歴があまり残っていなくて、急に頭角を現したみたいね』

「その生徒の名前は……」

『少し待ってね……速川鳴衣(めい)、職業はガンナーで登録されているわ』

名前が違う――イオリという名前だったらと気持ちが逸(はや)りすぎて、思わず言葉が出てこなくなる。

『その速川さんは、玲人が知っている人なの？』

「いや、知り合いと名字が同じだっただけだ」

『そう……名字が同じなら、何か関係はあるかもしれないわね』

「速川っていう名前の人は他にもいるだろうし……いや、確かめられるものなら確かめたいな」

『試合の時に会えると思うから、それまで十分に準備をしましょう。もし、その速川さんが玲人の知り合いに関係があったら……』

「それでも試合は試合だ。そこは心配しなくて大丈夫」

『良かった。玲人の大事な人だったら、迷いが出ても仕方がないと思うから』

俺の知るイオリは、そういう勝負で手を抜くことは許さない性格だ。

名字が同じだけの赤の他人か、それとも。どちらにせよ討伐隊に接触するためにも、交流戦は勝ちに行かなくてはいけない。

「交流戦は学園の代表として出るわけだし、俺一人の事情を優先することはないよ」

『坂下にもそう伝えておくわね。彼女は、同じ屋根の下で暮らしているの。隣の部屋で今は勉強していると思うわ……代わりましょうか?』

「え……い、いや。大丈夫、急に俺と話すこともないだろうし」

『そうなの？　……いえ、今話したことは何も聞かなかったことにしておいて。おやすみなさい』

「ああ、おやすみ」

通話が切れる——こうやって女子におやすみと電話で言われるとか、そんな経験は初めてで、何を冷静なふりをしているんだと今更恥ずかしくなる。

「お兄ちゃん、入っていい？」

電話が終わったタイミングを見計らったかのように、妹に呼ばれる――『生命探知』でわかってしまうのだが、ドアの向こうには友達二人も一緒にいる。

ドアを開けて応対すると、英愛が寝間着のルームウェア姿で立っていた。パステルカラーのボーダーで、モコモコとした生地が可愛らしい――何を着ても似合いそうではあるが。

「どうした、何かあった？」

「あ、あの……お兄さん、こんな歳でそんなことって思われるかもしれませんが……っ」

「二人がちょっと不安なんだって。お兄ちゃんの部屋で寝てもいい？」

そうきたか――と思うが、ランクＨの警報とはいえ魔物から避難してきているわけで、不安になるのは仕方ないことだ。

「お兄さんは、冒険科に行っているんですよね。魔物の対策とか勉強するのって怖くないですか……？」

「俺はそうでもないかな。冒険科を志望した人はみんなそうだと思うよ」

「そう……ですよね。私も、高等部では冒険科か、討伐科に入ろうと思っていて……」

「えっ……いなちゃん、普通科には行かないの？」

長瀬さんは驚く小平さんをなだめるように、その肩に手を置く。

「こういう時、友達を守れたらって思うから。一緒にいて安心できるくらい」

「うぅ……いなちゃんが行くんだったら、私も一緒に行く」

「っ……だ、駄目だよ。紗鳥は戦うほうの『天性』じゃないし、危ないよ」

「私は、お兄ちゃんと一緒の科がいいな。お兄ちゃん、冒険科って楽しい？」

英愛の質問にどう答えるべきか――少しだけ、迷う。

楽しいかどうか以上に、どう適応するかを考えてきた。同じようにクラスで不当な扱いを受けている黒栖さんと一緒に、状況を改善したいと思った。

今のところ、思う通りに進むことはできている。楽しいと感じる瞬間もある――今は、それで答えとしては十分だ。

「ああ、楽しいよ。危険というか、魔物と直接戦うような授業もあるけどな」

「そうなんだ……私もお兄ちゃんとみんなを守れるように、やっぱり冒険科で勉強したいな」

「英愛が一緒だったら心強いよ。私もまず試験で受かるように頑張らないと」

「じゃ、じゃあ……私の『天性』で受からなかったら、その時は別の科で二人の応援するね」

「さとりんも受かりますように。それでお兄ちゃん、私たちすやすや眠れなくて。後のことはわかるよね？」

「……まあいいや、確かここに……あった、寝袋だ。俺はこれで寝るから、あとは布団を一組別の部屋から持ってくるか何かして、それで寝るといい」

「ありがとうお兄ちゃん、早速準備するね」

「「ありがとうございますっ」」

小平さんと長瀬さんが声を揃える――この息の合い方なら、あるいは冒険科で組んでも上手くやっていけるかもしれない。

寝袋は中学の時に、町内会のキャンプに行った時に買ったものだ——記憶通りクローゼットに押し込んであったので、久しぶりに入ってみる。大きめのものを買っていたために、幸いにもサイズは大丈夫だった。

「あはは、お兄ちゃんいもむしみたいになってる。部屋の中でキャンプしてるみたい」

「ふふっ……お兄さんってすっごく優しいですよね、私たちにベッド使わせてくれて、自分は寝袋を出してさっそうと寝ちゃうんですから」

さっそうと、と言うのか分からないが、怖いので一緒に寝てくれという妹と後輩たちを放っておくわけにもいかない。

「すみません、騒がしくて。でも紗鳥は寝つけば静かになりますから」

「ああ、俺のことは気にしなくていいよ」

俺は一体何をしてるのだろう、と思いつつ——スキルで寝付きを良くするまでもなく、三人はほどなく寝入ってしまった。妹の部屋で宿題をしたりもしていたようなので、疲れていたのだろう。

俺も目を閉じ、しばらくして、泥のような睡魔の中で意識を手放した。

——何か、夢を見たような気がする。

『……要請がかかっています。神崎……様……』

『……討伐者……現出……領域に……』

——。

ブレイサーから聞こえる声のようで、違う。懐かしいようで、思い出したくない、そんな声は幻のように俺の中から消えてしまった。

起きた後にも覚えていなければならない、そんな内容だったはずなのに。朝になると、それ

第五章　訪れる危機　朱鷺崎市全域戦闘

1　スキル実技

夜が明けて、俺は妹たちを学校に送っていき、その後で風峰学園高等部に向かった。

「聞いた？　昨日の警報、まだ解除されてないんだって」

「うちにも親戚が避難に来てたよ、まだ帰れないって言ってた」

「Ｈランクの魔物だったら、誰でも倒せるくらいのもんだろ」

「魔物は魔物だから、家にでも入ってこられたら大騒ぎだぜ……魔物避けのフィールドだって、維持が大変だし」

駐輪場に自転車を停めて校舎に向かうまでに、そんな噂話が聞こえてきた。

警報を解除するにはどうすればいいのか――オークロードの時は『主要個体を討伐した』と出ていたが、主要個体を探すための討伐隊の人手が足りなかったりするのだろうか。

「おはようございます、神崎君」

「ああ、おはよう。黒栖さん、昨日の警報は大丈夫だった？」

「私の家からは離れているところなので、大丈夫でした。でも、中学校の時の友達は避難をしているみたいで……昨日の夜は、久しぶりに電話でお話ししました」

俺の家に妹の友達が避難しに来たようなことが、他の所でも起きている――そして警報は日常茶飯事で、解除されれば人々は日常に戻る。

「まだ警報が解除されてないのは、なんでだろう」

「それは……Hランクの警報で現出する魔物の脅威度が低いので、出動している討伐隊の人員が少ないからだと父が言っていました」

人手が足りないが、現に困っている人はいる。俺や周囲の人の生活に影響が出ている、ということなら。

放課後まで警報が出ていたら、できるなら様子を見に行ってみようかと考える。規制が敷かれていて立ち入り禁止だったりしたらどうするか――それは、その時に考えればいいことだ。

冒険科の授業は普通科と同じような座学もあるが、特殊な授業として『スキル実技』というものがある。今日は第二体育館で授業が行われることになった。

黒栖さんは『転身』を任意で発動できなかったため、単位の取得に早くも暗雲が垂れ込めていたそうだが、今はもう心配ないだろう。一つ気になるとすれば、みんなの前でスキルを披露するのは緊張するだろうというくらいか。

スキル実技の担当教師は二人いるが、今日の授業を担当するのは三十歳くらいの男性で、日向という先生だった。緑系の色をしたサラサラの髪が示す通り、風系統の属性持ちのようだ。

「では、不破君。向こうの木人に向かって、スキルを撃ってみてくれるかな」

「……雷よ、弾けろ……っ！」

《不破諒佑が攻撃魔法スキル『エレクトリックブラスト』を発動》

不破が拳を突き出すと、ほとばしった雷撃が木人に命中し、煙が上がる。おお、とクラスメイトが沸く――不破は特に表情を変えずに、元いた場所に戻る。

「物理で殴っても強えし、魔法も使えるとか……ていうか攻撃魔法ってどうやって覚えんの？」

「自由授業の時に、攻撃魔法の先生の講義を選ぶって言われたでしょ。適性がないと授業受けられないけど」

「中学までで魔法使えるやつって、天然なんだよな。正式に教わらなくても、いつの間にか出来てたってやつ」

見たところ、クラスの三分の二くらいは攻撃魔法スキルを未習得のようだ。その場合、木人を相手に見せるスキルは物理攻撃系のものになるだろう。

「不破君の使ったスキルはレベル１の攻撃魔法だね。Ｇランクまでの魔物になら通用するが、それ以上となると威力を上げるか、レベルを上げないといけない」

「……どうすればレベルを上げられるんだ？　いや、上げられるんですか」

「まず、魔物を倒して経験を積むこと。そして攻撃魔法の授業を受けることで、使えるスキルが増える。だいたい一年で1レベル、2レベル上がる人はかなり適性があるということになる」

話を聞いているうちに、別の意味で緊張してきてしまう。

まず不破のスキルだが、クラスメイトは驚いているが、レベル1の攻撃魔法を『アストラルボーダー』で使っていた時期は最初の一ヶ月くらいで、レベル2になってからは瞬間火力を重視し、レベル1のスキルは雑魚敵にしか使わなくなっていた。

そして一年でスキルレベルが2上がればいいほうとは――自分でも『上位覚醒』が起きた条件がまだ曖昧なのだが、俺の攻撃魔法スキルはすでにレベル6だ。

俺のブレイサーにスキルを使用した記録は残っているはずだが、先生はそれを閲覧していないと考えられる。

そうすると――俺は実力通りのレベル6魔法を使うか、それとも、という選択を迫られる。

『フレアグラム』なんて使ったら、このエリアというか、広い範囲が炎上してしまう。

「冒険科に必要な魔法は、攻撃魔法に限らない。魔物との戦闘を回避して成果を持ち帰るのも、優秀な冒険者のあり方だ。例えば、これは風属性の特殊魔法だが……我が足跡は、風の中に消える。『隠密（スニーク）』」

日向先生がスキルを使うと、クラスメイトがざわつく――姿が消えたように見えているのだろう。

　しかし俺は『生命探知』によって、先生がいる場所が見えている。どうするかと思ったが、普通に先生と目が合ってしまった。

「今回は木人を相手にスキルを使ってもらうけれど、使うスキルの種類はなんでもいい。次は神崎君、スキルを見せてくれるかな」

「分かりました。なんでもいいんですか？」

「うん、なんでもいいよ。木人はよほどのことがないと破壊できないから、攻撃魔法なら思い切りやってくれていい」

　――そう言われると、破壊できるか試したくなってしまう。

『玲人さん、頑張って……っ』

　コネクターから黒栖さんの声が伝わってくる。俺は心を決める――風属性の日向先生を唸(うな)らせるようなスキルを見せようと。

「我が呪紋(じゅもん)より出(い)でよ、風精の刃……『ウィンドルーン』！」

　レベル１の風属性攻撃魔法。俺が空中に描いた呪紋から、風の刃が生まれ、木人へと飛んでいく――そして。

「……な、何も起こってない……？」

「は、ははっ……神崎、めっちゃかっこつけて撃っといて……うぉぉっ!?」

（……まあそうなるよな。レベル１の魔法でオークロードを吹っ飛ばしてるわけだから）

木人がバラバラに切り刻まれ、崩れ落ちる——最初はあまりに切れ味が良すぎて、しばらく切れたことすら分からない状態だった。

「先生、木人は弁償しなくても大丈夫でしょうか」

その質問に日向先生が答える前に——クラスメイトが一気に沸く。

「す、すっげえええええ！　なんだあれ、一体どうしたらあんなんになるんだよ！」

「神崎、お前ヤバすぎるって！　学生のレベル超え過ぎだって！」

「実習に合格しただけはあるよね……っていう次元じゃなくない？　南野、あんな人を挑発したりしてたの？」

「も、もうしませんから……っ、絶対しない、神崎君のパシリとか舎弟とか、そういうのでいいから……っ」

南野さんが相当狼狽えている——俺は彼女に言われたことを根に持ったりはしてないのだが。

「いや……凄い新入生が現れたものだ。正直、言葉が出てこないですよ」

日向先生は呆然としていたが、ようやく我に返って言葉をかけてくれた。

ひとまず俺の実技披露は終わったので、次は黒栖さんだ。バディの晴れ姿を見せてもらえるところを、静かに座って待つことにした。

2　購買部

黒栖さんの順番が回ってくると、彼女は緊張しきりだったのだが、俺は彼女が前に出る時に『マキシムルーン』を使い、密かに彼女の最大ライフを上昇させてスキルを使える状態を作った。

「行きます……っ、『転身(オーバーライド)』！」

《黒栖恋詠(こよみ)が特殊スキル『オーバーライド』を発動》

《黒栖恋詠が魔装形態『ウィッチキャット』に変化》

黒栖さんの身体(からだ)がオーラでできた魔装でところどころ覆(おお)われ、猫耳怪盗のような状態になる。

俺はその姿を知っているが、初めて見るクラスメイトの反応は大きかった。

「やべっ……ま、待て、これは反則だろ……」

「黒栖さん、魔装師(トランサー)のスキルが使えるようになったんだ……」

「めっちゃ可愛(かわい)くない？　いいなー、私も変身するスキルが良かった」

黒栖さんは真っ赤になってこっちを向くが、こちらとしてはぐっと拳を握って応援するしかない。獅子は我が子を千尋(せんじん)の谷に落とすという——と、弟子を見守る師匠(ししょう)の気持ちになってしまった。

「素晴らしい。前の時間は上手く使えないということでしたが、よく短期間でコツを摑みましたね」

「ありがとうございます、先生」

俺のほうをちら、と見つつ言う黒栖さん。それだけでも気づく人は気づくのか、またも注目を浴びてしまった。

「黒栖がスキル使えるように、神崎がコツを教えたとか？」

「教えてもらったのか……？　俺以外のやつに……」

「男子は調子よすぎ。黒栖さんのこと地味子とか言ってたくせに」

「そーだそーだ、手のひら返しは良くないと思いまーす」

やはり黒栖さんは人前に出ると、男子の目を引くらしい——彼女がペアを組めずに一人残っている状況というのは、男子がお互いに牽制しあった結果ではないだろうか。

「では黒栖さん、早速お願いします。木人はもう一体のものを狙ってください」

「はいっ……いきます、『ブラックハンド』！」

闇属性のオーラを猫の手の形に変えて飛ばす技——木人を壊すことはできないが、かなりの衝撃を与えることはできた。

変身系のスキルはステータスが強化されるので、魔法の威力も当然上がる。不破も自分の『エレクトリックブラスト』より強力だと感じたようで、目を見開いていた。

「……やっぱりあいつは……そうだよな……」

呆然としている不破の言葉は、俺にも聞こえていた。『転身』を使った黒栖さんの強さを知っていたのなら、彼女に対して辛く当たっていた理由は――いや、それは俺が深入りすることでもない。

「素晴らしい威力ですね。神崎君は想定外として、黒栖さんのスキルも十分に強力です」

「ありがとうございます、全部玲人さ……神崎君のおかげです」

その言い間違いが黒栖さんの隠れファンだった男子にとっての決定打となってしまったようだったが、俺が謝るのも違う気がする。

「次、南野さん……おや、体調不良ですか？」

「はーい……」

南野さんは『ベクトライザー』という、射撃武器をスキルを使って曲げたり、威力を上げたりというスキルを持っていた――実は育てると結構強いスキルなので、実習前に自信を持っていたことも頷ける。

「神崎君は例外ですから、気を落とすことはないですよ。彼に追いつくのは一朝一夕でできることではありませんし、正直を言うと先生でも彼と同じことはできません」

ついに先生もはっきり言ってしまったが、学園で何も教わることがないというわけではない。俺も『隠密』と似たことはできるが、それは隠密そのものじゃない。

スキル実技の授業自体は全く問題ないということで、単位の心配はなさそうだ。今後も黒栖さんをサポートしつつ、見せていい範囲のスキルでクリアしていきたい。

◆◇◆

午前の授業が終わり、昼休み。昨日折倉さんに話を聞いたこともあって、購買に様子を見に来た。

混雑を防ぐために窓口が幾つかあるが、驚いたのは、売店の店員もまた制服を着ているということだ。

「いらっしゃいませ、購買部にようこそ」

おさげにした栗色の髪に、三角巾をつけている女生徒。エプロンをつけていて、『生産科古都（こと）』という名札をつけている。

彼女は俺を見ると、少し驚いたように眼鏡の奥の瞳を見開いた。

「……あら？　お客様、どこかでお会いしませんでしたか？」

「え……？」

こんなことを聞かれたりするのは漫画やドラマなどでしかないと思っていたが、まさか自分に訪れるとは思っていなかった。

『古都』という名前に覚えはないので、その旨（むね）を伝えるしかない。

「すみません、人違いだと思います」

生産科
古都

「そうですか、でもやっぱり……お客様、よろしければお名前を聞いてもいいですか？」

「俺は神崎玲人と言います」

「……れいと……れい……」

「……？」

下の名前だけを確かめるように呟いたあと、古都さんは朗らかに笑う。やはり俺に会ったことがあるのだろうかと思ったが、それは違っていた。

「失礼しました、大丈夫です。つい早とちりしてしまって……」

「いえ、生産科の人が店員をしてるんですか？」

「ええ、生産科の二年生は購買部の店員として実習をするんです。自分たちが作ったものも購買部に納品しているんですよ」

「そうだったんですか。生産科って、地図で見ると牧場とか農場があるみたいですけど」

「ここで扱っているサンドウィッチなどは、材料はほとんど学園で作っていますよ。ミルクもそうですね」

そう言われると、産地直送どころか産地そのものの食材というわけで、俄然魅力的に見えてくる。社会見学で牧場に行った時、飲ませてもらった牛乳は、驚くほど美味しかった――そんな記憶が蘇る。

「それ以外は、何を作ってるんでしょう」

「冒険科や討伐科から入荷した素材を、生産科で加工することもしていますよ。魔物素材の研究は、大学や研究機関とも連携してやっています。装備品などは魔物素材を使ったものも、限定品ですが入荷しますよ」

「それは見てみたいな……こまめに通うことになりそうですね」

「スマホで入荷状況は確認できますよ。メールが届くようにしておきますか？」

「はい、お願いします」

倒した魔物は基本的に消えてしまうが、一部の魔物は倒しても素材が残ることがある。オークロードの場合は角(つの)や牙を落としたりするが、それよりも魔石の方が希少(レア)だ。

「……同じところに入ってたんだ、……くん」

「？　古都さん、今何か……」

「いえ、なんでもありません。お昼がまだでしたら、搾(しぼ)りたてのミルクとカツサンドはいかがですか？　他にも……あっ、もう欠品が出ちゃってますね」

「じゃあ、お勧めのものを買っていきます。色々説明してくれてありがとうございました」

「いえいえ。これを機会にお得意様になってくれたら嬉しいです」

古都さんは最後の一個のカツサンドと、三角パックの牛乳を渡してくれた。こんなパックの形は見たことがないが、風峰学園生産科特有ということだろうか。

そしてどこで昼を食べようかと考え、持ち込みも可だというミーティングカフェに足を向けてみると――黒栖さんと、なぜか討伐科の折倉(おりくら)さんが、二人で一つのテーブルについていた。

「あっ……玲人さん、お昼はまだですか？　でしたら、ぜひ一緒に……っ」

「ありがとう。折倉さん、なんでここに……？」

黒栖さんを驚かせないようにと上の名前で呼ぶが、雪理は微妙な反応をする——やはり、一度呼び方を変えた以上は下の名前で通すべきだったか。

「なんでとは挨拶ね。今日の放課後のことを話したのを忘れたの？　黒栖さんも交えて、少し話をしておこうと思って来たのよ。ちょうど来てくれてよかったわ、今から呼び出しをかけようとしていたの」

彼女はそう言うが、討伐科で一番の有名人だろう彼女が来てしまえばどうなるかは、火を見るよりも明らかだ。

「折倉さん、なんで冒険科にいらっしゃるのかと思ったら……ま、まさか、あいつに会いに来たとか……？」

「落ち着け、まだ焦るには早い。おおおおおおお落ち着け」

「終わりよ……もうおしまいよ。雪理様が男子と一緒になんて……」

「まだ諦めるには早いわよ。ほら、女の子がもう一人一緒にいるじゃない」

「私もあの子みたいに前髪を伸ばしたら、雪理様とランチをご一緒できるの……？」

当の雪理本人は、冒険科の生徒たちが情緒不安定になっていることなど全く気にしていない様子で、俺に座るように勧めてくれる。それはまさに、我が道を征く姫君のような振る舞いだった。

3　異変

雪理と黒栖さんは、家からお弁当を持ってきていた。うちの妹は学食で摂るスタイルの給食とのことで、そんな中学校があるなら俺も通いたかった。

「玲……神崎君、お昼はそれだけなの？　随分シンプルね」

「購買を見に行ってたから、ついでに買ってきたんだ。でもこのカツサンド、最後の一個だったらしい」

「卒業生が忘れられない味のランキングに入っているんですよ、そのカツサンドは……い、いえ、図書室にあった学校誌に書いてあったんです」

「学校誌か。色々本があるなら、図書室も一度見に行きたいな」

カツサンドの包みを剝がしてかぶりつく。揚げてからそれほど時間が経っていなくて、衣はサクッとした歯ごたえで、肉もジューシーで柔らかい。食パン二枚分で作ったカツサンドが六個に切り分けられており、一つ一つのサイズもちょうど良かった。

「これはランクインするだけはあるな……恐れ入った」

「それだけだとバランスが悪いでしょう。野菜が嫌いということじゃないの？」

「なんでも食べないと生き残れなかったからな……ああいや、好き嫌いはないよ」

「あ、あの、それでしたら……私のお弁当のおかずを、おひとついかがですか？」

「それはちょっと悪いな……黒栖さんの家のお弁当は、かなり手が込んでるし」

「お母さ……え、ええと、母と一緒に作ったんです。母はお料理が上手で、私は少し手伝っただけなんですけど……これとかは、私が作りました」

「じゃあ、それを一つ貰ってもいいかな。代わりにカツサンドは……ボリューミーすぎるかな」

「い、いえっ、ぜひ……一度食べてみたかったんです。等価交換なので、少しだけいただきますね」

　肉巻き野菜に和風のソースがかかっているそれを、黒栖さんが箸（はし）で取って差し出してくる。他に手段がないのでそのまま食べさせてもらう——こういうのは恥ずかしがってしまったら負けだ。

「うん、美味（うま）い」

「本当ですか？　良かった……」

「じゃあ、黒栖さんもどうぞ」

「は、はい。いただきます……ん……美味（おい）しいです、噂（うわさ）以上の味ですね。私が作ったおかずでは釣り合ってないです」

「いや、そんなことは……」

「いえ、釣り合ってないです。玲人さん、もう一ついかがですか？」

　引っ込み思案の黒栖さんが俺にだけ押しが強い——と、いう謎のタイトルめいた文章が頭をよぎる。

そして黒栖さんに下の名前を呼ばれたことで、何か不穏な気配を感じ、思わず雪理の様子をうかがう。雪理はスンッとしてはいるが、姫君から氷の女王にクラスチェンジしたような表情になっていた。

「……なに？　私は見ていただけで、特に何も思っていないわ」

「あ、あの、折倉さんが最初に玲人さんの栄養バランスのことを気にしていたのに、すみません、差し出がましいことを」

「いいのよ、黒栖さんの作ったお弁当は美味しそうだし、栄養のことも考えられているしね」

雪理は朗らかに答えるが、なんだろう、この重圧は——雪理の親衛隊のような生徒たちから、言葉にできないような圧を感じる。

だが黒栖さんのパターンとは逆で、自分から食べさせてくれというのは逆の意味で外圧が増しそうで——なんて、迷ってる場合ではない。要は俺がどうしたいのかだ。

「その……雪理のお弁当も、良かったら分けてくれるかな」

「……そうね、まだ栄養に偏り（かたよ）があるから。これなら野菜も摂れると思うわ」

そう言って雪理が出してきたのは、白いスープジャーだった。中にはリゾットが入っている——ご飯ものを温かくするというその発想に、折倉家のお手伝いさんの工夫（くふう）を感じる。

「いただきます……うん、美味い。色々野菜が溶け込んでるのかな」

「口に合ったみたいで良かった。遠慮（えんりょ）なく食べていいのよ」

「じゃあ、俺の方は……雪理はカツサンドとか食べないかな」

「初めてだけど、見ていて興味はあったの。偏食というわけじゃないのよ」

雪理がカツサンドを食べる光景――それに尊さを覚えたのかなんなのか、親衛隊たちの圧力が消える。なんとか敵を増やさずに済んだようだ。

「あ、あの。玲人さん、折倉さんのこと……」

「ああ、名前で呼んでほしいって言われたんだ」

「黒栖さんも『玲人さん』って呼んでいるじゃない。バディを組んだばかりなのに、気の置けない関係なのね」

「っ……そ、それを言うなら、折倉さんも……玲人さんと、どんなふうに仲良くなったのかなって……」

「それは……」

折倉さんがこちらを見やる。その少し恥じらっての沈黙を、周囲が意味深なものと捉えないわけもなく。

「私が、放課後に彼を誘っただけよ。彼のことが気になっていたものだから……個人的に知りたいと思ったの」

言葉が足りないというのは恐ろしい――昨日の放課後『訓練所に』俺を誘い、『実習などを見て』俺のことが気になっていたので、個人的に『俺の強さの理由』を知りたかった。補完するとそうなるはずだが、周囲に誤解が一気に拡散してしまう。

「そ、そうなんですね……私も、玲人さんとペアになったその日に、訓練所でご一緒しました」

張り合っているわけではないのだろうが、その答えがさらに俺という人間の評価を揺り動かす——元から同じクラス以外にはあまり知られていないので、評価も何もないだろうが。

「あいつをこのまま生かしておいたら、この学園の美少女が根こそぎ持っていかれるぞ……！」

「雪理様、そいつはちょっと見た目はイケメン然としてますが、きっとアリの巣に水を流し込んでほくそ笑む系の闇を抱えてますよ……！」

「私も雪理様の気になる人になりたい……羨ましすぎて頭が沸騰しそう……」

このままここで食事を続けるのは、周囲の生徒の精神衛生上良くないのでは——そう思いつつも、気にしすぎも良くないので、俺もそろそろ物事に動じないようにしなくては、と考えつつ、リゾットの滋味を雪理に見られながら味わうことになった。

午後の授業の座学、そしてホームルームが終わったあと、俺は黒栖さんと一緒に討伐科の構内に向かった。

討伐科では午後に『市街実習』が行われているそうで、折倉さんたちが帰ってくるまで待つことになっていたのだが——折倉さんから連絡があるまでどこか座れる場所で待とうか、と黒栖さんに声をかけようとした時、それは起こった。

『——朱鷺崎市の複数エリアに、緊急警報が発令されました』

ブレイサーだけでなく、校舎全体に臨時放送がかかる。辺りは一気に騒然とする――しかし先生が声掛けをしたのか、すぐに校舎内は静かになる。

『該当する地区で特異現出が起こる可能性があります。警戒指定区域は風峰学園附属中学校、北区、西二区、東一区、遠海ヶ浜周辺――』

「っ……⁉」

真っ先に挙げられた名前に、戦慄が走る――風峰学園附属中学、エアたちが通っている学校で間違いない。

それだけではなく、市内の幾つかの地域に同時に警報が発令されている。

「玲人さん、一度冒険科に戻って、先生の指示を……」

「いや……そうも言ってられない。黒栖さん、できれば冒険科に戻って待機しててくれ。俺は行かなきゃいけない」

「っ……そ、そんなこと……特異現出が起きたら、普通よりも強い魔物が出てくるって言われています……っ」

「大丈夫、危ない橋は渡らない。妹の無事を確かめて戻ってくるよ」

「……簡単に学園の外に出られなくなっているかもしれません。でも、玲人さんなら……分かりました、私は冒険科で待っています」

「ありがとう、黒栖さん。俺のバディが君で良かった」

「だ、駄目です、そんなっ……そんなことを言われたら、玲人さんが……っ」

深く考えず死亡フラグのようなことを言ってしまった——黒栖さんが泣きついてきて、こんな時なのに思わず思考が止まりそうになる。

「大丈夫、二度と死ぬのはごめんだから。絶対帰ってくるよ」

「……玲人さん……それは……」

「じゃあ、行ってくる。黒栖さんも気をつけて」

俺は走り出す——一度死んで、どうしてここにいるのかも分からない。そんな俺がもう一度危険に首を突っ込むなんて、自分で自分に疑問を持ちもする。

だが、たとえログアウトした後に初めて目にした妹であっても。俺の記憶が混乱しているだけで、元から彼女が存在していたんだと思う方がいいのかと思うくらいには、彼女の存在は俺にとって大きくなりつつある。

正門の方向からは先生たちがいて、生徒と何か揉み合いが起きている。俺と同じことを考えて外に出ようとしている生徒がいる——彼らには少し申し訳ないが、今回は一人で抜け出させてもらう。

目指すルートは普通科を突っ切って西の方向。風峰学園附属中学までの最短距離を行く。俺が今使えるあらゆるスキルを駆使することで。

4　災害指定

学園正門前広場を通ると、正門近くにいる先生に見られる可能性がある。相手の視線を遮断（しゃだん）するスキル——本来視線を受けると発動するスキルの類（たぐい）を防ぐために使えるものだが、それが今役に立つ。

《神崎玲人が特殊魔法スキル『ミラージュルーン』を発動》
《神崎玲人が特殊魔法スキル『サイレントルーン』を発動》

探知系のスキルを使われれば居場所がバレるようなものだが、先生がこちらに注意を向けていればの話だ。さらに足音を消してしまえば、近くに高レベルの『忍者』などがいない限り見つかることはない。

普通科と冒険科は壁で区切られていて、門からしか入ることができない。壁は実際の高さより上まで結界が張られていて、スキルが使えても容易に飛び越えたりできないようになっている——しかし。

（サイレントルーンを解除しても、一瞬で抜ければ大丈夫だろう。ここで『呪紋創生（ルーンクリエイト）』まですする必要はない）

《神崎玲人が特殊魔法スキル『ステアーズサークル』を発動》

特殊魔法がレベル7まで上がっているおかげで、飛躍的にできることが増えている。

『ステアーズサークル』は空中にオーラで円状(サークル)の紋様を発生させ、それを足場とすることができる。階段(ステアーズ)の名の通り、階段状に配置すれば、どんな高さでも駆け上がれる。

自分の運動能力を鑑(かんが)みて、空中に二つ床を作るだけで十分そうだ。地上から飛び上がり、空中で二度紋様の足場を飛び移り、最後はベリーロールで壁の上空を通過する。

着地する時には『フェザールーン』を使い、トランポリンのように弾む地面に受け止められ、再び『サイレントルーン』に切り替える。『スピードルーン』を使わなくてもかなりのスピードで走れるため、それこそ忍者にでもなったような気分だった。

『生命探知』で、校舎に多くの生徒が残っているとわかる。グラウンドを含めて外に人はいない――警報が解除されるまでは待機するという方針なのだろうか。

本来なら、俺も先生の指示に従って行動するべきだろう。しかし病院で目を覚ましてから今までで、一定の見極めはできている。

特異現出で現れたオークロードを倒し、学園において自分の力がどれくらいの位置にあるのかを確かめた今――他の皆と足並みを揃える一方で、俺は俺なりに考えて動かなくてはいけないと思う。

木人を相手にレベル1のスキルを使った時点で、その指針は決まっていた。自分の力を抑えて見せるべき場面ではそうするし、必要な時は迷いなく全力を尽くす。

どちらも俺の考えで、そこに矛盾はない。もし『特異現出』に鉢合わせたとしても、俺のやるべきことは一つ――人が死ぬところは見たくない、勿論俺も死ぬわけにはいかない。

普通科校舎の西側にある塀が見えてくる――同じ方法で空中を駆け、塀を越えて飛び出すと、そこには下り傾斜の林が広がっていた。

《神崎玲人が強化魔法スキル『アクロスルーン』を発動》
《神崎玲人が強化魔法スキル『スピードルーン』を発動》

足場の悪い地形を踏破するためのルーン『アクロスルーン』を使うと、障害物の多い林の中で『スピードルーン』を使っても、樹木にぶつかる心配をすることがなくなる。

それどころか、ありとあらゆる地形を最短経路で切り抜けられるようになる――林を抜けたあとは舗装された道に出て、走るスピードはさらに加速する。

警報が出ているからか、自動車は路肩に停まっていて、道はガラガラに空いている。進行方向に誰かがいたら『ミラージュルーン』を使って切り抜ければいい。

風峰学園附属中学まで3キロという標識が出ている。それに従って走り続けて――下りのカーブを抜けた先に見えたものは。

中学校から周辺の住宅街までの上空に現れた、黒い渦のようなもの――街のどこかしこから立ち上る煙、鳴り響くサイレン。

「――英愛っ！」

現実が『アストラルボーダー』に侵蝕されてでもいるかのようだと、そう思った時に、頭の端ですでに考えてはいた。

街中でオークロードが出現することがあり、人を襲う。そんな状況が起こりうるこの世界では落ち着いて暮らすことさえできないいんじゃないのかと。それなのに、魔物に怯えるばかりではなく、人々は暮らすことができている。

（風峰学園のような学校が全国にある……魔物を討伐することで高額の報酬が出る。それは、魔物に対抗するための戦力が不足してるからじゃないのか？）

今までは、討伐隊が対処することで間に合っていて、だからこそ人々に怯えている様子がなかっただけなのだとしたら。

『特異現出』が複数の場所で起きた時、討伐隊がその全てに対処しきれなかったとしたら――。

「っ……!?」

前方で煙が上がっている。機関銃を搭載したバギー車に無数の槍のようなものが突き立っていて、運転席にいる人が負傷している。

「――出雲さんを残しては行けませんっ！」

「馬鹿野郎、奴は災害指定個体だぞ！　このままじゃ全員やられる……っ！」

女性と男性が言い争う声。バギーの中にいるのが出雲という人か――生命探知の反応はあるが、このままではまずい状態だ。

「スキルで強化した機関銃の掃射でもビクともしなかったんだ、もう一度狙われたらひとたまりもねえ……ここでお前が死んだら出雲さんにも顔向けできねえんだよ！」

「っ……それでも、私は……」

「――うぁぁぁぁぁっ！」

《ランスワイバーン1体と遭遇　空中奇襲》

集中が違う段階に入る。自分以外のすべてが遅く知覚される。

前方の上空。高度が高く、豆粒ほどにしか見えなかった『それ』は、まばたきの間に急降下し、その翼から槍のようなものを降り注がせようとしていた。

《ランスワイバーンが攻撃スキル『ランスエアレイド』を発動》

身体を装甲に覆われた、翼があるドラゴンのような生物――その翼には骨でできた槍を射出する器官がある。

『アストラルボーダー』で何人ものプレイヤーを死に追いやった最悪の中ボス――空中の魔物

に対して大ダメージを与える手段は限られているのに、重爆撃機のような攻撃を一方的に連発してくる、理不尽の象徴のような存在。

おそらく討伐隊の制服なのだろう、軍人のような服装をした女性がワイバーンに向かって銃を構えているが、もう一人の男性が身を挺して助けようとしている。

――ワイバーンの攻撃が通れば終わりだ。

また俺の前で人が死ぬ。それだけはさせない――最速で割り込み、最短でワイバーンを倒して、英愛のもとに向かう。

《神崎玲人の『強化魔法』スキルが上位覚醒》
《神崎玲人が未登録のスキルを発動》

雪理と戦った時と同じ――『呪紋創生』に連動して、俺が持っているスキルが必要レベルまで上昇する。

「っ……！」

男女とバギーの上に正方形の呪紋が現れ、降り注いだランスは空中で弾かれて地に落ちる。弾かれる際の衝撃は、俺にフィードバックする――他者を守るバリアを作り、ダメージを自分に分配する、いわば捨て身の盾だ。しかし俺が感じる痛みは最小限に抑えられている。

強化魔法スキルレベル６『スクリーンスクエア』。

俺に分配されたダメージを減衰させる『エンデュランスルーン』――そして。

「――グガァァァァッ……‼」

相手の攻撃を反射する『カウンターサークル』。その三つを組み合わせることで、攻撃と防御を兼ねた盾を作り出した――空中のワイバーンは『ランスエアレイド』の反射ダメージを受けるが、辛うじて高度を維持する。

「あ、ありがとう……あなた、その制服……」

「お前……今、一体何を……」

「話は後です！　車に乗ってる人を降ろして避難してください！」

「っ……分かった……！」

男性は気を取り直すと、バギーの運転席から負傷した人を担ぎ出す。俺がワイバーンの攻撃を防いだこと、カウンターでダメージを与えたことを察してくれたのだろう――学生服姿の俺がそんなことをしたなんて、そうそう信じられることでもないと思うが。

あとは一対一――パーティでワイバーンを討伐した経験ならあるが、サポート職一人で戦うなんて本来なら正気の沙汰じゃない。

だが俺の知る通りなら、ランスワイバーンを討伐するレベル帯は25前後――これでも、まだ前半の中ボスレベルに過ぎない。

そして、飛竜系の魔物に会えるものなら会っておきたいとも思っていた。『呪紋師』にとってキーとなる、重要な素材を落とすからだ。

「人を見下ろすのが好きみたいだな……すぐに地面に降ろしてやるよ」

「──グォォォォォッ‼」

大気を鳴動させる咆哮（ほうこう）──これも『サイレントルーン』で防ぐことができる。自分の周囲の音を遮断（しゃだん）するスキルで、魔物の咆哮も俺には届かなくなる。

ワイバーンは俺に咆哮の効果が通ったと思ったのか、ブレスの溜めに入る──俺はそれを迎え撃つために、瞬時に新たな呪紋の図案を練（ね）り上げた。

5　二属性攻撃

ランスワイバーンにある程度ダメージを蓄積させると、空中からの無差別攻撃を始める。飛行する魔物が地上に降りることをしない、『ハメ』といわれてもおかしくない状況だ。

《ランスワイバーンが特殊魔法スキル『インジェクション』を発動》

ブレスの威力を倍増させ、攻撃範囲を広げるスキル。しかし次回の行動が確定するため、こちらも迎撃の準備をすることができる。

先手を取らない理由は一つ。さすがにどれだけ威力を高めても、呪紋師の魔法ではあの装甲を貫通できない──『呪紋創生』ならあるいはと思うが、ランスワイバーンに対する射撃攻撃は本来禁忌であり、それが奴の理不尽極まりない点だ。

バギーに搭載されていた機関銃は全く通用しなかっただろう。ロケットランチャー、あるいはミサイルですら射撃攻撃は通じないだろう、そう思えるほどの反則的な能力を持っている。

《ランスワイバーンが固有スキル『スカイフォートレス』を発動》

ワイバーンが持つ鱗の防御力をさらに強化する、鎧のような装甲。その性能は『あらゆる投射攻撃を倍撃で反射する』というものだ。

「――グォォオ……オォオォッ……！」

――しかし『ランスエアレイド』を反射した時、そのダメージは通った。つまり、ランスワイバーンは『自分の攻撃』が跳ね返ってきた時、それを無力化できない。

だが、それではランスワイバーンを落とすことはできない。自分の攻撃を反射され続けて落ちるというような行動は取らないからだ。倒されるくらいなら逃げる、魔物はそんな選択も容赦なく取って、プレイヤーの心を削る。

「――無茶です、逃げてくださいっ！」

「この辺り一帯が燃やされるぞ……っ、逃げろっ、奴はもう溜めを終えてる！」

『呪紋創生』を使えるようになっていなければ、俺も相手をしようと思ってはいなかっただろうが――今は時間をかけずに落とせる。

「あいつ……っ、あの状況でどれだけ……っ」

「──撃ってこい。俺は逃げたりはしない」

「──ゴォァアアアアッ！」

《ランスワイバーンが攻撃魔法スキル『フレイムランス』を発動》

口から放たれるブレスは魔法──魔力（オーラ）を使って放たれるもの。

その炎の槍は、竜の口から放たれるや否（いな）や、炎属性の魔力で質量を増大させる。本体の槍から小さな槍が分裂し、広範囲に広がる──地面に突き刺さればそれぞれ爆砕（ばくさい）し、辺り一帯を焼き尽くすだろう。

《神崎玲人の『強化魔法』スキルが上位覚醒》
《神崎玲人が未登録のスキルを発動》

先ほど物理攻撃を反射する『カウンターサークル』を使ったが、本来呪紋師は魔法攻撃に対する防御・反撃に特化している。

特殊魔法スキルレベル５『アブソーブサークル』。本来なら一つの魔法を対象にして、魔力に変換して吸収し、ダメージを軽減するというスキル。そこに強化魔法スキル『エクステンドルーン』を合成して、範囲を拡大させる。ばらけた炎の槍はダメージが低いため、全て吸収されて消失していく。

そして炎の槍の本体を受け止めるために使うのは、強化魔法スキルレベル8『ライトハンドルーン』――呪紋師本人が魔法を受け止めるためのルーンだ。

右の手のひらに呪紋が浮かび上がり、炎の槍を受け止める。このままではダメージが減殺されるだけで、レベル8相当の効果ではない――しかし。

『アブソーブサークル』で吸収した炎属性の魔力、そして今受け止めた炎属性の魔力。それらすべてを、左手から放つ攻撃呪紋と共に、相手に返すことができる。

「――穿け」

《神崎玲人が攻撃魔法スキル『フリージングデルタ』を発動》

左手の前方に三角形の紋様が現れ、『フレイムランス』の炎のオーラをまとい、回転しながら飛んでいく。ワイバーンが反応する前に急激に加速し、それは弾丸のようにワイバーンの身体を射貫いた。

反射した『フレイムランス』だけではランスワイバーンは倒せない。だが『フレイムランス』と共に俺の魔法を相乗させて返してやれば、どうなるか。

《二属性混合攻撃によりランスワイバーンの特殊装甲を貫通》

「――グォ……オォッ……」

『ライトハンドルーン』の効果で攻撃を受けきれなければ、余剰のダメージを受けることになる。しかし俺の制服は焦げることすらなく、手に火傷を負うこともなかった。

《災害指定個体を討伐》

《【焦熱の槍竜】ランスワイバーン　ランクC　討伐者：神崎玲人》

《ユニークモンスターの討伐称号を取得しました》

《神崎玲人様が5000EXPを取得、報酬が算定されました》

ランスワイバーンが落下する――その巨体は地面に落ちる前に消失し、魔石と幾つかのドロップ品が散らばりかかるが、物を引き寄せる『キネシスルーン』を使って引き寄せ、回収する。

《『炎熱のルビー』を1個取得しました》

《『翼竜のひげ』を2個取得しました》

《『翼竜のエキス』を3個取得しました》

《『竜骨石中』を3個取得しました》

《『ランスワイバーンの魔石』を1個取得しました》

ランスワイバーンは倒す時に特殊条件を満たしやすく、魔石をほぼ確実に落とす。他の収穫も大きいが、今は先にやらなければいけないことがある。

「すみません、俺はもう行かないと。特異領域が消えていないので、気をつけてください」

「本当にありがとう……こんなに強いのに、まだ学生だなんて……」

「大したもんだ……俺は朱鷺崎駐屯地の討伐隊に所属する杵築だ。助けてもらった礼がしたい、名前だけでも聞かせてもらえるか」

「俺は風峰学園の神崎玲人です。その人に、お大事にと伝えてください」

《神崎玲人が『ヒールルーン』を発動　即時遠隔発動》

「っ……あなた、回復スキルまで……凄い、出雲さんのバイタルが……っ」

「これほどの人物がまだ学生とは……神崎、君は一体……」

「困った時はお互い様です。じゃあ、俺はこれで」

「ええ、気をつけて……っ」

「この先では他の部隊も戦ってる！　ワイバーンよりも強力な個体がいる可能性がある、用心してくれ！」

風峰学園附属中学の上空は、未だに黒い渦に覆われている——巨大なものはないが、規模の小さいものが幾つも見える。

魔物が群れで学校を襲っている——遠くからでも響く銃声と、攻撃魔法スキルの衝撃音の中で、俺は『スピードルーン』を使って道路を駆けていった。

6　殲滅

『注意、危険です。緊急警報が発令されている区域に入っています。直ちに避難してください』

英愛の中学校までは緩やかな起伏のある道が続いており、最後は傾斜こそ緩いが、長距離の坂がある。そこを走っている途中に、ブレイサーのＡＩ——イズミが話しかけてきた。

「イズミ、警告してくれてありがとう。でもやっぱりこの状況だと、警告をやめるわけにはいかないのかな」

『……ノー、サー。ご主人様の指示であれば、警告を中断することは可能です』

「ありがとう。警報区域から出るどころか、自分から奥まで入り込んでるからな……」

『現在までの戦闘において苦戦の傾向は見られないこと、疲労による微小な体力減少以外に負傷が見られないことから、条例の遵守という理由以外に警告する要因はありません』

「条例か……違反したらまずいよな、それは」

『非常時における魔物との戦闘、救助行為は条例より優先されます。本市の条例には民間人の中に戦闘能力を持つ方がいる場合、緊急時に助力を要請する項目があります』

それはつまり、民間にも討伐隊と同等の能力を持つ者がいることが認知されているということでもある。討伐隊がそういった人員を取りこぼしても、強制的に加入はさせられないということだ。

「……そういえば、ワイバーンを倒してもB級の討伐参加資格は得られなかったな」

『個人の討伐による資格の取得はC級までとなります。B級討伐については討伐隊の要請を受けた民間の討伐者（バスター）であれば参加可能ですが、出現頻度（ひんど）は低いため、常時資格の認可はしていません』

現代兵器である機関銃に魔力を込める、いわば魔法兵器とでもいうべき運用方法。それを持ってしても倒せないワイバーンよりさらに凶悪な魔物となれば、もはや軍の一部隊クラスを投入するようなケースになると考えられる。

もう少しで、中学校の正門に着く。群がっている魔物はトロール――人型の魔物で、人間の二倍ほどの大きさをしており、青く堅い皮膚（ひふ）で全身を覆われている。

だがまだ交戦範囲に入らなくてもわかるほど、そのトロールの大きさは異常だった。オークロードほどではないが、それに迫るほどの巨体で、何かの攻撃スキルを使うために姿勢を低くし、力を溜めている。

「ここを破られたら終わりだ、もっと攻撃スキルを撃ち込め！」

「駄目だ、こんな魔法じゃ……っ、くそ、討伐隊はこっちに回せないのか！」

「構内にどこかから魔物がなだれ込んでっ……うぁぁぁぁっ、な、なんだ、こいつらっ……」

金属でできた門はトロールに破壊されたのか、無残にひしゃげて意味をなさなくなっている。

門の内側では机などを使ってバリケードが組まれていて、攻撃魔法系のスキルがトロールに撃ち込まれているが、わずかに行動を遅らせる程度でダメージがほとんど通っていない。

（中にまで魔物が入り込んでるのか……まずい、トロールに対する攻撃が途切れた……！）

「――ガァアアアアッ!!」

「うぁぁぁぁっ！」

「は、入ってくる……くそっ、なんで効かねえんだっ……！」

トロールが肩からの強烈なタックルをバリケードに浴びせ、積み上げられたスチール製のデスクと椅子が吹き飛ばされる。

《ヒュージトロール１体と遭遇　交戦開始》

距離はまだ開いているが、ここで撃つしかない――射程は長く、威力は十分で、トロールの堅い防御を貫通する、そんな呪紋が必要だ。

（三つの呪紋を組み合わせれば、それも可能になる……！）

『呪紋創生』を発動し、『単体攻撃魔法』に『防御貫通』『射程強化』を組み合わせる――『ソルフレイムルーン』の紋様に『ジャベリンスクエア』『プラスレンジサークル』が合成され、炎弾が高速で射出される。

（命中させる……！）

《神崎玲人が未登録のスキルを発動》

放たれた弾丸はトロールの頭を射貫く——地上にいる人たちに当たらないように角度をつけて撃ったため、そのまま炎弾は校舎上空へと飛んでいく。

「うわっ……な、なんだ……トロールがっ……」

「頭が吹き飛んだ……と、討伐隊が狙撃したのか……!?」

「信じられん……あれだけ撃ち込んでもビクともしなかった奴だぞ……っ」

「——きゃぁぁっ！」

「このすばしっこい奴はなんなんだ……っ、あ、当たらねえ……っ、うぁぁっ！」

《バンディットコボルト3体と遭遇》

学校の警備をしている人と、教師が協力して魔物と戦っている——『生命探知』で見える反応で分かる、何体かの魔物の素早い動きに翻弄され、負傷者が出ている。

バンディット——無法者の名前が意味する通り、コボルトは奪うために人を襲う。それだけではなく、人型の魔物の多くがそうであるように、それ自体を楽しむ悪辣な性質を持つ。

（一撃で一掃する……『素早い魔物』が『複数』いるってことなら……！）

『攻撃魔法（インパクト）』に『誘導性（ホーミング）』をつけ、さらに『対象範囲を拡張（マルチプル）』する――これでほぼ『呪紋創生』の呼吸は摑（つか）めた。

「――行けっ！」

三つの呪紋を組み合わせ、発動させる――オーラの弾丸が生物のように動き、校門の内側にいる魔物に次々に命中し、衝撃を与えて昏倒（こんとう）させる。

「ギィッ！」

「ギャウンッ！」

「ガルルッ……！」

――二体までを倒したが、最後の一体に対する誘導を切らざるを得なくなる。

（やはりやってきたか……人間を盾にする行動……だが……！）

すでに校門の内側まで『スピードルーン』で加速して侵入していた俺は、誘導弾を当てられなかったコボルトに近づき、ロッドで横殴（よこなぐ）りに吹き飛ばした。

「ギハアッッ……!!」

断末魔（だんまつま）の悲鳴を上げて吹き飛びながら消滅し、ドロップ品を落とすコボルト達――『キネシスルーン』でそれを回収するが、確認するのは後だ。

「あ、ありがとう……あなた、風峰学園の……？」

コボルトに盾にされていた女性は、戦闘で破れた服の胸元を押さえている。警備隊ではなく、防衛に参加していた先生のようだ。

「この学校に通っている妹を助けに来ました。神崎英愛のクラスを教えてください」

「っ……か、彼女は……自分から、生徒の避難誘導を……でも、どこからか魔物が入ってきて、生徒たちも私達も散り散りに……っ」

「英愛と別れたのはどこですか？　魔物が入ってきたのは……」

「あの、グラウンドの向こうの空が、急に暗くなって……フィールドが張られているはずなのに、魔物が……こんなこと、絶対に起こらないはずなのに……」

「落ち着いて……大丈夫です、必ず俺がなんとかしますから」

《神崎玲人が回復魔法スキル『リラクルーン』を発動　即時遠隔発動》

「あ……」

取り乱していた女性の目に、理性の光が戻ってくる。『リラクルーン』は初歩の回復魔法だが、今のステータスで使うと効果の発現は早かった。

「討伐隊はもう到着していますか？」

「は、はい。討伐隊の皆さんは、再度魔物が侵入するのを防ぐと言って、侵入防止フィールドを修復しようと……ですが、既に入ってきた魔物は、構内のあちこちにいて……」

侵入した魔物まで手が回っていない――まず英愛を探し、その後で探知スキルに反応する魔物を倒さなくてはならない。もしくは大本を断つことを優先するかだが、コボルト一体でも自由にしておけば被害が出かねない。

「皆さんはもしまたトロールのような大型が出たら、無理はしないでください！」

俺は再び走り出す――英愛の反応はまだ見つからない、だが流れから見てグラウンドから逃げてきた生徒たちなのか、裏庭に複数の人の反応がある。

（英愛……待ってろよ……！）

再び走り出す――聞こえてくる誰かの悲鳴を聞くたびに、やるせない怒りが湧く。

ワイバーンも、トロールも、コボルトも。人を襲うことしか頭にないような怪物が、当たり前のように出てきていいわけがない。

「残らず殲滅する……必ず……！」

俺を見つけるなり飛びかかってくるコボルトたちを魔法で射貫き、ロッドで薙ぎ払いながら、否応なしに気づく。

裏庭にいる魔物が、トロールやコボルトとは比較にならない強さを持つ個体であることに。

7　領界

西と東の二つの校舎、その間の中庭を抜けていく――植えてある木の上からコボルト数体が飛びかかってきたが、難なくレベル１の攻撃魔法で撃退する。

「――ギォォッ‼」

「ガッ……！」

全身を毛皮で覆われた、犬と人間の中間のような鬼。亜人種と言われることもあるが、獣人と違ってコボルトには言葉が通じない——群れを作って襲ってくるだけだ。

「悪いな……向かってきてもらった方が、探す手間が省ける……！」

コボルトが使う武器は刃がこぼれた鉈のようなもの、石でできた棍棒などで、その一撃は一般人なら十分致命傷になりうる。

『アストラルボーダー』においてもそれは同じで、防具が整うまでにはこのコボルトに重傷を負わされるプレイヤーもいた。一匹でも逃せば事故は起こりうる——それゆえの殲滅だ。

《バンデッドコボルト　13体　ランクG　討伐者　神崎玲人》

走るスピードを緩めず、『フレイムルーン』だけでこの数を撃退した。イオリに『魔法職なのに連射はずるい』と言われたくらい、高ステータスの状態ではレベル1の呪紋なら連続して放つことができる。

「せ、先生っ、誰かが魔物を倒してくれてます……っ！」

「窓に近づかないで、魔物に狙われたら……あ、あれは、風峰学園高校冒険家の制服……？」

「俺たち、助かるんですよね……助けが来てくれたんですよねっ……！」

生徒たちは校舎の高い階に立てこもっていて、三階の教室から見られていたようだ。

本来なら、退路がなくなってしまう上階には行くべきではないが——一階の窓や中に入る経路がすべてシャッターで封鎖されているので、それで侵入を遅らせることができたのだろう。

——だが、それは魔物がコボルト系だけならばの話だ。

前方には渡り廊下があり、そこを横切った向こう側が裏庭のはずだ。しかし、『生命探知』に反応のなかったはずの場所に、新たな魔物の姿が現れる。

「あ、あれ……っ、校門の外に出てきた魔物と同じ……トロールだ……‼」

「あ、あんなに大きい魔物が……嫌っ、お母さん助けてぇっ！」

「落ち着いて、みんな、大丈夫、大丈夫ですからっ……！」

「——ガァァァァァッ‼」

《ヒュージトロールが攻撃スキル『粉砕打』を発動》

若い男性教師が、生徒たちを必死に宥めている。しかしトロールが咆哮しながら棍棒を振り下ろし、渡り廊下の屋根を砕くと、さらに混乱してしまう。

「だ、だめだ、あんなのがいたら……壁を壊して校舎に入ってくる……っ！」

「——ここじゃだめだ、外に逃げないと！」

「待ちなさい、外にはコボルトも、他にも魔物がいるかもしれない！　ここで待機を……」

「先生は私達にここで死ねって言うんですか！」

抑えるには限界が来ている、しかし今のトロールは、黒い渦から出てきたわけではなく、別の方法でこの場に現れた。

出現した時に見えた痕跡――トロールの周囲に見えたオーラの光は、召喚系のスキルで転移してきた時に生じるものだ。

Eランクの魔物であるヒュージトロールを召喚できるのは、さらに上位の魔物だけ。俺が裏庭から感じた力の主は、召喚能力を持つDランク以上の魔物ということになる。

「皆、外には出るな！　いつどこでトロールが出てくるか分からない状況になった！　先生の指示をよく聞いて、そこにいるんだ！」

「そ、そんなこと言われても、このままじゃ……っ」

「――逃げてっ、トロールが来るっ！」

トロールが俺に気づき、牙のはみ出した口から涎を垂らしながら猛然と突進してくる。しかし脳筋なだけの魔物なら、いくらでもやりようはある――本気を出すまでもない。

「ここから先は、通行禁止だ……！」

《神崎玲人が弱体魔法スキル『スロウルーン』を発動》

ヒュージトロールの額に呪紋が現れ、行動速度が低下する――弱体魔法の効果は、相手の『精神』と『魔力』の値が低いと効果を増す。『筋力』が突出して高い脳筋の魔物は、これらのステータスが低い場合が多い。

そして俺のステータスは弱体魔法を成功させ、最大の効果を出すために振られている。結果として、ヒュージトロールはピタリと止まったように動かなくなる——いや、極限まで低速化し、スローモーションのような状態になっている。

《神崎玲人が強化魔法スキル『ウェポンルーン』を発動》

続けてロッドを魔力で強化する呪紋（ルーン）を使う。これは筋力にステータスを振らなくても、魔法系のステータスを攻撃力に反映させられるというものだ。

「すまないが……今の全力で殴（なぐ）るぞ」

「——‼」

ヒュージトロールは表情を変えることすらも極低速（スロー）になっていた。

俺がロッドを振り抜くと、バァン、と弾けるような音がして——ヒュージトロールは食らった姿勢のまま後ろに飛んでいき、その途中で消滅した。

『スロウルーン』はあくまで魔物の速度を下げるだけで、俺を受けて吹き飛ぶ速度などには影響しない。客観的に見れば摩訶不思議（まかふしぎ）な光景だろう——だが、俺にとってはヒュージトロールも『序盤で苦戦したことのある雑魚敵（ざこてき）』にすぎない。力の差が大きすぎる場合の戦闘はこんなものだ。

《ヒュージトロール　ランクE　討伐者　神崎玲人》

「……す、すげえ……あの人、制服着てるけど、もしかして討伐隊……？」

「民間の討伐者の人……？」

「外の魔物は必ず殲滅する！　安全になってから外に出てくれ！」

生徒たちの騒ぎが静まる——これで、外に出ることはしないでいてくれるだろう。

ヒュージトロールに破壊されてしまった渡り廊下の瓦礫の山を飛び越え、裏庭に向かおうとする——その矢先。

（……あれは……）

それを見ただけで、戦慄が走った。俺にとって、二度と目にしたくないものの一つが、裏庭の一角に現れていた。

灰色の、不透明な半球状の結界——魔神アズラースと、その眷属である魔将は、『領界』というフィールドを作ることができる。

『領界』の特徴は、その内部が魔将との決戦場であるということ。どのような場所でも、領界を顕現させた場合、その内側は外部と隔離された別空間となる。

裏庭から感じられた生徒たちの反応が、消えている。先ほどまでは『生命探知』で十人以上の気配が感じられたはずだ——トロールとの戦闘中には、英愛のものも感じ取れていた。

「英愛……中にいるのか……？」

領界の『外殻（がいかく）』に近づく。レベル6の単体攻撃魔法『パニッシュルーン』を使ってみても、オーラが霧散（むさん）して手応えがない。

（領界をこじ開けるには、ソウマの聖剣と、聖女（セイクリッド）のミアの解呪が必要だった。必要な要素は分かっている……聖属性の極大攻撃と、解呪……そして通常の結界を破る時に必要なものと同じ、結界の中和だ）

だが、その全てが、今の俺には使うことのできないものだ。

『アストラルボーダー』においても、俺は攻撃魔法スキルを限界に上げても聖属性の極大攻撃魔法を覚えられず、回復魔法スキルの限界値でもミアの解呪と同じことはできなかった。特殊魔法スキルも、最上位の結界である領界を破るには至らなかった。

8　記憶

自分の限界を思い出す。魔神を一人で倒すことなんて、到底できることじゃなかった。

こんなところで、魔神の眷属クラスの魔物と遭遇（そうぐう）することになると想像もしていなかった。『特異現出』という現象が異常（イレギュラー）であると分かっていたのに、オークロード以上の魔物が出てくることさえ、そうはないだろうと思い込んでいた。

――そんな俺をあざ笑うように、『領界』の外殻表面に何かが映し出される。

『――お願い、稲穂を放して！　私が代わりになるからっ！』

『駄目、英愛ちゃんっ……私が行くからっ、私なんてどうなってもいいからっ……！』

『し、死にたくない……嫌っ……ここから出して……出してぇえっ！』

『こんなの嫌ぁあっ、まだしたいことだっていっぱいあるのに、あぁぁぁあっ！』

思い出したくない、その一心で、人は忘れたいことを忘れることができる。

『アストラルボーダー』で死んだプレイヤーたちも、多くは無念と怨嗟の言葉を残して倒れていった。

――嫌だ、死にたくない。こんなはずじゃなかった……！

――ログアウトするだけだよな、本当に死ぬなんて嘘だよな……？

――これが運命だっていうなら……神様を殺してやりたい。

「うっ……あ……あぁっ……！」

頭が割れるような痛みが走る。自分がどこに立っているのかも分からなくなる。

現実の自分のバイタルが表示されるゲーム。そんなものをプレイしようと思ったのが間違いだった。

死と共にバイタルは停止し、キャラクターは灰色になる。それが現実での死を意味しない可能性があると、何度も自殺を考え、そして思いとどまった。

ログアウトできないままに時間が過ぎることを恐れていた。一年も経ってしまった時には、いつ現実の身体が壊れるのかということを恐れ、二年経った時にはそれを考えないようになり、三年経った時には、もはや諦めの域に達していた。

最後に残ったのは、意地だけだった。仲間と共に、『アストラルボーダー』を作った人間に復讐する。そのために生きてゲームを終わらせたいと願った。

自分が何故ここにいるのか、何をすべきなのか。この世界に順応できればそれでいいと思い始めている部分があった――だが、それだけでいいはずがない。

『稲穂っ、嫌っ、目を覚まして……稲穂っ……助けて……誰か稲穂を……っ、きゃぁぁっ……！』

『紗鳥ちゃんっ……紗鳥ちゃんを放してっ……あぁっ……！』

領界の内側の光景なのだろう、全てが赤黒く染まった空間に、悪魔としか言いようのない姿の黒い巨人が鎮座している。生徒の一人ひとりから精気を吸い、英愛の友達が捕まっている。

（ここで俺は何をしてる……領界を破れない、どうしようもない、そう諦めて……また、誰も救えないままで……っ）

目の前で人が死ぬたびに、無力を味わった。自分という存在に価値はなく、パーティの仲間がいてやっと呼吸をしていられる――そう思ったこともあった。

「……俺は……今も、まだ……」

『――助けて、お兄ちゃんっ……！』

英愛が俺を呼んでいる。俺は、そこに行かなきゃならない。

この灰色の外殻を破る力は、俺にはない――魔法のレベルを限界まで上げても無理なのだから、どうしようもない。

しかし、その『どうしようもない』を重ねるたびに、心から願った。

「――超える。今の俺なら、超えられる」

《神崎玲人様の固有スキル『レベル限界＋30』を確認しました》

《神崎玲人様の固有スキル『スキル限界＋3』を確認しました》

死の間際に聞こえてきた声。その一部が思い出される――この状況を打開するための希望は、俺の記憶にしかない。

『神崎玲人様の自己記憶を参照し、独自に能力値の参照が可能となりました』

イズミが俺の記憶から、ステータスをサルベージしてくれた――それが完全なものかは分からなくても『鍵』にはなる。

『――能力値を参照しますか？』

「ああ。教えてくれ……俺が、何者なのかを」

『神崎玲人様、あなたは私の主人です。まず、何よりもそれをお忘れなきように』

分かっているのかいないのか――イズミなら、俺の意図は分かってくれていて、あえてそんなことを言ってくれているのだろう。

頭の中に流れ込んでくる、文字と数字の羅列(られつ)。それは今の俺に何ができるのか、その可能性を教えてくれていた。

神崎玲人　男　レベル：130／230
職業：創紋師(ルーンクリエイター)
体力：7480／7500
オーラ：35200／36000
筋力：221（D）
体力：351（C）
教養：1251（A）
精神：1202（A）
魔力：1301（A）
速さ：752（B）
魅力：352（C）
幸運：151（E）

通常スキル
強化魔法　LV8／13

弱体魔法　ＬＶ１／13
特殊魔法　ＬＶ７／10
攻撃魔法　ＬＶ６／10
回復魔法　ＬＶ５／８
格闘マスタリー　ＬＶ１／８
ロッドマスタリー　ＬＶ１／13
軽装備マスタリー　ＬＶ１／８
高速詠唱　ＬＶ１／５
魔法抽出　ＬＶ１／５
呪紋付与　ＬＶ１／13
生命付与　ＬＶ１／５
魔力効率化　ＬＶ１／５
生命探知
魔力探知
鑑定　ＬＶ１／５

固有スキル
レベル限界＋30

スキル限界＋3
魔神討伐者
呪紋創生
残りスキルポイント：706

『――以上が、神崎玲人様の記憶から読み取り、再構成した能力値となります』

アズラースを倒す前と違っていること――まず、職業が変化している。『呪紋師』の時は習得していなかった固有スキル『呪紋創生』を覚えているのは、『創紋師』に職業が変化したことによるものだろう。

能力値は少しだけ上昇している。レベルが上がることでボーナスポイントを得られ、それを個々の数値に割り振るのが《ＡＢ》の成長システムだったが、今は戦って経験を積むだけで自然に成長できるようだ。算定されたＥＸＰは別のことに使うのかもしれない。

そしてレベル限界《キャップ》の１００まで到達していたはずなのに、30も上昇している。

『レベル限界＋30』の固有スキルで限界レベルが上がっているのは分かるが、表示されている限界値は『２３０』――１００がどこから上積みされたのか分からない。

（クリアしたことによる報酬……あるいは、アズラースを倒したことによるものだとしたら。

『固有スキル』に分類されている『魔神討伐者』……この効果なのか？）

『『魔神討伐者』『呪紋創生』については、未登録のスキルになります。こちらについては、玲人様の記憶から名称を読み取り、そのまま簡易登録させていただきました。他の方のコネクターでは、両者ともに未登録と申告されます』

聞きたいことは山程ある。ブレイサーのＡＩであるイズミが、なぜそんな機能を持っているのか——俺の記憶情報を得られるなら、俺が『この現実』で目覚める時に何が起きたのか、それも分かるかもしれない。

だが、全ては後だ。領界の外殻に映し出された光景の中で、紗鳥が精気を吸われて倒れ、英愛が自ら他の生徒を助けるために前に出ようとしている。

——自分を犠牲にして誰かを助けるなんて、ただの偽善だろ。

かつての自分の言葉。ソウマが負傷を厭わずに、魔物に襲われていたプレイヤーを助けた時に、俺が確かに言ったこと。

今思い出しても、ソウマに対して詫びる気持ちしか起こらない。

——偽善だとしても、それが悪いことだとは僕は思わないよ。

——レイト、君はドライでクールかもしれないけど、悪い人じゃない。

——僕は前ばかり見てしまうから、周りを見られる人に見ていてもらいたいんだ。

俺の言葉を咎めるわけでもなく、ソウマは俺と組みたいと言ってくれた。

周りを見られるなんてことはない、生き残るために臆病になっていただけだ。

そんな自分が、幾らも変わったとは思わない。一度死んだくらいで性格は変わらないし、どこまでいっても俺は俺のままだ。

『……ごめんね、お兄ちゃん』

囁くような声。黒い悪魔の蛇のような尾が、英愛を捕らえる。

『っ……うう……あ……っ！』

辿り着いた先にあった高い壁を、超えることができずにいた。

これで終わりにはさせない。英愛も、その友達も――誰も死なせない。

《神崎玲人の攻撃魔法スキルが限界覚醒　スキルレベル10に到達》

《神崎玲人の回復魔法スキルが限界覚醒　スキルレベル8に到達》

《神崎玲人の特殊魔法スキルが限界覚醒　スキルレベル10に到達》

呪紋師は多岐に渡る魔法スキルを習得できるが、マスターレベルとされるレベル10に到達できるものは二種類しかない。強化と弱体、その二つだ。

攻撃、回復、特殊――そのいずれも専門職にはかなわない。魔神との戦いで俺が支援を担ったのは、それぞれの専門職が別にいたからだ。

ソウマ、ミア、イオリ。もう一度出会う日が来るまで、俺は一人でも、四人でいた時と同じことができなくてはいけない。

同じくらいに強い仲間を探して頼れと、三人ならそう言うかもしれない。けれど今は、一人でも生き残ると頑なになっていた俺を思い出して、笑ってほしい。

――レイトの五種類の魔法が全部同じレベルだったら、勇者みたいになってたよね。

――勇者のイメージはソウマさんですから、レイトさんは賢者さんですね。

――僕は賢者のほうが好きだよ。魔法を極めた職業って、ロマンがあるよね。

(回復魔法は、レベル10にはできない……ミア。レベル8でも、いけるかな)

限界だったスキルレベル7を超えて、攻撃魔法スキルは10になり――今まで使えなかった魔法の知識が、俺の中に刻まれる。

回復魔法も、特殊魔法も。元の限界を3レベルも超えれば、それぞれ十種類以上使用できる魔法が増える――そして、その中からこの結界を破るために必要な答えを探す。

「おぉぉぉぉっ……!」

《神崎玲人が固有スキル『呪紋創生』を発動　要素魔法の選定開始》
《攻撃魔法スキル　レベル10　『セイクリッドレター』》
《回復魔法スキル　レベル8　『ブレッシングワード』》
《特殊魔法スキル　レベル10　『デモリッシュグラム』》

一度も使ったことのないスキルでも、取得時にその性能を理解する。『教養』がAランクに達した時から、それができるようになった。

呪紋師は聖属性攻撃ができない。しかし創紋師は、その欠点を克服している。

神聖文字を浮かび上がらせ、悪魔を払う力を持つ魔法『セイクリッドレター』。『ブレッシングワード』は、領界を構成する悪魔の呪いを浄化する。

二つの『力持つ文字』が、俺の右腕、左腕を取り巻くように浮かび上がる。

そして自らも結界を展開することで、相手の結界を相殺する『デモリッシュグラム』。足元から広がる結界は、領界とせめぎ合う――そこに二つの呪紋を重ねる。

「……邪魔するぞ……悪魔……っ！」

右手と左手を同時に突き出す。二つの呪紋が混ざり合い、半球状の領界に刻まれ、広がり――魔力を注ぎ込まれて、その力を発現させる。

《神崎玲人が特殊結界を破壊》

ガラスが割れるように、領界に亀裂が走る――それを両手で押し広げるようにして、中に踏み入る。

「……お兄……ちゃん……っ」

灰色の外殻が、分解されて消え去っていく。英愛を捕らえていた悪魔の尾が、領界を破壊した余波を受けて浄化され、消滅する――解放された英愛を受け止め、悪魔から距離を取り、回復魔法を発動させる。

《神崎英愛の体力が減少　意識レベル低下　心拍低下》

《神崎玲人が回復魔法スキル『リザレクトルーン』を発動》

レベル８の回復魔法となれば、回復量の大きいものを使えるようになる。しかし体力ともオーラとも違う精気を吸われてしまうと、吸った魔物を倒さなければ完全に回復させられない。

続けて稲穂と紗鳥、他の負傷者にも回復魔法を使うが、意識が回復しない。悪魔を倒すまでは、まだ苦しみを取り除いてやれない。

「……私は……大丈夫……でも、みんなが……」

「ああ……分かってる。今は応急処置しかできないが、必ず助ける。動ける人はここから離れてくれ、あいつは俺がなんとかする！」

捕らえられていた十五人ほどの人たちが、この場を離れる。残った俺を、その悪魔――巨大な角を持つ牛鬼のような姿をしている――は、あぐらをかいて座ったままで見下ろしていた。

領界を破られてもなお、笑っている。魔神の眷属たちはいつもそうだった。俺たちに精神的優位を与えないようにということか、動じるということがない。

牛のような顔にあるまじき、牙だらけの口を開け、悪魔が笑う。一人残った人間など、恐れるに足らずというその表情。

牛の悪魔が俺に再び何かを見せる――それは、領界の中で生徒たちに責め苦を与える、とても正視できないような光景。

悪魔の尾が再生する――何本もある尾の先は目のない蛇のようで、口があり、おそらく毒を持つ牙がある。

幾つかの尾が絡み合い、手のような形に変わる。これで英愛を捕らえていたのだと示すように。怒りは限界を超えれば変容する。殺意は心を歪め、正確さを失わせる。

たとえ親しいものを傷つけられた時でも、乱れた心では報復を達することはできない。

「償（つぐな）いは要らない。始めようか」

悪魔の眼が赤く輝く。オークロードと同等の巨体を持つ悪魔は、あぐらを組んだままで、地の底から響くような音を立てる――それは、魔法の詠唱（えいしょう）だった。

《警告　遭遇（そうぐう）した魔物が災害指定個体以上に相当すると認定されました》

《名称未登録　ランク未詳　神崎玲人が交戦開始》

9　奪還

座したままの悪魔が、蛇の尾を分裂させる――そして、一本一本のタイミングをずらしながらこちらに向けて尾を弾丸のような速度で放ってくる。

《名称不明のデーモンが攻撃スキル『吸精の魔蛇』を発動》

《神崎玲人が攻撃魔法スキル『Sウィンドルーン』を発動》

一発一発を見切り、軌道を交差させて撃ち落とす――高速詠唱のスキルレベルが1でも、レベル5の魔法までなら問題なく連射が利く。

全て防ぎ切ったあとで、標的を悪魔本体に変える――『セイクリッドレター』を基軸にした複合呪紋で一気に倒し切る。

《名称不明のデーモンが攻撃スキル『獣魔の掌握』を発動》

理屈のない、ここに立っているのは危険だという感覚。それに従って飛び退いた瞬間、俺がいた場所の足元から、巨大な毛むくじゃらの黒い腕が飛び出してくる。

「くっ……！」

牛のような顔をした悪魔が笑う――回避した先にも次々に、地面から黒い腕が飛び出し、俺を握り潰そうとする。

奴は座したまま動かない。このままでも俺を倒せると言わんばかりだが――。

「そんな手品で、俺を殺せるのか？」

答えが返ってくることはない。悪魔は確実に俺を殺そうと、黒い腕――召喚した獣魔の腕を二本同時に呼び出し、俺を挟み込もうとする。

悪魔が腕を打ち合わせる——捕らえた俺を捻り潰そうと、手のひらを擦り合わせる。
だが、俺にはその光景が見えている。

《神崎玲人が特殊魔法スキル『イミテーションシェイプ』を発動》

俺の身体そのものを呪紋の図案とする魔法。発動した時点で俺の姿を模造したオーラの像が形成され、敵の狙いがそちらに向く。

「——ガァァッ‼」

悪魔が動いた——牙だらけの口を開き、魔法を使うためにしか動かさなかった手で、接近した俺の打撃を止める。

「——グォォォォッ……‼」

呪紋で強化したロッドが、悪魔の腕を砕く——しかし、途中で手応えが消える。

《名称不明のデーモンが特殊スキル『実体化解除』を発動》

悪魔は実体化を解き、離れた場所で肉体を再構成することで腕を再生する——再生するたびに魔力を消耗するが、奴は『生命探知』『魔力探知』のどちらにも反応しない、別のエネルギー源を持っている。

それが精気——人間の生きる活力。奴はそれを何人分も蓄え、自分の再生に使っていた。
「グッグッ……グガガッ……！」
悪魔が笑う——どうやって傷を癒やしたのか分かるか、とでも言うように。
そしてもう一度、悪魔は座ったままの姿勢で両手を広げる。

《名称不明のデーモンが儀式魔法スキル『デモニックピラー』発動態勢に移行》

悪魔が使う儀式魔法——その準備のために呼び出される『罪の柱』が、地面から引き出されてデーモンの周囲五点に出現する。

全ての悪魔は、その存在に紐付けられた罪を持つ。奴が持つ罪は色欲、強欲の類だろう。

蓄えた五人分の精気の残った全てを、奴は五柱に注ぎ込もうとしている。儀式魔法が完成すれば、何が起きるのか。

——その悪魔と同種の罪をわずかでも持つ存在は、悪魔を傷つけることができなくなる。異性に惹かれる、何かを欲しがる、そんな感情さえも罪となるため、逃れられる人間はそうはいない。

「グガガガァッ……‼」

勝利を確信したように悪魔は笑う。無敵状態を成立させられる、そう思ったからこそだろう
——しかし。

「――遅延発動って、知ってるか？」

「……ガッ……」

笑い声が、止まる。奴は今更気づいた――俺が奴に接近したあの瞬間に、ただロッドを叩き込んだわけではないことに。

《神崎玲人が特殊魔法スキル『スティールサークル』を発動　遠隔遅延発動》

スティール――盗むという意味から、初めはアイテムを盗む類の呪紋だと思った。

しかしその効果は『相手がスキルに使用するコスト』を横取りするというものだ。

この場合『デモニックピラー』を発動させるために必要とされたコストは――人間から吸い取った精気。

「呪紋は、対象とした存在に対する『呪い』でもある。身体を再構成しても、一度刻んだ呪紋は消えない」

「グガッ……ガァアッ……‼」

取り返した精気が、俺の手の甲に生じた呪紋に吸収される。あとはこれを皆に返すだけだ――この悪魔を倒した後で。

「――グォォァアアアッ‼」

必勝への道筋を絶たれた悪魔が立ち上がり、俺に掴みかかろうとする――その速度は巨体に見合わぬほどに速く、鋭い角を衝角として体当たりをされればただでは済まない。

だがそれは、俺に近づくことができればの話だ。

《神崎玲人が弱体魔法スキル『Ｄレジストルーン』を発動》
《神崎玲人が弱体魔法スキル『スロウルーン』を発動》

相手の魔法抵抗を下げる『Ｄレジストルーン』に『スロウルーン』を重ねる――弱体魔法が通りにくい悪魔に対する有効なコンボだ。

今までの魔物とはステータスが比較にならないほど高いためか、止まることはなく、俺に腕を伸ばしてくる――しかし、もはや回避するまでもない。

英愛たちの精気は返してもらった。後はこの戦いを終わらせるだけだ。

「――地獄に還れ、悪魔」

《神崎玲人が固有スキル『呪紋創生』を発動　要素魔法の選定開始》
《攻撃魔法スキル　レベル10『セイクリッドレター』》
《攻撃魔法スキル　レベル10『インフェルノグラム』》
《攻撃魔法スキル　レベル10『デルタストライク』》

神聖な力を宿した文字が、かざした手の先に展開された魔法陣に組み込まれ――二属性を乗せた三角の呪紋が撃ち出される。

「ゴォッ……オォ……アァァッ……‼」

放たれた魔法は牛の悪魔が展開した魔法防壁を一瞬で削り切ると、その上半身を消し飛ばした。

それどころか――牛の悪魔の後方にあった大木まで巻き込んでしまい、空に突き抜けた魔法はさらに爆散して、雲を吹き飛ばし、太陽のように煌々と光を放つ――『インフェルノ』というだけあって、恐ろしい火力だ。

《主要個体を討伐完了　特異領域が消失》

《【無名の悪魔】　暫定ランクB　討伐者：神崎玲人》

《暫定ランクBのユニーク個体討伐実績を取得しました》

《神崎玲人様が10000EXPを取得、報酬が算定されました》

いきなり経験値の桁が跳ね上がった――報酬の金額も相当なものになるのだろうか。

それよりも、精気を奪われた英愛たちに返さなくてはいけない。生命探知で調べてみると、裏庭にいた人たちは校舎の中に避難していた――内側からシャッターを開けてもらうことができたようだ。

悪魔が消滅したあとに色々と落ちているが、今は所持できる分も限られているので一部を回収だけして、英愛たちのいる場所に急いだ。

医務室に運び込まれていた生徒たちに、精気を返していく。精気を吸収した呪紋を近づけるだけで、元の持ち主に戻すことができた。

気を失ってベッドに寝かされていた英愛の表情が稳やかになる。俺は胸を撫で下ろす――しかし、あの悪夢のような経験を忘れることができたらどれだけいいか。

稲穂と紗鳥は容態が重かったが、それも精気の枯渇によるものだった。『リザレクトルーン』で身体の傷は残っていないが、心のケアは必要になる。

「良かった……みんな、顔色が良くなって……本当にありがとうございます……！」

医務室にいた先生は他の負傷者の手当てに追われていたが、その中でも牛の悪魔に襲われて昏睡している生徒の状態を重く見ており、彼女たちが快方に向かう兆しが見えると涙を流して喜んでいた。

「あの黒い渦が、消えてる……先生、俺達助かったのかな……？」

「ええ、討伐隊の人たちが来てくれているから、安全の確認が終わるまで待ちましょう」

その会話を聞いて、違和感を覚える――しかし、それも《ＡＢ》と共通する部分だった。悪魔と遭遇した記憶は、討伐した者にしか残らない。

戦闘があったことは俺のブレイサーに記録されているが、領界に囚われていた生徒たちは悪魔のことを覚えていなかった。

だが、忘れられるなら忘れてしまった方がいい。あんなものがいつ出てくるか分からないと思いながら暮らせば、恐怖が日々に影を落とすことになる。

街中で特異現出が起きるなんてことは、そうはないはずだ――そう思いたい。そうでなければ、この世界は戦う力を持たない人にとってあまりに過酷すぎる。

「……先生、妹を頼みます」

「あなたはどうするの？　ここで妹さんが目覚めるまで、待っていたほうが……」

「行かなければならないところがあります。心配をかけてすみません」

「……何か事情があるのね。分かりました、妹さんが起きたら、何か伝えることはある？」

「後で迎えに来る、俺は大丈夫だと、そう伝えてください」

校舎の外に出て、魔物が侵入したというグラウンド方面を確認する――討伐隊が破られた結界を張り直している様が見える。

《一部の区域で警戒レベルが下げられ、新たな警戒区域が指定されました》

「……っ！」

また、どこかで『特異現出』が起きやすい状態になっている――あの黒い渦が発生している。

あってほしくはない、そう願いながら、警報の続きに耳を傾ける。

《現在の警戒指定区域は東一区、風峰学園高等部周辺――》

「っ……‼」

黒栖さんは学校にいる――そして、他の先生や生徒たちも。

そして外に実習に出ていた折倉さんも、警報が出た区域が近くにあれば急行しているはずだ。

一つずつ対処するしかない、そう考えた時、ブレイサーから呼び出しが入った。

《折倉雪理様からの着信です。接続しますか？》

「ああ、頼む……！」

イズミが了承し、リンクが繋がる。聞こえてきたのは、折倉さんのものらしい息遣いだった。

『玲人、今どこにいるの……っ⁉』

「俺は風峰中学校にいる、こっちの警報は解除された。折倉さんは？」

『私達は……っ、町の中に出現した、魔物を……揺子っ！』

「っ……折倉さん、今いる場所は……っ」

『……学園……南……』

《回線不安定により、接続が解除されました》

通話が途切れ、無音に変わる――しかし手がかりだけは伝わった。風峰学園の南方面、そこに折倉さんはいる。

折倉さんのいる場所を経由して、風峰学園に向かう。前方の信号はすべて点滅している――俺は道路に出て、遮るもののない道路を全速で駆け抜けた。

第六章　デーモンの軍勢　～魅了する悪魔～

1　雪理の視点・2

風峰学園討伐科の一年生は、実習として市街に出て、魔物が現出した時に対応する訓練を行っている。

今日も同じ班の坂下、唐沢の二名と一緒に車で担当場所の付近に移動し、辺りの警戒を行っていた。学園まで車で五分ほどしか離れていない場所。駅近くのビルが並ぶ市街を歩いている時に、それは起こった。

『朱鷺崎市の複数エリアに、緊急警報が発令されました』

『該当する地区で特異現出が起こる可能性があります。警戒指定区域は風峰学園附属中学校、北区、西二区、東一区、遠海ヶ浜周辺——』

「雪理様、他に二つの班がこの付近にいます。連携を取りながら、魔物の現出に備え……」

「——待って、坂下。あのビルの上……唐沢、確認できる？」

「ええ……もう、始まっているようですね」

唐沢がスコープを通して、私の示した方向を確認する。

——魔物が現出する時に、空に生じる黒い渦。それが、近くのビルの上空に現れている。

私達の仕事は、倒せる範囲の魔物であれば対応すること。もしくは、あの黒い渦——『現出門』の出現を討伐隊に報告すること。

「……スノウ、学園に回線を接続して。現出門を発見、座標位置を……」

コネクターのＡＩに頼もうとした時——私はビルの上をもう一度見て、魔物が現出する瞬間を目にした。そして聞こえてくるのは、悲鳴。あのビルの屋上に、若い女性がいる。

「……あんなところに……いけない、坂下、唐沢、あのビルの屋上に急行し、即時対処を行います！」

「かしこまりました、お嬢様……っ！」

「ここでは射線が通らない……出現した瞬間に撃てていれば……っ！」

「反省は後にしましょう……今はあの人を助けないと……！」

ビルのエントランスに入ると、男性の警備員が私たちを止めようとする。

「君たち、警報が出てるのにこんなところで何を……っ」

「私達は風峰学園討伐科です。このビルの屋上に、魔物が出現する門が現れました」

「なっ……い、いくら警告が出たからって、そんなにすぐに出てくるのか……？」

「ビルの外から目視で確認しています。皆さんは、スマートフォンの避難情報アプリケーションを利用して、できるだけ警報の出ている区域から離れてください」

「わ、分かった……っ」

警備員の男性は、それ以上疑わなかった――いつもこうだと助かるのだけど、魔物が出てきて危険だと知らせても、納得しない人はいる。

「屋上に人がいて、魔物に襲われている可能性があります。あのエレベーターで屋上に上がることはできますか？」

「警報が鳴ってエレベーターは一度止まったが、避難のために緊急で動かしている。屋上に行くには非常階段を使うしかない。……これが鍵だ。誰かいるということは、鍵は開いていると思うが……くれぐれも、気をつけてな」

「ご協力に感謝します。行きましょう、二人とも」

「「はっ！」」

《上迫班、山鹿班が現出門を目視で確認、監視態勢に移行》

他の班も現出門を確認している――私たちとは違う場所で。討伐隊が到着するまで、他の班も学園に戻らず、自分たちの責務を果たすつもりでいる。

「上迫君、山鹿さんたちも頑張っている……私たちもできるだけのことをしましょう」

「雪理様の仰せのままに……っ」

非常階段で最上階の七階まで上がる。各階にはオフィスがあって、この時間ならおそらく多くの人が働いている――魔物がビルの中に侵入してしまったら、パニックが起こる。

――走るうちに殺気を感じる。階段を上がると、小さな鬼のような魔物が飛びかかってきた。

「――ギシャァァァアッ‼」

《レッドゴブリン2体と遭遇　折倉班　交戦開始》

「こんなところまで……っ、はぁっ！」

《折倉雪理が剣術スキル『雪花剣』を発動》

剣に冷気をまとわせて、飛びかかってきた小鬼が鉤爪で攻撃してくる前に、後の先の返しで胴を入れる。

「ギァアッ……‼」

小鬼が吹き飛んで、白い雪に包まれるようにして凍結する――そして雪だけを残して消滅し、後に小鬼が残した小さな宝石のようなものが残る。

「ギギッ……キシャアッ！」

「――ふっ！」

坂下が私の代わりに前に出て、もう一体の小鬼が吹いてきた何かを、拳で叩き落とす。そして小鬼が次の行動に移る前に、回し蹴りを放つ。

「やぁあっ……！」

《坂下揺子が格闘術スキル『輝閃蹴』を発動》

魔力を込めた彼女の蹴りが、光の軌跡を残す――こんな時に言ってはいられないけれど、その蹴り方がとてもきれいで、憧れに近い感情を持つ。

近しい存在で、私に尽くしてくれている彼女だけれど、時々私を守ろうとして無茶をすることがある。今もそう、小鬼は小さな針を吹いてきた。彼女は私を庇おうとして前に出たのだ。

（こんな時、玲人なら……揺子を守って、魔物も倒しているはず……）

「お嬢様、坂下さんっ！」

「「――っ‼」」

私達は反射的に動いて、唐沢の前方を空ける。次の瞬間に唐沢は構えた銃の引き金を引いて、魔力を込めた弾丸を放った。

《唐沢直正が射撃スキル『ロングショット』を発動》

まだ遭遇判定が出ていなかったゴブリンがいて、唐沢の弾丸を受けて怯む。

「ギッ……ギシャァァアッ……‼」

ゴブリンは怒りに任せて進んでくる――けれどこちらに向かってくる魔物の動きを読むこと

も、無傷で反撃を成功させることも難しくはない。

これはスキルではなくて、個人の技の範疇。剣士として強くなるにはスキルに頼りすぎてはいけないと、剣の先生である姉に教わった。

「――はっ！」

「ピギャッ……‼」

振り下ろそうとした棍棒が空を切り、すかさず剣を撃ち込む――ゴブリンはぼろぼろの革の鎧のようなものを身に付けているけれど、私の攻撃を防ぐことはできずに消滅した。

階段を上がり終えて、屋上に辿り着く。ここに来るまでにも感じていた。禍々しい気配が一層濃くなる。

それは瘴気と呼ぶにふさわしい、重く、その場にいるだけで憂鬱になるようなものだった。

「雪理お嬢様、私が先行します」

「いえ、私が行きます。坂下、あなたは屋上にいる人を探してください。もう脱出している可能性はありますが、念のためです」

「屋上の扉は壊れていて、魔物の侵入を防げない状態です。あの現出門が消失するまでは、出現する魔物を倒し続けるか、止めなくてはいけない……」

「主要個体を討伐隊が倒してくれればいいのですが、楽観はできません。長期戦になる覚悟も必要です……では、行きますよ」

私は屋上に走り出る――地上から見えた魔物には、翼があった。空に警戒していた私は、バサバサという羽音を聞いた瞬間に、その方向から来る攻撃の気配を感覚のみで避ける。

「――ギィイイッ‼」

《ウイングガーゴイル1体と遭遇　折倉班交戦開始》

鳥人間のような姿をした、背中に翼を持つ魔物。やはり爪を使って攻撃してくる――私はそれを剣で受け、その重い手応えで気づく。

（この魔物……身体（からだ）が石のように硬い……剣では効果がない。けれど私の冷気魔法では、足止めすることしかできない……！）

石の魔物を砕（くだ）くには、より硬いものをぶつける、衝撃系の魔法を使う――あるいは爆発物を使うという方法も考えられるけれど、学生には使用が認められていない。

「――雪理様、僕が魔法弾で狙ってみます！」

「唐沢、まだ出てきては駄目っ！」

私を援護しようと出てきた唐沢を、新たに現出した鳥人間の魔物が狙う――近接武器を持たない唐沢は、射撃で迎え撃とうとする。

「――ギハァッ！」

「ぐっ……う……！」

《ウイングガーゴイルが特殊スキル『呪いの鉤爪』を発動》

「――まだっ……！」

《唐沢直正が射撃スキル『パワーショット』を発動》

魔力を込めた唐沢の弾丸は、鳥人間の硬い身体に弾かれる――坂下が要救助者を確認するまで、今はどんな方法を使ってもしのぐしかない。

「――止まりなさいっ！」

「いけませんお嬢様、そのスキルは……っ！」

《折倉雪理が固有スキル『アイスオンアイズ』を発動》

私の身体が放つ冷気で辺りの温度を下げる。身体の中で、自分の瞳が最も冷たく感じる。

鳥人間の魔物が、凍りついたように動きを止める。今の間に救助を終えて、態勢を立て直すしかない――坂下が合図を出すのを待つ。

「――お嬢様、要救助者を発見しました！　私たちはあなたを助けに来ました、こちらに来てください！」

私は『アイスオンアイズ』が発動している間に、坂下のところへ向かう——そして。

階段に続く扉がある建物。それを回り込んだところに、坂下の背中が見える。

その向こう、フェンス際にいるのは、金色の髪をした女性だった。彼女は力なくうずくまっている——坂下は彼女に手を伸ばしている。

（どうしてこんなところに……警備員が鍵を持っていたということは、普段施錠されているはずなのに。あえてここに入ったというの……？）

「さあ、こっちへ……安心してください、安全なところに……」

「——坂下、待って！　何かがおかしい……！」

「っ……ですがお嬢様、彼女を避難させなければ……っ」

——私は、確かに見た。坂下がこちらを振り返っている間に、うずくまっていた女性が顔を上げ、何かを呟くところを。

私は走り出していた。坂下に飛びつくようにして庇う——瞬間、坂下が立っていたところのコンクリートが弾け飛ぶ。

（爆発……いえ、念動力による不可視の攻撃……！）

私たちはすぐに態勢を立て直し、二人で女性と相対する。ほとんど、人の姿をしている——けれどその髪の間から見えているものは、通常人間にはないはずの角だった。

暗黙の了解で、私たちは一度引き、建物の裏に回り込んで女性との間に障害物を挟む。

「坂下……私たちだけでは、この状況は打開できません」

「しかし、このままでは……ビルの内部にさらなる侵入を許したら、犠牲者が出ることにもなりかねません……！」

「……彼の力を借ります。彼がここに来られるまで持たせれば、必ず……」

ＡＩのスノウに頼み、玲人との回線を開いてもらう――現出門の近くでは電波が乱れてしまうけれど、奇跡的に通じた。

「玲人、今どこにいるの……っ⁉」

急にそんなことを聞いても驚かせてしまうと分かっていた。けれど玲人は冷静に、自分がいる場所を教えてくれる。

――そして、私からも状況を伝えようとした時。

私が彼女に対してそうしたように、坂下が私に飛びついて引き倒す――何かから、庇うように。

「――揺子っ！」

「……お嬢様……お逃げ、ください……」

新たに現れたのか、私たちの目を逃れていたのか。小鬼は周到に、私たちを狙い続けていた――毒針の吹き矢で。

『っ……折倉さん、今いる場所は……っ』

「学園から南の方向に……っ」

《神崎（かんざき）玲人様とのリンクが解除されました。再試行中です》

玲人の質問に、私は答える――けれど、『現出門』の近くでは接続が安定せず、通話が強制的に切断されてしまう。

彼に伝わったかは分からない。もし届いていなければ、私たちだけで凌ぐしかない。

「くっ……お前たち、程度に……やられるものか……っ！」

唐沢が魔物と戦っている。けれど、押されている――ガーゴイルの膂力には、きっとこの班では坂下しかまともに対抗できない。

『アイスオンアイズ』は私の視界の届く範囲までしか効果がない。

けれど、自分から私の視界に入ってきてなお、角を持つ女性は動きを止めなかった。

「あなたは……何者なの……？」

彼女は、私の質問に答えないまま――ただ、虚ろな目をして微笑んだ。

2　揺れる市街

『警告　特異現出警報区域に侵入しています　ただちに退避してください』

『ご主人様、申し訳ありません。現状、警告の必要はないと認識しております』

「ああ、気にしなくていい。警告があった方が分かりやすいからな」

駅近くの市街地に入ると、近くの建物に避難している人の姿が見られる。地下鉄の駅にも人が駆け込んでいる――入り口に結界が張られているため、逃げ込めば低ランクの魔物は侵入できないだろう。

折倉さんがいるのは、この区域なのか——彼女のコネクターとはあれから接続できず、『現出門』の出現により通信状態が乱れていると警告文が流れていた。

『現出門』とはおそらくあの黒い渦のことだろう。この近くで門が出現している場所は——少し先に見えるビルの上空。

「……あれは……っ」

《——ウイングガーゴイル1体と遭遇　神崎玲人様が交戦開始》

鳥のような鳴き声を上げながら、人型の魔物がこちらに向かって飛んでくる——ガーゴイル。元は石像に擬態する魔物で、皮膚が石のように硬く、物理攻撃を99％カットする特性を持つ。

しかし魔法攻撃の一部が弱点で、衝撃属性ならよく打撃が通る。右手に『防御貫通』の呪紋を出現させ、さらに衝撃の攻撃魔法『インパクトルーン』を使用する。

「——落ちろっ！」

「——ガァッ……！」

ガーゴイルが不可視の魔法に捕らえられ、直後に衝撃を受けて爆散する——敵が使ってくる衝撃系の魔法も見えないのが厄介だが、自分で使うとなかなか便利だ。

ガーゴイルが持っていた剣が回転しながら地面に落ちる。魔物本体が消滅しても、持っている武装は消えないということか。

《ウイングガーゴイル　ランクE　討伐者：神崎玲人》
《神崎玲人様が100EXPを取得、報酬が算定されました》
《魔像の魂石を1個取得しました》

（レアドロップがやたら出やすいんだよな……ほぼ確実に出てないか？）

魔像の魂石、竜骨石――エメラルドやルビーも、普通なら2％以下でしかドロップしない。体感ではもっと確率が低いと感じることもあるほどだ。

《ウイングガーゴイルから使用登録済みの武器がドロップされました》

「っ……‼」

ガーゴイルが落とした剣を拾おうとして、イズミが警告してくる。

「……使用登録をしていたのは、誰か分かるか？」

『風峰学年討伐科1年A組　学生番号41002　折倉雪理　様です』

シンプルな意匠の細身の剣だが、訓練用の武器よりも高い性能を持っているのは間違いない。学園外での実習では、この武器を使っていたということだ――そして、ガーゴイルがそれを奪った。

（あのビルの上……折倉さん、そこにいるのか……！）

ビルに近づく――しかし入り口のところで警備員の男性と、ビル内から出てきたオフィスの社員が揉み合いになっている。

「ビルの中に魔物が入ってきてるんだぞ！　俺たちを殺す気か！」

「外にも魔物が出てきています、外に出れば安全というものじゃない！　今は冷静に……っ」

「外のシェルターに入った方が安全に決まってるでしょ！」

「――おいっ、外に魔物がっ……うわぁぁぁっ！」

《レッサーデーモン１体と遭遇　民間人を襲撃》

人間の大人より一回り大きい、全身赤色の悪魔――それは瞬時に転移して、諍いを起こしている人々に向けて魔法を撃とうとする。

《レッサーデーモンが詠唱開始》

（リトルインプより何倍も厄介な……なぜ中学校の時といい、悪魔系の魔物ばかり出てくるんだ……？）

《神崎玲人が弱体魔法スキル『Dレジストルーン』を発動　即時遠隔発動》
《神崎玲人が弱体魔法スキル『サイレントルーン』を発動　即時遠隔発動》

「――‼」

通常の詠唱は音として発しなければ成立しない。『サイレントルーン』でレッサーデーモンが発する音を封じてやれば、魔法の無効化は容易だ。

「――グォォォッ！」

『サイレントルーン』を使った俺の方を排除すべきと見て、レッサーデーモンが爪を振り上げて襲ってくる――だが『Dレジストルーン』で魔法抵抗を下げられている悪魔には、通常の魔法攻撃でも有効打を与えられる。

《神崎玲人が攻撃魔法スキル『ウィンドルーン』を発動》

呪紋から放たれた風精の刃が、レッサーデーモンを切り刻む――デーモンが消失したあとに落ちる石を見て、人々が声を上げている。化け物が持っているものだから価値がないと見るか、その逆かで反応が分かれるところだろう。

「――すみません、このビルにエレベーターはありますか！」

「っ……エ、エレベーターは、災害時の警報で停止してしまって、階段に人が殺到して……」

「そうですか……落ち着いてください、混乱していても事態は解決しません！　魔物は俺たちがなんとかします！」

内も外も安全が保証できない――転移してくる悪魔には、立てこもりの意味がないからだ。

可能な限り速く、あの現出門を消すために主要個体を討伐する。折倉さんが苦戦するような相手なら、それに該当する魔物である可能性は高い。

ビルの上までどうやって上がるか――空中に足場を作り、あの高さまで行ったことはないが、やるしかないだろう。

「――行くぞ……！」

《神崎玲人が特殊魔法スキル『ステアーズサークル』を発動》

意を決して、空中に足場を作り出し、その上に飛び移って、次の足場を作って飛び移ることを繰り返す――三階の高さくらいまで来ると足が竦む思いだが、そんなことは言っていられない。もし落ちたとしてもダメージをゼロにできるが、そんなロスは絶対にできない。

（絶対に失敗しない……上りきる……！）

「――うぉぉぉぉっ‼」

屋上外周のフェンスを飛び越える――そこには。

『アイスオンアイズ』を発動させ、オーラで形成した剣で、レッサーデーモンと戦っている折倉さんの姿があった。

「──折倉さんっ！」

「玲人……っ、くっ……お願い、二人を……っ！」

二人──坂下さんと、唐沢君。『生命探知』でその姿を探す。

レッサーデーモンはこの距離からでも、援護して倒すことはできる。しかし呪紋を発動させようとしたその瞬間。

「っ……‼」

俺に向かって射撃してきたのは、唐沢君──その目は、正気の光を失っている。

「…………」

彼が何者かに操られていることは明白だった。無言で弾を込めるその目は虚ろで、理知的だった振る舞いが失われている。

彼を操っている『何者か』はすぐ近くにいる。その邪悪な気配に、今も見つめられているような感覚があった。

3　魅惑

『銃射撃』系統のスキルには威力の高い攻撃スキルもあるが、狙った相手の行動をキャンセルさせること、特定の部位を狙撃して行動を阻害するなど、補助的なものが多い。

《唐沢直正が射撃スキル『ウェポンハント』を発動》

唐沢君が使ってきたスキルを、俺は察する——武器を狙うことで取り落とさせるそのスキルを、おそらく雪理も受けている。そして落とした剣をガーゴイルに持っていかれたのだ。

《神崎玲人が弱体魔法スキル『シェルルーン』を発動　即時発動》

防御壁を展開するルーンを使い、弾を弾く。唐沢君が次の弾を発射するまでは流れるように速い——中学時代に射撃全国三位は伊達じゃない、しかし。

（少しだけ動きを止める……！）

《神崎玲人が弱体魔法スキル『ジャミングサークル』を発動　即時遠隔発動》

「っ……‼」

唐沢君の足元に生じた円形の呪紋——それは、効果を発揮すると現在の行動が妨害される。一度発動すると妨害効果はしばらく続き、その時間は相手とのステータス差に依存する。魔物も同じ場にいる以上、麻痺や睡眠などで無力化する選択は取れない。

「――ガァァッ！」

一方雪理は、魔力でできた剣でレッサーデーモンの爪を受け止めていた――しかし。

《レッサーデーモンが特殊スキル『マナドレイン』を発動》

「くっ……ぅぅ……この魔物、私の魔力を……っ」

悪魔系の魔物は、魔力を奪う特殊攻撃を持っていることが多い――レッサーデーモンは雪理の魔力の剣を吸収し、押し切ろうとしている。

「――雪理、俺が隙を作る！　その間にこっちに来るんだ！」

「――っ！」

《神崎玲人が攻撃魔法スキル『ウィンドルーン』を発動　即時発動》

『Sウィンドルーン』では範囲が広くなるため、雪理を巻き込む可能性がある。今必要なのはレッサーデーモンに一瞬でも隙を作ることだ。

「ガァッ……‼」

しかしウィンドルーンでも、レッサーデーモンの翼を切り裂くほどの威力はある――怯んでいるうちに雪理はレッサーデーモンに蹴りを放って牽制し、こちらに走ってくる。

「――吹き飛べっ！」

《神崎玲人が攻撃魔法スキル『Ｓウィンドルーン』を発動　即時発動》

今度は確殺できるスキルを使い、レッサーデーモンを仕留める。駆け寄ってきた雪理は疲労からかバランスを崩してしまう――俺は反射的に彼女を受け止める。

「雪理、固有スキルを使いすぎてるみたいだ。一度解除したほうがいい」

「ええ……ずっと使っていたから、効果が弱まってきているみたい……もう少しで、オーラで作った剣も消えてしまうところだった」

「魔力の回復薬はある？」

「いえ、あいにく今は……」

「じゃあ、これを飲んでおくといい」

「『オーラドロップ』……ありがとう、玲人」

雪理は受け取った数粒のオーラドロップを飲む。枯渇しかけてきた魔力が戻ると、一人で立てるほどには回復した。

「その剣は……取り返してくれたのね」

「ああ、下にいた時にガーゴイルが持っていたのを取ってきた……唐沢君は、誰かに操られてるみたいだな」

「私たちは、ここには救助のために来たの。でも、救助対象だと思っていた人が……」

「――来るぞっ！」

《ペイルデーモン1体と遭遇(そうぐう)　神崎・折倉ペア　交戦開始》

レッサーデーモンとは違う、青い肌の悪魔――奴は何かスキルを使っていたのか、『生命探知』でもギリギリまで感知できなかった。

《神崎玲人がスキル『呪紋付与』を発動　付与内容『ウェポンルーン』》

雪理の剣に呪紋を付与する――彼女の魔法に関わるステータスは高いはずで、『ウェポンルーン』の効果が見込めるはずだ。

「――はぁぁぁっ！」

《折倉雪理が剣術スキル『雪花剣(せっかけん)』を発動》

「っ……!?」

「――ギァアアオォッ!!」

折倉さんの放った逆袈裟の斬り上げは、ペイルデーモンの表皮を裂き、蝙蝠のような形状の翼まで切り裂く。

「っ……坂下を、返しなさい……っ！」

《折倉雪理が剣術スキル『コンビネーション』を発動》

《ペイルデーモンが特殊魔法スキル『ファシネイション』を発動》

悪魔は人間を誘惑する――《ＡＢ》においても、それは例外ではなかった。

ペイルデーモンは『インキュバス』系の魔物だ。女性を魅了する魅惑を使い、その効果はペイルデーモンを倒すまで解くことができない――しかし。

「そんなことで……私は、乱されない……っ！」

《折倉雪理が剣術スキル『烈風突き』を発動》

「ウゴォッ……!!」

『コンビネーション』からの『烈風突き』は、『ウェポンルーン』でさらにダメージを加速させる。『ファシネイション』を跳ねのけての反撃を読めなかったペイルデーモンは、まともに突きを受けて吹き飛んだ。

――しかし、追い討ちの攻撃魔法で仕留めようとしたその時。

（――坂下さんっ……！）

俺の魔法を阻止したのは、突如として姿を見せた坂下さんだった。奇襲の蹴りをロッドで受け止め、さらに追撃の拳を受ける――ガキン、と金属がぶつかり合う衝撃が伝わる。

（坂下さんに何が起きたのかはわかった……それなら対処はできる……！）

坂下さんが『魅惑』を受ける前に奮戦していたことは明らかだった――彼女は左腕に麻痺針を受けたのか、右手だけしか使っていない。ジャケットは破け、黒のトラウザーパンツも大きく破れて、その下の肌が見えている。

俺が反撃に出る前に、坂下さんは大きく飛び退いてバク転をする――そして。

「――ふっ！」

《坂下揺子が格闘術スキル『箭疾歩』を発動》

（速い……！）

折倉さんの『ファストレイド』と同じく、優先度の高いスキル。開いた間合いを一瞬にして詰めながら、強烈な突きを繰り出してくる技。

「はいっ……！」

《坂下揺子が格闘術スキル『穿弓腿』を発動》

続けざまに、瞬時に潜り込んで下から突き上げるような蹴りを放ってくる——なんとか反応してロッドで受けるが、さらなる追撃を防ぐために『ヴォイドサークル』を発動させる。

《神崎玲人が特殊魔法スキル『ヴォイドサークル』を発動　即時発動》

円形の呪紋が現れ、坂下さんの蹴りを受け止める——物理攻撃を無効化された瞬間、坂下さんは一瞬だけ次の動きに移るのが遅れた。

（ここで割り込む……っ！）

《神崎玲人が弱体魔法スキル『チャームデルタ』を発動》

坂下さんの目の前に人差し指を差し出し、三角形を描く——指の軌跡には、魔力で形作られた文字が浮かび上がる。

「……一時的な上書きだ」

「っ……‼」

味方が魅了されたなら、こちらも魅了系のスキルを使って上書きしてしまえばいい。

ペイルデーモンと坂下さんの間にあった、魔力的な繋がりが切れる。代わりに俺と繋がるが、彼女の目には光が戻っていた——俺の『魅了』下にあるが、彼女の意志を抑えつけてはいないからだ。

「坂下さんを操ってた悪魔はそこにいる……思い切りぶっ飛ばしてやろう」

「——かしこまりました……っ！」

「揺子……っ、いくわよっ！」

《折倉雪理が剣術スキル『雪花剣』を発動》

《坂下揺子が格闘術スキル『輝閃蹴』を発動》

「「はぁぁぁっ……‼」」

折倉さんが『雪花剣』でペイルデーモンを凍りつかせ、坂下さんがオーラを込めた蹴りを撃ち込む——ペイルデーモンの体力は削り切られて、宝石をばらまいて消滅する。

「はぁっ、はぁっ……お嬢様……申し訳ありません……」

「いいのよ、揺子……まだ戦える……？」

「はい。しかし、直正がまだあの女性に……」

ペイルデーモンは女性しか魅惑できない。唐沢君を操っているのは別の誰か——坂下さんが言っている女性だろう。

『戦闘時間が一定時間を経過　一時撤退を進言いたします』

「いや……まだだ。どうやら、主要個体（ボス）のお出ましみたいだからな……」

手駒（てごま）の魔物を使い尽くしたのか、それとも何かの気まぐれを起こしたのか。いままで姿を見せなかった、金色の髪を持つ女性が、屋上に設置された貯水タンクの上に忽然（こつぜん）と姿を現した。

こんな魔物は見たことがない。その角（つの）は彼女が人間ではないと示しているのに、生命探知で感じ取れる気配は、人間と魔物のものが混ざりあっていた――黒栖（くろす）さんとも違う形で。

4　凌駕

「イズミ、彼女の情報は登録されてるか」

《該当する情報（レコード）は存在します。ウィステリア・藤崎（ふじさき）　女性　16歳　愁麗山（しゅうれいざん）学園高等部２年Ａ組　学生番号４８０５３》

「っ……雪理、彼女は……」

「そう……彼女は私たちと同じ、学生……けれど、私たちに敵対してきている」

現時点での情報で考えうることは一つ、角を生やした金色の髪の女性――ウィステリアは、魔物に憑依（ひょうい）されている可能性がある。

《アストラルボーダー》で、角の生えたプレイヤーが襲ってきたことがあった。それをゲーム内では『魔人化』と呼んでいたが、悪魔系の魔物が人間に憑依している状態のことで、正気に戻すには悪魔を追い出すしか方法はない。

『――あなたたちの力を見せてもらっていましたが、ともに来ていただく資格を持っているのはそちらの二人。セツリ・オリクラと、レイト・カンザキの二人ですね』

「「っ……！」」

向こうからこちらに話しかけてきた――そして、貯水塔の上から飛び降り、ふわりと地面に着地する。

（重力制御の魔法……あれほど高位の魔法を使いこなすってことは、彼女に憑依している悪魔は……）

暫定ランクBの、牛頭のデーモンと変わらないか、それ以上――こんな高ランクの魔物ばかりが出現していたら、討伐隊の手が回っていないのも道理だった。ランクCのワイバーンでも、一般の討伐隊員では撃退できないのだから。

ウィステリアの口は動いていない。やはり憑依している何者かが、直接俺たちの心に語りかけてきている。

「世迷い言を。お嬢様も神崎様も、あなたとともに行く道理はありません」

『あなたは運動能力、近接戦闘能力は高いですが、固有の能力を持たない。まだ強くはなれるでしょうが、それはあくまでも人間の範疇です』

「っ……人のことを、知ったふうに言わないでくださいますか」

『あなた自身がよくわかっているはずです。セツリとレイト、二人と自分の間にある差の大きさを』

「……彼女は、私にとって大切な友人です。それ以上侮辱しないでください」

「……雪理お嬢様……」

雪理が剣に手をかけても、ウィステリアは意に介さない――その目は俺たちを見ておらず、光を宿していない。

悪魔を退ける方法は幾つかある。確実な手段は、悪魔が憑依している身体から魔力を枯渇させることだ。しかしそれには、遠隔発動ではなく、ウィステリアに接近する必要がある。

俺のその考えを読んでいるかのように、ウィステリアが唐沢君を手招きする――そして、虚ろな目をしている唐沢君のあごに手で触れる。

『彼は今、私の玩具に等しい状態になっています。こうして傷をつけても痛みを感じない。セツリを無力化するように命じましたが、忠実に遂行してくれました。武器がなくても戦えるというのは、彼の読みの甘さでしょう。それとも、あなたがとっておきのスキルを彼に見せずにおいたか……』

「……奥の手は、仲間であっても簡単に見せるものじゃないわ」

『それは欺瞞です。レイトには、すでに見せているのではないですか？』

「っ……！」

「乗るな、雪理。彼女……ウィステリアには悪魔が憑依している。悪魔系の魔物は、人間を惑わすようなことをして付け入ってくるんだ」

「……そうやって、彼女の中に入り込んだの？　卑劣(ひれつ)なことを……っ」

ウィステリアが笑う――冷たい微笑を浮かべながら、彼女は爪を唐沢君の頬(ほお)に立てる。血が伝っても彼は微動だにもしない。

「……ご命令を……我(マイ)が、主(ロード)……」

『侍従(じじゅう)の娘を排除なさい。私はレイトの相手をします。足りない駒は用意しましょう』

《ウィステリアが固有スキル『配下召喚』を発動　レッサーデーモンが2体出現》

（召喚魔法を使った……彼女に憑依しているのは、高位の悪魔……！）

『っ……この程度でも響くとは。この娘の魔力量もそろそろ限界でしょうか……ナオマサ、精気をもらいますよ』

「ぐ……うぁっ……」

ウィステリアが唐沢君の身体に触れ、精気を奪う――魔力も一緒に持っていかれた唐沢君は、顔色が蒼白く変わっていた。

悪魔には階級があり、一定の階級以上の悪魔は、配下の悪魔を召喚する能力を持つ。レッサーデーモンを召喚できる悪魔は、少なくとも伯爵級――《アストラルボーダー》においては中盤のボスモンスターに相当する。

「――それ以上、好きには……っ！」

《坂下揺子が格闘術スキル『箭疾歩』を発動》
《唐沢直正が射撃スキル『クイックドロー』を発動》
《唐沢直正が射撃スキル『牽制射撃』を発動》

「く……っ‼」

坂下さんが射撃で牽制される――唐沢君はおそらく『早撃ち』のスキルを持っていて、坂下さんのスキルに反応する形でも差し返してきた。

「――玲人、今の私なら大丈夫！　彼女のことをお願い！」

倒せとは言わずに『お願い』と言った。できるなら傷つけたくない、それを俺ならできると思っている。

難しいオーダーではある――だが、不可能ではない。

「わかった、やってみよう……だがその前に……！」

《神崎玲人が攻撃魔法『Ｓウィンドルーン』を発動　同時２回発動》

手をかざし、呪紋を二つ発生させる――まず敵の数を減らす、全てはそこからだ。

『女伯爵の能力をご存知ではないようですね。それだけの資質がある方なのに、知識の欠落を惜しく思います』

《ウィステリアが特殊魔法スキル『リフレクション』を発動》

悠然と語りかけてくるウィステリア――『ロックゴーレム』と同じ、魔法を反射する半透明の防壁がレッサーデーモンたちの前に展開される。

「――それで、止められると思うか？」

『……‼』

《神崎玲人が特殊魔法スキル『イリーガルスクエア』を発動》

放った魔法に、後から反射壁の相殺効果を付与する。遠隔発動ができる範囲内なら、そういったこともできる――高速詠唱レベル1が必須ではあるが。

「「グォォッ……アァァ……‼」」

二体同時にレッサーデーモンが風の刃に切り刻まれる。撒き散らした体液ごと途中で消滅して、ドロップ品が幾つか落ちた。

「――玲人様っ！」

《唐沢直正が射撃スキル『ウェポンハント』を発動》
《神崎玲人が特殊魔法スキル『シェルルーン』を発動》
《唐沢直正が射撃スキル『連射』を発動》

『シェルルーン』の防御回数を削り切る勢いで連射される――『ウェポンハント』の効果で、ロッドを取り落とさせようと執拗に狙ってくる。

（敵に回すとガンナーは厄介だよな……射程が長い上に手数が多い。だが他の魔物を排除できる状態なら、遠慮する必要はない……！）

《神崎玲人が弱体魔法スキル『バインドサークル』を発動》

「っ……ぐぅ……‼」

唐沢君の足元に生じた円形の呪紋から、光の輪が幾つも浮き上がる――そして、全身を締め付けて拘束する。

『配下召喚』を連発してくる可能性も考えていたが、ウィステリアは動かない。

それが時間のかかる詠唱のためであることは察知している。レッサーデーモンをけしかけてきたのも、操った唐沢君に牽制を命じたのも、全ては勝利を確定させる技を使うための時間稼ぎだ。

『――あなたと正面から戦うのは得策ではありません。どれほど戦えるかは興味深いですが、この場には幕を下ろすとしましょう』

「――玲人、いけないっ！　ウィステリアの眼を見ては駄目っ……！」

《ウィステリアが攻撃魔法スキル『ブラッドアロー』を発動》

《神崎玲人が特殊魔法スキル『シェルルーン』を発動　即時遠隔発動》

　ウィステリアは大技の詠唱を続けながら、並列して他の詠唱を行うことができる――多重詠唱（ダブルキャスト）の常時発動スキルを持っている。

　血の塊（かたまり）でできたような矢で、雪理が牽制されるが、『シェルルーン』で防ぐ。俺と雪理を狙った矢は防壁に当たって弾け、視界が赤に染め上げられる。

『これで終わりにしましょう……レイト・カンザキ！』

《ウィステリアが固有スキル『ソウルコレクト』を発動》

――高位悪魔の持つ魔眼は、ほとんどの防壁を無効化する。

遮蔽物（しゃへいぶつ）があっても効果を発揮する魔眼。女性の悪魔が使うそれは、男性に対して絶対に成功するという、反則じみた性能を持っている。

魂の蒐集(ソウルコレクト)。その名の通り、魔眼の効果を受けた者の魂を奪うスキル――それが必中となれば、文字通りの反則だ。

だが、一つ例外がある。

魅了系スキルの効果が出るのは、相手の『魅力』を上回っている場合。

そして俺の持つスキルの中には、瞬間的に魅力を上昇させるものがある――交渉事を有利にするために使用するが、俺は魅了耐性をつけるために使っていた。

『レイト……あなたの魂の色は、どのような色をして……』

《神崎玲人が強化魔法スキル『スピードルーン』を発動》

《神崎玲人が強化魔法スキル『マジェスティックルーン』を発動》

「――あいにく、魂はやれない。奪った魂を返してもらうぞ」

『っ……⁉』

高速移動を制御して、ウィステリアの裏に回る。勝利を確信していた彼女の背後はがら空きで、完全な隙(すき)が生まれる。

ウィステリアに宿った悪魔を驚かせるのは二度目だ――憑依(ひょうい)している人間の感情表現に依存するというから、人間らしい反応に見えるのだろう。

魔神アズラースの配下が使ってくる魅了を防ぐには、装備やスキルによる強化(バフ)も含めて魅力値が700以上必要だ。

レベル9の魔法『マジェスティックルーン』の効果はその中でも破格で、効果時間は短いながら、現時点の俺のステータスで使用すると魅力値が倍になる。つまり、704――これだけの値があれば、俺が知る限り防げない魅了はない。

「知識の欠落を惜しく思う……だったか。その言葉、返させてもらう」

『――あぁぁぁぁっ……‼』

最後の反撃をしようとする前に、俺は既にウィステリアの背に呪紋を描き終えていた。この戦いを終わらせるための、最もシンプルな手段を達成するために。

5　反魔法

相手より速度があれば、こちらに行動のチャンスがそれだけ多く、体感時間としては長く与えられることになる。
ウィステリアに憑依した悪魔を追い出すために、一度魔力を枯渇させる――俺が覚えている呪紋を応用することで、それが実現する。
《神崎玲人が特殊魔法スキル『リバーサルルーン』を発動》
《神崎玲人が強化魔法スキル『チャージルーン』を発動》

本来なら、『仲間に魔力を分け与える』という呪紋。これを『リバーサルルーン』の効果で逆位置に変えると、どうなるか——効果が反転し、『相手の魔力を分けてもらう』というものになる。

俺の魔力はここまでの戦闘で消耗（しょうもう）していて、あえて回復しないままにしておいた。チャージルーンの回復量は最大量の十分の一なので、最大で３６００ということになる。

ウィステリアの背中に描いた呪紋が光を放ち、魔力の吸収が始まる。

『こんなっ……ところでっ……‼』

悲鳴じみた悪魔の声——ウィステリアに憑依しているからではなく、憑依している悪魔自身もまた、女であることが分かる声だった。

「人の魂が欲しいなら、同等の覚悟をするんだな」

『——あぁぁぁぁぁっ……‼』

《ウィステリアの魔力減少　魔力枯渇により昏倒》

《神崎玲人の魔力が完全に回復》

『——このままでは……っ、身体（からだ）……力ある身体に……っ‼』

ウィステリアの身体を離れた悪魔は、折倉さんを狙おうとする——しかし。

「あなたにはあげられない。私は、私自身のものだから」

《折倉雪理が固有スキル『アイスオンアイズ』を発動》

アイスオンアイズは精神に直接干渉し、その動きを遅滞させる。

実体を持たない悪魔にも、効果は発揮される——ウィステリアの身体という盾があるうちは、中にいる悪魔に対する効果は薄かっただろうが、今は違う。

俺にも降りしきる雪が見えている。実際には存在しない幻の雪の中で、悪魔は氷像となって凍りついている。

「神聖属性のスキルで浄化するか、封印するか……折倉さん、どうする？」

「……倒してしまった方がいいのでしょうけど。それではこの悪魔の目的も、ウィステリアさんに憑依していた理由も分からずじまいになるわ」

「分かった。それなら……媒介（ばいかい）となる魔石を使って、封印する。坂下さん、唐沢君もそれでいいかな」

「は、はい……しかし封印は、討伐隊（とうばつたい）の中でも任せられる人が限られているはずです」

「まあ、見ててくれたらいい」

《神崎玲人が特殊魔法スキル『スフィアライズサークル』を発動》

俺が呪紋を使っても、もはや悪魔はなんの反応も示さない。動かない悪魔の足元に生じた円形の呪紋が光り輝き、悪魔はオーラでできた球体に閉じ込められ、圧縮される。

「こいつを……今のところはこれでいいか」

ロックゴーレムを倒した時に拾った『錬魔石』。手の平に載る大きさの、石英の結晶のようなもの――これは、精神体の魔物を封印する媒介として使うことができる。

《神崎玲人が特殊スキル『呪紋付与』を発動　素材　錬魔石》
《『名称不明のデーモン』の呪紋球を錬魔石に付与》
《『名称不明のデーモン』の封魔石を1個生成》

久しぶりだが、上手くいった――装備品のクラフト素材として『悪魔素材』というものがあったのだが、それを作るのがパーティでは俺の仕事だった。

魔神を倒すのに悪魔素材を使うなんて、と聖女のミアは拒否反応を示していたものだが、そんな彼女でも装備できるようにする工夫がもう一段階ある。だが、そこまでの工程は俺一人で完結できない。

現状持っている錬魔石では永久に封印できるわけではないので、もう少し寿命の長い魔石を調達したいところだ――そう考えたところで、上空の黒い渦が消えて、太陽の光が差し込んできた。

《主要個体を討伐完了　特異領域が消失》

《【無名の悪魔（伯爵級）】　暫定ランクB　討伐者：神崎玲人、折倉雪理、坂下揺子》

《討伐したメンバーがそれぞれEXPを取得、報酬が算定されました》

この辺りでの魔物の脅威はなくなったと見ていいようだ。雪理も戦闘終了のアナウンスを聞いて、剣を鞘に納めていた。

「ありがとう、玲人……あなたが来てくれたから、私たちは……」

「こちらこそ、無事でいてくれてありがとう……なんて、恩着せがましいかな」

「いいえ、そんなことはないわ。あなたは魔法系のスキルを使うけど……私にはいつでも、あなたが勇者に見えているから」

「ゆ、勇者……」

そこまで褒めてもらうと落ち着かなくなる——そして雪理は、坂下さんと唐沢君の前だということを自覚してるんだろうか。

「これからも仲良くしてね、玲人」

雪理はそういう言葉選びには厳しくて、「これからもよろしく」とかが彼女のイメージに近い気がするのだが——まだ出会ったばかりで、俺はまだ彼女のことを知らないってことなのか

もしれない。

これから分かっていければいい。『アストラルボーダー』で出会った仲間たちと、長い時間を通して親しくなれたように。

「……こういう時は、お嬢様を応援したい気持ちと、蚊帳（かや）の外という気持ちが交じるのですが」

「それは言わない約束だ。なお、完全に足を引っ張ってしまった僕は、野暮（やぼ）なことは何も言えないし、できない」

「……あなたたち、聞こえよがしに言うのはやめなさい」

「「はっ！」」

坂下さんと唐沢君が、威勢のいい返事と共に敬礼する——そして、俺たちは笑い合う。

その後、戦闘で服が破れてしまっていることに気づいた坂下さんに申し訳ない空気になったりもするのだが。

悪魔に憑依されていた女子生徒、ウィステリア。彼女に一体何が起きたのか、そしてこれから何が起きようとしているのか。

それが何であっても、俺は抗（あらが）い続ける。求め続ける——この世界と『アストラルボーダー』の関係、それを解き明かし、仲間たちともう一度会うために。

書き下ろしエピソード　お嬢様とメイド　折倉邸の夜

――あの日から、私の中で、何かがおかしくなってしまったような気がする。

「はぁ……」

夜九時、まだ休むには早い時間。読みかけの本も読む気にならなくて、私はベッドに横になってずっと考えごとをしていた。

――それなら、玲人も私のことは同じように呼んで。雪理、でいいわ。

――雪理さん……いや、雪理……。

――はい。

「……玲人……雪理……」

今日、訓練所で模擬試合をしたあと、玲人とコネクターのアドレスを交換した。

その日のうちに、彼と通話をして――さっきまで、コネクターを通して玲人の声が聞こえていた。

「……教えてもらってすぐに、なんて……」

迷惑だったかもしれない。でも、玲人の声は穏やかだった。

交流戦のことを彼は自分なりに調べていて、対戦校の選手のことを気にしているみたいだった——知り合いだったりするのだろうか。どれくらい親しい関係だったのか、それともそういう話ではないのか。

「ああ……駄目。そんなことを聞いたら、玲人が……」

「神崎様であれば、お嬢様のご質問には快く答えてくださると思いますが」

独り言を言ったつもりなのに、返事が返ってくる。この家の中において、私が本当に一人ということはなくて、揺子はいつも傍にいるので、今更驚いたりはしない。

「……揺子、親しき仲にも礼儀ありでしょう？」

「お嬢様こそ、先ほどの通話で、私の名前を出されていたようですが……」

「隣の部屋にあなたがいるから、通話を代わりましょうかと言っただけなのだけど？」

「っ……そ、そうだったのですね……申し訳ありません、名前が聞こえただけで、過剰に気にしすぎてしまい……」

揺子はいつも冷静で、表情に感情が出ないほうだから、中学の時は『氷の坂下』と呼ばれていたりもした。私はその呼び方が気になったけれど、揺子自身はあまり気にしていないようだった——感情を出さないのは、人前でそうする必要がないからだと。

私の前では、揺子は自然な表情を見せてくれる。けれど、玲人に出会ってから、揺子は今まで見たことがないような顔をするようになった。

「神崎様は、とても優秀な方ですし……何より、お強い。それをいたずらに誇ることもされない。あのような方が同年代にいるというのは、やはり励みになります」

「……揺子も、玲人と手合わせがしたいということ？」

「いずれは、と考えておりますが。雪理様も神崎様と……」

そこまで言って、揺子は気づく――私の玲人に対する呼び方が、変わっていることに。

「……訓練所で、神崎様と親睦を深められたと……この坂下、幼少のみぎりより雪理様の侍女をさせていただきましたが、このような日を迎えられたことをまことに……」

「っ……何を言ってるの、私と玲人はただ手合わせをしていただけよ」

「その……『手合わせ』というのは、一部の若者の間では、男女の『仲良し』を意味するということもございますし……」

「どこにそんな若者がいるの……揺子、からかっているでしょう」

揺子は頬を赤らめながら、恥ずかしそうにちらちらと私を見ている。

仲良しと言われても、それがどういうことなのか私には分からない。男女が仲睦まじくすること――お付き合いをしたりとか、そういうことを想像したことがない。

「……お嬢様、お顔が赤くなっているようですが。冷房を強くされますか？」

「い、いえ……なんでもないわ。あなたが変なことを言うからじゃない」

「も、申し訳ありません……」

強く言ったつもりはないけれど、揺子は恐縮してしまう。私は怒る気にもなれなくなって、ベッドから身体を起こした。

「揺子、勉強は終わったの？」

「はい、資格試験の勉強ですので、今日はこのくらいにできればと……お嬢様、ご入浴はいかがなさいますか？」

「……揺子も一緒に入ってくれるつもりだったんでしょう？」

「そうですね、お嬢様の玉のお肌をケアさせていただくのも、私の務めでございますから」

主人と従者という関係でも、私と揺子は同性で同い年なのだから、そういったケアが大事なのはお互いに同じだと思う。

「そうね……分かったわ。しばらく忙しかったし、一緒に入りましょうか」

「ありがとうございます、お嬢様」

そうやって、花のようにふわりと微笑む。

揺子がそんな表情を見せたら、きっと玲人も心が動いてしまうと思う――そんなことを揺子に言っても、彼女は戸惑ってしまうかもしれない。

折倉本邸の浴室は二つあって、そのうち一つは女主人が従者を伴って入れるように広い造りになっている。

「お嬢様、手を上げていただけますか」

「ええ……ありがとう、坂下。次は私が洗ってあげるわね」

「いえ、私は自分で……と言っても、聞いてくださらないのですよね」

揺子は困ったように微笑む。彼女の洗い方は繊細で、髪を洗ってもらう時は、心地好くて眠りそうになってしまうこともある。

お返しに背中を流してあげる時、揺子はいつも背筋を伸ばして緊張しているので、肩に手を置いてリラックスさせてあげると、ようやく力が抜ける。

「いつもサラシで押さえているから、あとが付いているわね……」

「拳闘で戦う以上は、胸は押さえておく必要がありますので。慣れております」

「オーラである程度は負担を軽くできるけれど、あまり成長してくると、私も対策を考えないといけないわね……」

「何事も自然に、のびのびとされるのが一番です」

私にとっては、よく鍛えられていて締まるところが締まっている揺子のスタイルには憧れる気持ちがある。しなやかで、強い瞬発力を生み出す筋肉は、肉食獣——女豹のようで、無駄というものがない。

「んっ……お嬢様、申し訳ありません、少し……」

「ごめんなさい、くすぐったかった？」

「いえ、大丈夫です。ほんの少しですので……」

話しながら、私達はお互いの身体を洗い終えてお湯に浸かる。石の女神像が持っている水瓶から、お湯が注がれている——壁はガラス張りになっていて、サンゴ礁を模した水槽の中で魚が泳いでいる。お風呂に入るだけとしては設備が行き過ぎていると思うけれど、子供の頃から私にとっては日常の光景だった。

「……揺子、怒っていない?」

「……いえ。私が神崎様に対して好感を持っているというのは、事実ですし……」

通話を代わろうかと言ったことへの謝罪。それを揺子は分かってくれて、そして素直過ぎる答えを返してくれた。

「好感と好意の定義について……というのは、改めて申し上げることでもありませんが」

そんな言い方をしても、私には分かってしまう。揺子が玲人の前で、どんな顔をしているのか——それを傍で見ている私だから、わかること。

「私は玲人のバディにしてもらったから、これからも接する機会はあると思うわ」

「お嬢様……それは、大胆なことをなさいましたね。ですが、素晴らしいことです」

揺子には伝えておきたかった。流れで言ってしまったけれど、揺子は私の手を取って喜んでくれた。

「その……今日、これからなのですが……」

「ええ。玲人との模擬試合のことを教えてほしいって言うんでしょう」

「……お嬢様には、全てお見通しなのですね」

「長い付き合いだもの。それに、今日はなかなか眠れそうにないから……揺子にも付き合ってもらうわね」

「喜んで」

主人と従者。物心づいた時からそう言われて接してきたけれど、私は揺子のことを、一番親しい友達だと思っている。揺子もそう思っていてくれたら――それをいつか、確かめられたら。

浴室の中では、そんなふうに思っていたけれど。いざ、私の寝室で玲人との試合のことを話すとなると、揺子があまりに熱心すぎて、迫力に押されてしまった。

「お嬢様があの技を使われたとなると、大きな魔力を使うことになるはずです」

揺子はものすごく勘が良くて、私が魔力を使いすぎて倒れそうになった時、玲人がどうしたのか――というところまで、想像を巡らせてしまっていた。

けれど彼に抱きとめてもらったというところまでは、とても言えなかった。

言ってしまったら、ますます眠れなくなってしまう。黒栖さんに顔を合わせた時に、どんな顔をしていいのか。玲人に二度も抱きとめてもらって、そのことを玲人はどう思っているのか――。

けれど、こんなふうに私たちが変わったのは、きっと悪いことではないと思う。

玲人と出会って、変わっていく。私たちの今までと、そしてこれからが少しずつ、確実に。

あとがき

本書をお手に取っていただきありがとうございます、とーわと申します。『小説家になろう』に連載中の本作をお読みいただいている方もいらっしゃいましたら、改めまして御礼を申し上げます。

現在『アストラルボーダー』のようなＶＲＭＭＯＲＰＧは、自分の知る限りまだ普及していない状況ですが、実際にサービスが開始される時が来ましたら、どんな状況になるのでしょうか。ＶＲゲームを楽しめるハードはすでに発売されていますが、視覚面、聴覚面でのＶＲは体験できても、五感のすべてを体感できるいわゆる『フルダイブ型』のＶＲＭＭＯは、現実的に考えると現代の技術を持ってしても、実現は難しいのではないかというところです。

高度に発達したＶＲＭＭＯは、現実と見分けがつかないのではないか？　というのは、どれだけ世界を精細に再現することができるかにかかっているかなと思います。本作における『アストラルボーダー』のクローズドテスト版は、初めは現実に近い革新的なグラフィックを持つゲームとしてプレイヤーに認識されたことでしょう。グラフィック技術が極まり、現実と見分けがつかなくなったとき、もう一つの世界が生まれる――というのは、ＶＲゲームの終着点としていつか全世界のゲーマーが体験できる日が来るのでは、と夢想するところです。

本作自体は『極まったＶＲＭＭＯゲーム』を異世界と認識していたわけではなく、タイトル通りの内容なのですが、実際異世界に飛ばされていた人がステータスをそのままに帰ってきたらどうなるのか？　第一巻ではまだまだ書き尽くせていないので、今後も玲人や仲間たちの活躍に期待していただけましたら幸いです。二巻以降を発売できるかどうかは、皆様のご支持によるところが大きいので、可能でしたら布教の方もお願いできましたら……！　と切に願います。作者がお願いするのは邪道であり、自然に他の人にも読んでもらいたい、と思っていただけるような作品を書かなければならないというのは、常に肝に銘じております。

お話は変わりまして、今回イラストをご担当いただきましたＫｅＧ先生によって、本作の登場人物たちに新たな命を吹き込んでいただきました。作者自体もあまりに美麗すぎて感謝の極みでございますが、読者の皆様もどのヒロインが一番お気に入りかということについて、ビジュアルも含めると大いに迷われるのではないかと思います。

坂下さんと古都先輩にも挿絵を入れていただいておりますが、学園が舞台ということもあって登場人物が多いので、今後も新しいキャラクターの挿絵での登場にご期待いただけましたらと思います。何より続刊ができなければ、というところではございますが。もちろん、現時点でデザインしていただいた人物たちにつきましては、見るからにエリートで女難の相が出ている唐沢君、そして陰がありつつもやる時はやるタイプとして描いていただきました玲人も、もはや作者からの称賛は筆舌に尽くせないほどでありまして、ＫｅＧ先生のいる方向には足を向けて寝られない一生を送ることになりそうです。本当にありがとうございます！

紙幅もそろそろとなりましたので、御礼に移らせていただきます。

担当編集様、原稿の完成までに多大なご尽力をいただき誠にありがとうございます、そして大変お疲れ様でした。特にイラストレーター様の希望について自分の意見を最大限ご考慮(こうりょ)頂き、いくら感謝してもし尽くせません。本当にありがとうございます！

校正担当の方、細部に渡りご指摘をいただきありがとうございます。戦闘メッセージなどが多く登場する作品ですので、整合性に注意しつつ原稿を整理することができたと思います。ページ数が今回は少し多めでしたが、最後までお目通しいただきありがとうございました。

ダッシュエックス文庫編集部の皆様、この本が読者の皆様のお手に届くまでご助力いただいた全ての方々にも、改めて御礼申し上げます。

そして何より、本書をお手に取っていただいた読者の皆様に、幾万の御礼を申し上げます。

ありがとうございました。

秋冷を日々感じつつ　とーわ

ダッシュエックス文庫

ログアウトしたのはVRMMOじゃなく本物の異世界でした
～現実に戻ってもステータスが壊れている件～

とーわ

2021年11月30日　第1刷発行
2021年12月21日　第2刷発行

★定価はカバーに表示してあります

発行者　瓶子吉久
発行所　株式会社　集英社
〒101−8050　東京都千代田区一ツ橋2−5−10
03(3230)6229(編集)
03(3230)6393(販売／書店専用) 03(3230)6080(読者係)
印刷所　株式会社美松堂／中央精版印刷株式会社
編集協力　法貴仁敬(RCE)

ISBN978-4-08-631445-9 C0193